GRAND FRÈRE

De mère turque et de père kurde, réfugiés en France, Mahir Guven est né sans nationalité en 1986 à Nantes. Il a grandi entre la ville et les vignes auprès de sa grand-mère. Il travaille en région parisienne. *Grand frère* est son premier roman.

MAHIR GUVEN

Grand frère

ROMAN

PHILIPPE REY

© Éditions Philippe Rey, 2017.
ISBN : 978-2-253-07436-6 – 1re publication LGF

À ma mère, ma sœur, Dodi, mon khey Philippe,
Fotto et Greilsi, Natalie, Martina, Pierre, et Maïmiti.
À André.
À ma famille, à mes amis d'hier et d'aujourd'hui.

1

Grand frère

La seule vérité, c'est la mort. Le reste n'est qu'une liste de détails. Quoi qu'il vous arrive dans la vie, toutes les routes mènent à la tombe. Une fois que le constat est fait, faut juste se trouver une raison de vivre. La vie ? J'ai appris à la tutoyer en m'approchant de la mort. Je flirte avec l'une en pensant à l'autre. Tout le temps, depuis que l'autre chien, mon sang, ma chair, mon frère, est parti loin, là-bas, sur la terre des fous et des cinglés. Là où, pour une cigarette grillée, on te sabre la tête. En Terre sainte. Dans le quartier, on dit « au Cham ». Beaucoup prononcent le mot avec crainte. D'autres – enfin quelques-uns – en parlent avec extase. Dans le monde des gens normaux, on dit « en Syrie », d'une voix étouffée et le regard grave, comme si on parlait de l'enfer.

Le départ du petit frère, ça a démoli le daron. Suffit de compter les nouvelles rides au-dessus de son monosourcil pour comprendre. Toute sa vie, il a transpiré pour nous faire prendre la pente dans le bon sens. Tous les matins, il a posé le cul dans son taxi pour monter à Guantanamo ou descendre à la mine.

Dans le jargon des taxis, ça veut dire aller à Roissy, ou descendre à Paris, et transporter des clients dans la citadelle. Celle qu'on ne pourra jamais prendre. Et soir après soir, il rapportait des sacoches épaisses de billets pour remplir le frigo. La dalle, le ventre vide, la faim ? Sensation inconnue. Toujours eu du beurre, parfois même de la crème dans nos épinards.

Mais bon, quoi que le vieux ait fait, à part la Terre, ici-bas rien ne tourne vraiment rond. Parfois, je voudrais être Dieu pour sauver le monde. Et parfois, j'ai envie de tout niquer. Moi y compris. Si c'était aussi facile, je prendrais le chemin de la fenêtre. Pour sauter. Ou du pont au-dessus de la gare RER de Bondy. Pour finir sous un train. Moins rapide et plus sale. En vrai, j'en sais rien et j'm'en bats lek[1], parce que aujourd'hui c'est le 8, et c'est le jour que Dieu a choisi pour son plan.

Le 8 septembre, c'est le jour où Marie la vierge est née. Pas le 7, pas le 9. Le 8, pour la faire naître et, des années plus tard, lui confier la mission d'accoucher de Jésus. Le 8 ? Un chiffre sans fin, et c'est le seul, c'est un double rond. Un truc parfait. Quand vous y mettez le pied, vous n'en ressortez plus. Le 8 : une embrouille, une esbroufe, un truc d'escroc, l'histoire que vous raconte un Marseillais. Et c'est aussi le jour où la femme sur la photo accrochée au mur au-dessus du buffet, celle qui sourit à côté de mon père, est remontée chez Lui, à Ses côtés. Fin de la mission. Morte.

---

1. Le lecteur trouvera à la fin du livre un glossaire donnant la définition des mots qui ne figurent pas dans les dictionnaires usuels.

Chaque fois, elles tremblent. Mes lèvres. Alors, j'essaie de faire sans. Ses bras, ses mains, son odeur, sa voix. Et son visage, et ses sourires, et la douceur de ses caresses dans nos cheveux. C'est pas facile de vivre. Ça fait pitié de le dire, mais j'ai pas honte. Je préférerais vivre sans ce truc dans le cœur. Me lever le matin, tôt, avant l'aube même, la tête vide, et boire mon café dans un bistrot du boulevard de Belleville en lisant les résultats sportifs, au milieu des bruits de vaisselle et des garçons qui s'activent. C'est dur de mourir en septembre, le 8. Parce que c'est le jour où Marie est née. Et Marie, elle n'a rien demandé à personne, on lui a mis Jésus dans le ventre et, par la force des choses, elle est devenue une sainte. En réalité, personne n'a rien compris. Personne. Ni les prophètes, ni les califes, ni les prêtres, ni les papes. Le choix de Dieu, c'est pas Jésus. Non, c'est Marie. Celle qu'il a choisie pour faire Jésus. La seule qui a obtenu ses faveurs. Le choix divin, c'est elle.

Sur la photo au mur, mon père est pas encore vieux. Mince comme un fil de pêche. Pas de moustache, mais déjà le monosourcil épais, scotché au-dessus de sa truffe de métèque. Zahié, la vieille de mon père, ma grande-reum, disait de ce sourcil que c'était l'autoroute de Damas à Alep. Comme si l'ange Gabriel lui avait calé la barre noire au milieu du front pour le différencier et jamais le perdre de vue. Un sourcil à mon père, et à Marie, il lui a dit de revenir à ses côtés. Combien d'années depuis son départ ? Au moins dix ou quinze… ? Peut-être vingt ? Elle adorait Zidane. Elle le trouvait beau. L'équipe de France. Les bleus. Thuram et ses deux buts. La Coupe du monde. Dix-huit ans ! Ça fait dix-huit ans et j'ai réussi à vivre tout ce temps. Plus longtemps sans elle qu'avec elle, et pourtant ça se referme pas, ça brûle toujours. Un puits de braise au milieu de la poitrine. Pourquoi nous ? Tout allait bien à cette époque. Enfin sûrement, je sais plus, comme l'impression que oui. Mais peut-être que c'était différent. On saura jamais. Et pourquoi le daron est resté seul tout ce temps ? Il faut le voir : aigri, bougon, lui arracher un sourire mériterait une Légion d'honneur. Qu'est-ce qu'il fait à part regarder la télé, le foot, les émissions politiques ? Ou parler de son taxi ? Je sais même pas si c'est son boulot ou la vie sans épouse qui l'a rendu aussi énergique qu'une huître qui se bute à la marie-jeanne. Les deux sûrement. Mais dix-huit ans seul ! Avec son taxi et son zgeg, ma parole. Une main sur le volant, l'autre sur le poireau. Et encore, pas sûr qu'il s'astique, qu'il mouche le petit singe, même pour l'entretien de la machine. Peut-être que le vieux va voir les tainps ? Il a joué au cow-boy de la vie. Un tacos pour cheval, sa langue pour flingue, les joues chargées de mots à cracher sur les enculés, et deux fistons pour lieutenants. L'un parti pour le Far East. L'autre à sa table, buvant sa soupe et écoutant ses salades. Non, en vérité, ça aurait été plus simple autrement.

Sa vie est restée au cachot. Dans une zonz de doutes et de peurs. Il suffit de zoomer sur sa grotte et d'observer le soin qu'il porte à la préparation de la table pour se demander ce qu'il fout dans cet immeuble de chiens, dans ce quartier de crève-la-dalle, avec ces enfants de schlagues, une gueule de Pachtoune, des dents de gitan, et son métier de gadjo qui finira par lui faire pousser le bulletin pour Marine. Les gens pensent qu'on est feuj, wallahlaradim. Parce que tous les vendredis, la table est dressée comme à l'Élysée. Mais rien à voir, de toute façon mon vieux dit qu'il est pas musulman, mais communiste. Et selon lui c'est pas une religion… Bref…

À sa table, qu'on soit deux ou vingt, rien n'est laissé au hasard, la disposition des plats, l'assortiment de couleurs, les assiettes, les couverts. « L'appétit vient d'abord des yeux, puis du nez », me dit le dar en arabe, en parsemant des épices sur un caviar d'aubergine. Elle, la table, pourrait lever la main droite et le jurer : « Oui, ton père est presque une femme comme les autres. » Enfin, la moitié du temps. Ce soir, il a consommé sa moitié féminine en préparant le dîner. Les trésors du mezzé sont éparpillés partout sur sa nappe en plastique. Quand il la sort, soi-disant pour pas abîmer la table, l'envie de l'insulter me chatouille les lèvres. À quoi ça sert d'acheter un meuble en merisier, si c'est pour mettre une nappe de chez Tati dessus ? Quel blédard, sur la tête de ma m… !

Cinq sœurs sont nées avant lui, il a été élevé comme s'il était la sixième. Ménage, cuisine et même couture avec minutie, labeur, gouttes au front, mains sèches et mal de dos. Pas un homme comme les autres, non. Il peut pas, les millénaires de coutumes et d'éducation dispensées aux femmes de son pays ont fait de lui un spécimen à part. La mère et les sœurs l'ont réglé comme une jeune femme syrienne qu'on prépare dès l'enfance pour épouser un enfoiré du village voisin. Enfin, dans le meilleur des cas, parce que souvent c'est plutôt un cousin, pour tenir une promesse de daron à daron faite à la naissance.

Tout ça, il l'est la moitié du temps. Car l'autre moitié, c'est un moustachu à la voix rauque presque ordinaire, il mastique la bouche ouverte en essayant de formuler une énième théorie sur la guerre au bled. À chaque mot, il propulse d'entre ses lèvres de minuscules morceaux de nourriture trempés de salive qui viennent buter sur les poils de sa moustache. Puis sa grosse main velue empoigne une serviette comme une éponge à chiotte et il s'essuie la bouche à la manière d'un maçon qui gratte une vieille peinture au papier de verre. Mon daron, c'est presque une œuvre d'art qui parle sans arrêt et répète en boucle : Assad, Daech, les Américains, Merkel, Hollande, Israël, Damas, Alep, les Kurdes, et Tadmor, son village natal, et nanani, nanana… avec grognement à chaque virgule et insulte à chaque point. En vrai, il casse les couilles de ouf… Mais bon, c'est mon daron, et il faut faire avec. La famille, quoi. Normal…

Sur la table, tout est prêt comme sur les photos des livres de cuisine. Un festin pour dix, mais on est plus que deux. Sa femme ? Partie avec la grande faucheuse. Sa mère ? Maison de retraite. Son fils aîné ? À sa table, à attendre. L'autre fils ? Disparu, parti loin, loin, très loin, soi-disant pour soigner les pauvres. Mais sûrement chez les fous, à la guerre, sur la route de la mort, peut-être dans le désert, peut-être dans un cimetière, tombé Kalach à la main, ou toujours vivant dans le bled de son père. Celui de la Bible, de la télé, d'Internet, des fous de Dieu, que les cerveaux ont en horreur, sans vraiment savoir ce qu'il s'y passe. Au Cham, comme disent les gars du quartier. En Syrie, quoi ! Sûrement qu'il est en train de niquer sa mère au milieu de la rocaille, à l'ouest du Tigre, à l'est de l'Euphrate et de la Méditerranée, là où la vie vaut moins qu'un regard déplacé, moins qu'une clope fumée, moins qu'un foulard mal attaché. Fils de putain. Pardon, Maman.

2

Petit frère

Tu sais, frérot, au fond, je suis comme toi. J'ai deux moi. Y avait moi dans l'hôpital qui charbonnait, sérieux, qui faisait pas de bruit, mais qui tournait en rond. Et y avait l'autre moi, celui qui voulait sauver la Terre. Parce que le monde m'appelait au secours. La nuit, j'entendais les pleurs des enfants palestiniens, maliens, soudanais, somaliens et syriens, et de tous les autres. Les bombes pleuvaient sur les innocents, et moi, impuissant, je devenais fou. Il paraît qu'on vivait dans le pays de la liberté, des droits de l'homme, mais rien que l'État sponsorisait des bombardements sur les innocents. Je me suis longtemps demandé pourquoi j'étais parti. La vie, c'est complexe. Les choix que l'on fait, les routes que l'on emprunte dépendent du boy caché au fond de notre cerveau. De la manière dont il se construit. Dont il s'enrichit jour après jour. Et de l'état d'esprit du moment. Y a des routes où tu peux faire demi-tour et d'autres où, quand tu y mets le pied, c'est fini. Et encore d'autres, où tu sais pas ce qu'il y aura au bout. La peur de rater quelque chose t'attire comme un aimant. Dans le doute, tu y vas.

Tout a commencé un après-midi de septembre. Le 8. Le jour où Maman est morte. À l'hôpital, j'avais deux amis. Un Turc, un vrai, avec la face d'Asiatique et l'arrière de la tête plate comme si on l'avait repassée au fer. Un fils d'immigré, et un infirmier, comme moi. Mon autre ami, c'était un vieux médecin indonésien, qui aurait déjà dû être à la retraite. Naeem, c'était son prénom, et « Guendou », c'était son blaze. Au début, on pensait qu'il était indien et on l'appelait l'Hindou, puis de blagues en conneries c'est devenu Guendou. Vingt-cinq ans qu'il était dans le service. Certainement l'un des chirurgiens qui avaient le plus opéré au monde. Un ingénieur de la chair. Le mec savait bricoler à peu près tout ce qui se trouvait dans une cage thoracique : ventricule, aorte, poumons… Pas un boucher, mais un artiste, il ouvrait les poitrines avec des gestes lents et calmes, plongeait ses mains et les ustensiles dans les tissus, incisait, découpait, nettoyait, cousait, réparait, et enfin refermait. Un couturier sur tissu vivant. Quand il opérait, moi à côté, comme un écuyer, je lui portais les armes. À part les internes, c'était le seul à me parler. Ça allait même plus loin. Il m'expliquait ce qu'il faisait. Dans son bled, on apprenait comme ça. On commençait infirmier, mais on était pas obligé de le rester. En reprenant les études à mi-temps, on pouvait aspirer à mieux. Avec les années, et semestre après semestre, les galons de médecin se greffaient sur ton épaule et tu pouvais dégainer les scalpels.

Le 8 septembre, c'était ma première greffe. Je m'en souviendrai toute ma vie. Parce que c'est le jour où Maman est morte, et c'est celui où on a redonné la vie à un pauvre type. Ça faisait un moment qu'on m'avait proposé, mais je me sentais pas tout à fait prêt. La greffe, ça

16

demande de la concentration, de l'endurance, de l'expérience. Une greffe, c'est long. Parfois dix, parfois quinze heures. Un jour, sur un pontage, Guendou m'a demandé si je voulais faire une transplantation avec lui. Changer le cœur de quelqu'un, c'est du lourd, faut répondre présent. C'est comme ça à l'hôpital, t'es dans un service, tu gagnes la confiance, et petit à petit tu te fais ta place.

Un 8 septembre donc, vers 6 heures du matin, j'ai reçu un appel pour venir d'urgence à l'hôpital. J'avais suivi la formation pour cette opération. Guendou me sermonnait depuis quelques semaines pour que je révise mon protocole infirmier. Le plus souvent, le patient receveur se présente en premier. On commence à le « préparer » en amont pour l'arrivée du greffon. Nous, l'équipe chirurgicale, on récupère les patients endormis après le passage de l'équipe d'anesthésie. En blouse sur les brancards et sous la lumière blanche des néons, c'est comme s'ils étaient morts. À nous de les réparer, et de faire repartir la machine. Celui qui attendait un nouveau cœur, c'était un homme. Un Rebeu. Grosse tête. Grosses lèvres. Cheveux courts et crépus. Pas vieux, genre quarante-cinq ans. Mes collègues semblaient bosser l'air de rien. Moi, je pensais à la vie du type, sa femme, ses enfants, son travail, son appart, son père, sa mère, ses voisins. Il avait le visage pâle. Je me disais : « Putain, quand on va refermer ce type et qu'il va se réveiller, il aura un cœur neuf, avec des cicatrices peut-être, mais tout neuf. Une deuxième chance, rhey, il a intérêt de prier Dieu toute sa vie. »

Guendou m'a dit de me concentrer. Il savait que la première transplantation, ça foutait une sorte de flipper d'émotions dans la tête. Les chirurgiens, ils font genre « tout va bien », avec la tranquillité d'un boucher qui découpe ses escalopes. Travailler précisément, faire vite sans se précipiter et éliminer les gestes inutiles, parce qu'à partir du moment où un greffon est récupéré et affecté à un receveur, on n'a que quelques heures pour intervenir. Sinon, c'est poubelle.

Guendou l'a schlassé sous le cou et jusqu'au milieu de l'abdomen. Après, c'était Monsieur Bricolage. Je lui ai donné une scie, il a découpé le sternum, puis avec une pince il a écarté la poitrine. Chaque fois qu'on ouvre des poitrines, j'ai envie de défoncer les patients. Toujours plein de gras. Ils mangent trop. On perd du temps à enlever toute cette saloperie. Bref… on l'a mis sous circulation extracorporelle. Je kiffe ce truc. Ce jour-là, je me suis dit que Dieu avait même réussi à nous faire inventer un engin qui remplace le cœur. L'appareil récupère le sang à l'entrée du muscle cardiaque, et le réinjecte chargé d'oxygène à la sortie. Le boulot du cœur et des poumons. Un truc de fou : la vie du Rebeu dépendait d'une machine qui ressemble à une pompe à essence. À ses commandes, une sorte de DJ règle l'oxygénation, le débit, et ce qu'il faut pour maintenir le patient en vie. On a préparé le bonhomme, puis on l'a laissé poitrine ouverte, avec son ancien cœur qui battait en attendant le remplaçant, et on est allés en salle de repos. Guendou me racontait des histoires de l'hôpital. Une putain de commère, ma parole. Alors qu'il me débitait les ragots du service, je pensais au patient, seul au bloc. Et à sa famille qui attendait, inquiète, dans le couloir. À la moindre connerie, l'autre montait au ciel. Et nous, comme si tout allait bien, on buvait un café, tranquilles. La vie est dingue.

Comme d'hab, Naeem m'a soûlé avec les études de médecine. Je lui ai répondu que c'était pas ma faute, que de là où je venais, un poste d'infirmier c'était déjà le top. Il a rigolé en me disant qu'il en avait marre de répondre à toutes mes questions, et que j'avais largement les capacités pour être un bon médecin. Que j'avais la bonne mentalité pour, que je posais les bonnes questions et que j'irais loin. Moi, je savais pas encore qu'aller loin, ce serait de partir au bled. Avec mon diplôme d'infirmier, je pouvais passer en deuxième année de médecine, mais après, j'en aurais encore au moins pour quatre à cinq ans avant de commencer à opérer et dix pour être chirurgien. Et je me voyais pas faire des études de médecine courtes pour finir comme un guignol derrière un bureau de généraliste. Pas mon truc, j'aurais été obligé d'ouvrir un cabinet au quartier, et je me serais tapé tous les éclatés et les cassos de chez nous. Plus que tout, le problème était pas mon niveau, mais mon manque de méthode et surtout la bonne éducation pour réussir. La fac c'était pas chez moi. Ça me faisait flipper. Rien que quand j'entendais les internes me parler, je me disais que je pourrais jamais avoir d'amis là-bas, qu'ils allaient me détester. Je sentais bien que je percutais plus vite que les jeunes médecins de mon âge. Et ça me rendait dingue de recevoir des ordres de types moins bien câblés au cerveau, mais qui avaient le diplôme. Dans ce pays, les gens comme moi ont pas leur place sous le soleil des belles études. On en veut pas. Personne leur dit comment faire. Le pire, c'est que quand ils parlent, on les regarde de travers, on rit d'eux, de leur coiffure, de leurs vêtements, de leur religion, de ce qu'ils regardent à la télé ou des musiques qu'ils écoutent. Mais tout ça, je l'ai pas dit à Guendou, il aurait pas capté, et m'aurait pris pour un raté et un rageur.

Il me faisait de la peine. Il me faisait penser à Papa. Débarqué d'Indonésie à trente-cinq ans, le mec trimait depuis vingt-cinq ans à l'hôpital. Il avait fait les opérations les plus compliquées. Les grands pontes de l'hôpital lui sous-traitaient les interventions et lui, il charbonnait avec les scalpels pour une paie de chauffeur de taxi. Une sorte de Cyrano de Bergerac de l'hôpital. Le pire dans cette affaire, c'est que récemment il avait demandé à prendre sa retraite, et l'administration lui avait répondu que c'était pas possible pour une histoire de statut. Un scandale. Bon, il avait pas l'air de mourir de faim, mais quand je pensais aux autres qui s'étaient fait pousser les graines sur son dos, j'avais envie de tous les niquer. C'est pour des trucs comme ça qu'on a envie d'éclater sa mère à la France. Parce qu'on nous bassine du CP à la terminale avec la justice et l'injustice. Bien entendu que la justice, ça met tout le monde d'accord. On est tous pour. Une fois bien éduqué, on sait se révolter, le poing en l'air contre tout ce qui est injuste. Et, un jour, ça se présente devant toi. Tout ce en quoi tu croyais s'effondre. T'as envie de tout niquer. Surtout quand c'est le genre de types, façon bons Français bien éduqués, qui font la morale à longueur de journée sur le bien et le mal, mais qui carottent un pauvre immigré indonésien. Ceux-là mêmes que t'avais identifiés comme les défenseurs de la justice.

Alors qu'il me parlait de ses problèmes de retraite, on a entendu des sirènes hurlantes. Par la fenêtre, on a vu gyrophares et ambulance escortée par deux motards de la police. Comme pour transporter un taulard. Le greffon arrivait de l'hôpital Avicenne. De retour au bloc, Naeem était stressé. On a presque tout enlevé du cœur malade.

Dans le récipient qui sert de poubelle, cet enfoiré de muscle défaillant s'étalait comme un poto qui flanche.

Guendou le montrait pas, mais il s'en voulait d'avoir perdu quelques minutes au café. À côté de lui, dans un bol de fer, le nouveau cœur flottait au milieu d'un liquide froid. Le premier truc, c'est de le greffer sur l'oreillette de l'ancien. Ensuite, on suture les veines et les aortes. Ça paraît facile, mais ça prend pas mal de temps, c'est stressant, il faut rester concentré. À côté de Guendou, je suivais ses gestes à la lettre, j'essayais d'anticiper, dès qu'il avait besoin de quelque chose, je réagissais au quart de tour pour ne perdre aucune seconde. Mais même quand on agit à la perfection, y a toujours un truc qui merde et il faut bricoler, genre tricher sur la suture quand la taille de l'aorte du donneur et celle du receveur ne s'accordent pas. Bref, on est dans le vivant, dans le mou, donc forcément c'est pas comme en maths, faut bidouiller. Doucement, geste après geste, il a refermé la poitrine.

On est partis manger avec Naeem à côté de l'hôpital pour se changer les idées après les huit heures d'opération. Lui, il devait y retourner après pour surveiller le patient. Le nouveau cœur était en train de s'adapter. Dans une greffe, le risque de rejet est important, surtout dans les premiers jours. Naeem était une sorte de héros, mon modèle, l'immigré parfait, instruit, éduqué, calme et volontaire. Mais au lieu de le mettre sur un piédestal, on l'avait utilisé et saigné à blanc. Je lui ai dit que je voulais partir de France. J'y pensais depuis six mois. Partir pour soigner ceux qui en avaient vraiment besoin. Des frères et des sœurs qui ont pas eu ma chance de grandir dans un pays en paix. En plus, ici, il y a tout ce qu'il faut et assez de gens pour soigner. Puis les maladies pourries, c'était

pas mon affaire. Là, Naeem a pris un air sérieux. Du genre
« fier de moi ». Un regard d'encouragement. Il voulait me
présenter quelqu'un qui pourrait m'aider à réaliser mon
projet, parce qu'il connaissait du monde dans l'humanitaire. Quand il parlait, on aurait dit que Gandhi lui soufflait les mots. Il les posait un par un. Ses yeux brillaient.
J'aurais voulu que Papa soit comme lui, un guide, pas un
dictateur. Naeem est reparti vers l'hôpital et je l'ai suivi.
Le bâtard était en vie. Ouais, frérot, la vérité c'est qu'un
type à qui tu greffes un cœur, c'est un bâtard sauvé par
Dieu. Le nouveau cœur battait et le bâtard respirait. Et
l'autre vérité, c'est qu'Il avait pris Maman parce que le
daron était dans le péché. Rien qu'il blasphémait. Et
même la mort de Maman, ça lui avait pas appris à fermer
sa gueule. Ce jour-là, je me suis dit que ça allait pas. Que
mon truc, c'était de faire comme Guendou. D'opérer, de
faire du concret, pas de lui passer des ustensiles et des
compresses. Fallait que les idées deviennent des projets,
puis que les projets se concrétisent. Comme nous le disait
le pote curé de notre autre grand-mère, la Bretonne, la
mère de Maman : « Aide-toi, et le ciel t'aidera. »

Dans le métro du retour, comme d'habitude tout
le monde était gris, mais l'ambiance divine qui flottait
autour de moi les rendait tous beaux. On avait sauvé un
type, sa mère la pute ! On lui avait redonné la vie, l'envie de continuer un peu plus avant de rejoindre Dieu ou
l'enfer. C'était bizarre. Planter un cœur anonyme dans
un mec, ça changeait tout. On pouvait réparer les corps.
Dieu nous avait même guidés pour qu'on invente le
paradis sur Terre, la vie éternelle. La première fois que
tu greffes un type, t'hésites plus, tu votes définitivement
pour Dieu. La vie est trop bien faite pour qu'elle se soit

inventée toute seule. Tu peux pas savoir ce que c'est. J'en ai pas dormi de la nuit. Sous mes draps, je me retournais d'un côté, puis de l'autre, je jetais un œil à mon téléphone, les minutes défilaient et le sommeil ne venait pas. Je repensais au gars à qui on avait posé le cœur. À sa vie d'après. Une deuxième chance, ça doit donner envie de tout changer, de kiffer. La vie est trop courte pour s'enfermer à vingt-cinq ans sous une blouse, dans un hôpital à Paris. Je voulais l'aventure, la vraie. Dieu me tendait la main, à moi de la saisir.

Le lendemain matin, avant même de commencer la journée, j'ai dit à Guendou que j'avais bien réfléchi et que je voulais vraiment partir. À la pause de midi, il m'a arrangé un rendez-vous avec un boy de l'ONG Médecins sans frontières. Un de ses amis. Ils partaient partout dans le monde, ça imposait le respect.

Trois jours après, j'étais dans leurs bureaux à côté de la place de la Bastille. Un infirmier et un médecin m'ont accueilli dans une pièce sombre qui donnait sur la cour. Je me suis présenté vite fait, ce qui me motivait, qui j'étais. Le médecin m'a demandé mes origines et si je parlais arabe. Quand je lui ai répondu Syrie et « oui », il a souri. Il m'a dit qu'il allait étudier ma candidature et qu'il me rappellerait rapidement. Restait plus qu'à attendre. J'étais confiant, je regardais là-haut, les paumes tournées vers le ciel, et je chuchotais des prières pour qu'un nouveau soleil se lève à l'horizon.

3

Grand frère

Une voix rauque comme si elle provenait du centre de la Terre. L'air fuit ses poumons, secoue ses épaisses cordes vocales encroûtées de tabac pour kidnapper du son, et ça remonte dans la gorge, trouve un chemin entre les aliments à peine mâchés, glisse sous la moustache, vole dans la pièce pour me boxer les tympans, le nerf réceptionne, transforme et conduit l'information là-haut, entre mon front et ma nuque. Entre Mars et Saturne. Chez moi tout fonctionne, mais je comprends rien de ce qu'il raconte. C'est comme une vieille radio de la bande AM. Impossible à régler, on a beau tourner le bouton, ça grésille, on comprend des bribes, mais ça casse les oreilles plus qu'autre chose. Les coudes sur la table, la moustache trempée de thé, sa peau transpire – à cause de l'effort –, parce qu'il en faut pour manger tout ce qu'il mange. Son front brille de sueur, ça suinte le long du monosourcil, avant de couler sur sa joue rasée de près. Toujours. Tous les matins. Obligatoire, parce que sinon, ça pique dur. La pilosité de cet homme est impressionnante. Il y en a partout, et ça repousse à une vitesse folle. Mon père est l'homme le plus poilu que j'aie jamais connu. Merci, on lui ressemble pas. Du sommet de sa tête jusqu'à ses pieds, ça s'arrête pas. Une forêt sans fin, une sorte de 8.

Il pose son couteau. C'est bientôt la fin. Les repas de mon père sont toujours une espèce de marathon, quand il commence, y a jamais de pause, il enchaîne comme un dingo. Puis, à un moment, il pose le couteau, pousse un petit rot acide, ravale la bile, comprend que ça va plus, que c'est trop. La fourchette est toujours là, prête à piquer quelque chose. Une dernière olive ? Un morceau de fromage ? Là-haut, ça hésite, mais le toubib a dit walou, sinon c'est «en route» pour les quatre planches et les six pieds sous terre. La fourchette revient à côté de l'assiette. C'est fini. Place à la suite, ça va être ma fête. Je le sens. Avec la grève des taxis les derniers jours, il va parler que de ça.

«Tu travaillére encore pour traîtres, toi là ? »

Il s'y fait pas. Les fesses enferrées au siège de son taxi, et le cerveau à sa licence à 240 000 euros.

«Mais tu sais quoi, vends ta plaque, et prends ta retraite.»

Il a prononcé quelques mots en arabe, j'ai pas tout saisi, un truc du genre «tu as grandi comme un âne dans un pays de lions».

«Toi bientôt trente ans non ? Tu être abruti. Tu être bête. J'é peux pas vendre plaque tout de suite. La retraite, c'est dans deux ans. Mais avec ton Uber, tu vas tuer nous. Plus vingt ans de travail. Tout seul, j'ai travaillé. T'as honte pas toi, trahir ton père, en allant travailler pour concurrence là ? »

J'ai jamais capté comment un type, aussi fâché avec le français, a pu obtenir un doctorat en France. La charité ?

Quand il parle de mon travail, ses yeux grossissent et se maculent de minuscules veinules de sang. Il entre dans une sorte de transe, pire encore que quand il entend le nom de Bachar el-Assad.

« Bête. Bête. Bête ! Imbécile ! C'est force de traîner avec tes amis voyous, les Arabes.

— T'es pas arabe, toi ?

— Humain moi, wesh ! Comme tu dis, wesh pour tout, mais toujours bête ! Humain, plus important que tout. Même Dieu, il dit pas arabe ou pas arabe, il dit important cinq fois par jour. Mais ça, c'est pour connards qui croient dans la Dieu, comme si la Dieu remplir le Caddie à la supermarket.

— Starfoula. Vas-y Papa, t'es syrien ou pas ?

— Astaghfirollah ! Astaghfirollah ! C'est quoi ça ? Qu'est-ce que toi tu connaître la religion là ! Dégage-toi là. Syrien, c'est pas arabe. C'est nationalité, pas ethnie. Je suis moitié arabe, moitié kurde, mais avant tout communiste. »

Communiste, peut-être son mot préféré. Prononcé avec ferveur et le poing sur la poitrine. Et kurde, il l'avait inventé depuis Kobané. Ça lui donnait du style, comme les babtous qui s'inventent des origines. Avant, on avait jamais été que syriens. Lui syrien, et nous, rebeus, syriens, parfois français, quelquefois bretons, ça dépendait d'avec qui on traînait. Dans la vraie vie, jusqu'à la guerre de Syrie, on était plus banlieusards qu'autre chose. Mais, depuis, tout le monde se dit musulman.

«Si tu aides pas ton famille, c'est normal après problème. Si j'ai pas occupé vous, comme les autres vous prison ou racailles ou islamistes maintenant, partir couper têtes la Syrie là. Bobigny merde façon.»

Il sait même pas de quoi il parle. Il parle comme ça, il raconte toujours les mêmes truçs, comme un disque rayé qui tourne en boucle. Blablabla. Quand il s'énerve, son français se fracasse, les Français ne comprennent plus ce qu'il dit. Pour nous ça va, car ce français-là, c'est notre langue maternelle. On a tout fait pour corriger, il faut pas chercher à comprendre, la langue de l'immigré, elle s'intègre toujours moins bien que lui.

«Tu boire café syrien?

— Pourquoi tu dis pas café turc?»

Il balaie la question par un revers de main. Encore un de ses trucs de vieux incompréhensibles. Il faut pas dire comme ci, mais comme ça. Des conneries qui font perdre du temps. C'est mon père. Il faut faire avec.

«Tu sais faire café bled?»

Ces derniers temps, il est plus sympa qu'avant. Le dar vient de passer la soixantaine, chaque souffle le rapproche de la mort, et il en tient la comptabilité. Pour ça qu'il distribue des élans de douceur comme un croupier de l'amour. Je crois qu'il a plus rien à prouver. À personne. Peut-être que c'est le moment pour lui de sortir de sa cage et de vivre sa vie.

«Tu mettre une cuillère à café par tasse que préparé toi tu veux faire. Puis l'eau. Pour une tasse café à préparer, tu mettre une tasse eau.»

La préparation s'est mise à bouillir dans la petite casserole en cuivre. Il a retiré la mousse du café avec une cuillère et l'a répartie entre les tasses. Sa connerie s'évaporait doucement. Ça fait toujours ça quand il revient chez lui. À cause de ses problèmes politiques, il a jamais pu retourner en Syrie. Alors avec le repas, le café et la musique, c'est comme s'il était au village, il cultive le souvenir du bled. L'exil a jamais été son truc. Il connaît l'histoire, la politique, l'économie de ce pays sur le bout des doigts, mais en vrai il comprend rien à la France. Il pense que c'est un pays parfait et que tout le monde est intelligent. Sauf que la connerie est la richesse la plus équitablement partagée au monde. Et Dieu n'a pas oublié la France. Du coup, là-haut dans la tête de mon père, ça bugue, il comprend pas, ça le bute et ça le rend lui-même con. Sa main poilue a reposé la casserole sur le feu pour faire mousser une seconde fois.

« La vie c'est comme café turc ou syrien ou grec, importe peu pas grave le nom. La vie c'est comme café bled, d'accord ? »

« Importe peu pas grave », en vrai français ça veut dire « peu importe ».

« Pour réussir tout, tu dois doser choses. Puis surveiller, patiente, attondre… Tu enlever mousse une fois, tu faire mousser là deux fois, et tu partager. À la fin, tu bois tranquille café. Doucement là. Profiter. Café turc, c'est travail et patience, puis plaisir, apprécier les arômes. Tu comprends ? Comme la vie. Travailler puis plaisir, amuser. Très important. Tu comprends ? »

J'avais rien compris. Les grandes théories sur tout et n'importe quoi, c'était son délire. On aurait pu faire une série comme «Machin chouette pour les Nuls». «Les grandes théories et le café turc par mon daron». «Les grandes théories, Bachar el-Assad, le travail, le taxi, et Uber par mon daron», «L'exil, l'immigration, la géopolitique, Bobigny par mon daron», «Sarkozy, Kadhafi, Karl Marx et Mahomet par mon daron». Le compte en banque grossirait plus vite qu'en prenant le volant, pour lui comme pour moi. Enfin, je dis ça, mais j'ai un client qui bosse pour Nathan, il m'a dit que le livre c'était la haess, ça se vendait mal. Quand je vois qu'il y a des types qui se cannent aux études et qui arrivent pas à remplir le panier, je me dis que chauffeur c'est la détente. Pas besoin d'avoir le citron farci de bla-bla pour conduire une tôle et suivre un GPS.

On a bu le café, doucement, sans mots, en se jetant quelques regards. Sa peau s'éclaircissait avec l'âge. Plus jeune, on l'appelait le Maharadjah, parce qu'il était foncé comme un maharadjah. Ses rides se creusaient, surtout celle au milieu du front depuis que mon frère avait disparu. Même sa grosse stache de communiste avait perdu en style. Le balai-brosse sous le nez? Des années de maîtrise et de travail. Elle est peut-être ringarde, mais respect pour cet art transmis de père en fils. Pour la relève, je préfère qu'il m'oublie. Tant pis, on dira que les kilomètres et la mer suffisent à transformer les coutumes en souvenirs. Quand on a fini nos tasses, il a insisté pour lire dans le marc de café. Une vieille croyance de leur bled, un truc de bonne femme, mais bon, de toute manière, mon père... On renverse la tasse sur la soucoupe et on attend que ça refroidisse, puis on la retourne. Dans le marc du café, ça fait plein de formes, des fleuves, des oiseaux, des hommes, des femmes, des chameaux, des chevaux. Une sorte de BD, et avec ça, nos marabouts à nous racontent… pardon, inventent des histoires. Zahié, la vieille, le faisait très bien. Les gens venaient à la maison, parfois de loin, juste pour l'entendre assaisonner des salades. Et même si elle y voyait pas grand-chose avec sa cataracte, tout le monde croyait à ce qu'elle racontait. Certains lui filaient des cinquante francs, des cent francs pour la remercier. N'importe quoi et, après, ça se dit musulman, starfoula.

Avec la même tête de savant fou que prenait sa mère, le daron a éloigné la tasse pour régler sa vue, parce qu'il est aussi bigleux qu'elle. D'ailleurs, ses lunettes, plus old school, on en trouve qu'à Marrakech. Avec ses chemises à carreaux et ses pantalons en velours côtelé, on dirait un espion soviétique. Il a commencé à raconter ce qu'il voyait dans la tasse. Il faisait danser son autre main pour habiller son histoire. Chez nous, on parle autant avec les mains qu'avec la bouche. La sentence est tombée : j'allais retrouver quelqu'un d'important, un homme de ma taille, de mon âge, qui me ressemble, et il y aura du feu partout autour de nous. Mon esprit se roulait par terre avec ses conneries, mais j'ai gardé mon rire à la niche, pour pas lui niquer son délire. Ça se fait pas, il est vieux. Avant, j'en avais rien à foutre, je le cognais de mots avec ce qui me traversait la tête, quitte à le blesser. Une fois, je l'ai même traité de bouffon. Il a rien dit, il a rentré les épaules comme un boxeur et a encaissé. Ça l'a tué, je crois. Les yeux mouillés, il a soufflé quelques mots du genre : « Toi comprendras, toi vas voir, quand tu auras enfants. C'est dur. » À l'époque, j'avais déjà passé l'âge de faire des chichis à mon père pour un paquet de Pépito, et je me suis senti bête. Pendant longtemps ensuite, il m'a pris pour un chien de la casse. Ça a changé quand mon frère est tombé dans le mauvais, je suis redevenu le fils prodige, surtout depuis que je m'occupe de ma grand-mère.

La vieille Zahié est arrivée de Syrie à cause de la guerre. Depuis, elle est folle, enfin, elle mélange tout. Les bombardements à Alep, les combats, les morts, tout ça, ça l'a rendue dingo, la pauvre. Le daron, il l'a mise dans une bonne maison de retraite. On avait pas le choix, mais on l'a dit à personne du quartier, sinon ils nous auraient cassé les couilles. Savent pas ce que c'est d'être vieux et malade. Ils laissent leurs vieux crever au bled, dans leurs villages pourris de Maghrébins, après ils font la morale. De toute façon, les gens sont comme ça pour tout. Un vieux, c'est plus dur qu'un bébé. Un nourrisson, vous avez pas honte de le torcher ou de le nourrir, c'est même un kif. On peut décider d'avoir un bébé pour ça. Mais un vieux, en plus quand c'est le vôtre, votre père ou votre mère, c'est dur. Une question de dignité. D'honneur même. Quitte à choisir, je préfère savoir que mon vieux est torché par des pros que de le laisser pourrir comme un légume à côté de moi, le cul embourbé dans la chiasse. Je sais que ça fait pitié de le dire, mais la vie c'est dur, wallah ! Nous, on a pas baissé le froc, on a trouvé une solution pour la vieille. Dieu merci, les assistantes de vie s'en occupent bien. Par chance, y a une ou deux Rebeus qui peuvent parler avec elle. Elles se font passer pour des Jordaniennes, parce que la grand-mère est un peu raciste. C'est pas bien mais c'est comme ça, les gens de chez nous aiment pas les Maghrébins. Les Mésopotamiens se prennent pour les princes des Arabes. «Jordanie» on lui a dit, et elle a eu un sourire. En France, une Arabe raciste c'est quand même le pompon.

Mon père a inspiré profondément, comme s'il se préparait à une nouvelle demi-heure de monologue.

«Écouté, ibni.»

«Ibni», c'est «fiston» dans le dialecte arabo-syrien de mon reup.

«Je faire réparer voiture, toi donne-moi l'adresse de garage portugaise de Bondy.»

Jusqu'à récemment, mon père a toujours entretenu son éternelle Mercedes grise à grands phares dans une concession de la marque. Sa voiture, c'est sa maîtresse, il l'emmenait que dans les restaurants étoilés. Ça lui coûtait un bras, il le savait, mais il avait une sorte de fierté à laisser les clés à l'accueil, puis à signer un gros chèque. Bizarre comme conception du communisme, mais bon. Depuis quelque temps, l'oseille manquant, la table du vendredi soir est moins fournie en mezzé, et la Mercedes va passer chez le Portugais. Il dit rien, mais c'est à cause de la concurrence des Uber. Je l'admire, parce qu'à sa place, si mon fils travaillait pour mon concurrent, je l'aurais renié. Mais je suis jeune, j'ai bien capté que les vieux se calment avec l'âge, sont plus sages.

Je suis allé chercher mon portefeuille pour lui donner la carte de Pinto. Quand je l'ai ouvert, une feuille pliée en quatre est tombée sur la table. Les traits de son visage ont un peu bougé. C'était la convocation au commissariat que j'ai reçue avant-hier. Je sais pas s'il a eu le temps de lire ce qui était écrit dessus ou si c'est la manière dont je l'ai rangée, rapidement dans ma poche de pantalon, qui l'a rendu suspicieux. Fallait que je fasse gaffe. Là ça allait mieux avec lui, mais je me rappelais des sales années, des années dures où il m'avait mis à la porte. S'il voyait ma convocation chez les flics, sans chercher à comprendre il allait penser que j'étais retombé dans le sale, et ça allait repartir en pugilat.

Il s'est allumé une cigarette. J'avais moi aussi envie de fumer, mais bon, j'ai jamais osé devant le daron. Question de respect. Il a gonflé sa poitrine avec la fumée, comme s'il allait cracher la sagesse du monde en une bouffée. J'ai cru qu'il allait me parler de la convoc. Puis il a expiré en faisant des ronds avec sa bouche. Cet homme avait changé, peut-être qu'il s'en foutait maintenant.

«La vie pas compliquée. D'accord, toi travailles avec application Uber, téléphone, ek jetera. Mais pro-priétaire d'Uber, c'est qui ? Tu participer démolir un métier, taxi pour les autres. Si demain, un jour, plus taxi, Uber monopole, c'est pas bon…»

Dix minutes pour me faire comprendre des choses simples. Mon père est un farouche opposant à Uber. Il est bien placé dans un des syndicats de taxi. Depuis qu'Uber et les plates-formes ont débarqué, ils ont perdu beaucoup de courses et de clients. Dommage pour eux. Moi, je comprends qu'ils aient la rage, mais c'est en partie leur faute. Les types, ils refu-saient de prendre la carte bleue et ils étaient jamais sympas. En même temps, c'est pas simple. Taxi, c'est un métier de chien où l'on gagne pas un rond, et en plus les gens demandent d'être sympa, le Beur et l'argent du Beur, wallah. Bref. Uber a tout compris. C'est facile d'être client, c'est facile d'être chauffeur. Assis comme des pachas derrière leur ordinateur, ils ont fait l'appli et après, tranquilles, ils ont laissé travailler les autres. Moi, je savais pas que l'informatique ça payait, sinon rien que j'aurais rodé le clavier plutôt que le volant.

Mon daron, il est révolté avec tout ça. Ça le dépasse. Le jour où je lui ai dit que j'étais chauffeur, j'ai cru qu'il allait me rayer du livret de famille. J'avoue que c'était pas malin de faire comme ça, j'ai pas réfléchi… Son gros flip, c'est que tout ce qu'il a construit se casse la gueule, il a tout misé sur cette plaque qu'il va revendre pour sa retraite, et ce qui lui fout le plus les boules, c'est que les Uber débarquent sur le marché sans avoir besoin de plaques. Alors forcément, avec la loi de l'offre et de la demande, ça nique le prix de son bien. Mais bon, y a des trucs bizarres aussi. Parce que, au début, l'État donnait les plaques gratos. C'est dans la loi de 1947, qui a été votée après la guerre. J'ai entendu ça à la radio, l'autre fois. Mais la loi, elle a été mal faite parce que dedans c'est pas interdit de revendre les plaques de taxi. Alors les chauffeurs, ils ont commencé à revendre leurs plaques, etc., et forcément, comme pour l'immobilier, les prix ont bougé en fonction de la cote. Petit à petit, les gens ont commencé à prendre des crédits pour acheter leurs plaques, ils la remboursent, et la revendent avant la retraite. En fait, ça fonctionnait pas trop mal jusqu'à Uber. Maintenant pour les taxis c'est parti en sucette, ils flippent, ils manifestent, et ils ont envie de tout niquer.

Moi, la vérité, je serais les types d'Uber, j'aurais fermé ma gueule. Plutôt que de la ramener, du genre : « Les taxis, vous êtes des bouffons. » Ils font les malins derrière leurs bureaux, zarma Silicon Valley, look faussement négligé, petit jean usé mais en fait tout neuf, tee-shirt avec des délires que personne ne connaît, petite barbe genre bûcheron mais sans les muscles ni les cojones, et esprit rebelle façon « on est contre les règles et tout », mais rien que les taxis débarquent, ils leur niqueraient leur mère fissa. Parce que les taxis, ils s'en battent la race, c'est des mecs de la rue, aigris, usés par la life. Onze heures par jour dans la carlingue à guetter le client, ça rend un homme fou, ça. Une fois, j'ai entendu à la radio une émission sur les suicides, un psychologue faisait le point sur les métiers à risques, il disait « chauffeur de taxi », mon frère ! La détresse, ça conduit à la violence. Pas des mots de fanfarons, je sais de quoi j'parle, j'en ai un exemple devant moi. C'est pas pour rien qu'ils ont tous une batte de base-ball, une matraque télescopique ou une barre à mine sous le siège. Rien à perdre. La violence, ça soulage. Heureusement qu'y a les syndicats pour les calmer. Mais bon, en fait les patrons d'Uber, ils sont malins, parce que les taxis, ils nous agressent nous, les chauffeurs de VTC, et pas les types qui ont créé le système et l'entretiennent. C'est comme dans les manifs. Les casseurs insultent les flics, mais c'est pas les flics qui font les lois. Logique = 0. Ils ont qu'à aller à l'Assemblée nationale, ils entrent en force et ils font la misère aux ministres, aux députés et à leurs équipes qui font les bonhommes. Là-bas, ils peuvent menacer ceux qui décident. À la radio, y a un journaliste qui parlait des politiques et du sport. Genre le Premier ministre et le ministre de l'Économie, ils font de la boxe. Ha ! ha ! ha ! Mais qu'ils nous montrent s'ils savent mettre des droites et manier le schlass comme les ratons du bitume.

Pour mon père, si j'étais intelligent et si je réfléchissais, j'hériterais d'une plaque de taxi, que je lui paierais la moitié du prix. Voilà comment il pense : « Cet âne n'a pas fait d'études. Taxi au moins c'est un métier qui paie. » J'allais avoir trente ans putain, je voulais pas m'enchaîner dans un truc pour passer trente prochaines années de merde. Il comprenait rien.

« Avec ton frère, vous comprendre rien la vie. C'est vrai. Si vous êtes intelligents, tous les deux, montez avec moi petite société taxi, avec une plaque, on tourne sept jours sur sept, vingt-quatre heures sur vingt-quatre, vous économisez, on achète deux autres plaques et après petite centrale, travaille pour hôpital, sécu. Mets l'argent dans poche gauche, et poche droite.

— Qu'est-ce tu me parles de mon frère ? Pourquoi tu parles de lui ? Il est plus là. Il est parti. Peut-être qu'il est mort. Peut-être qu'il a tué. Il est où, ce chien ? En Syrie, à Dubaï, au Mali, en Libye ? On sait pas. Il est parti comme une ombre, il a filé comme une pute au petit matin. Il nous a lâchés. Tu veux pas le comprendre. T'façon… »

Je lui ai pas dit. Je me suis retenu. Tout est sa faute. Ma mère. Ma grand-mère. Mon frère. Le daron a toujours tout fait de travers, il s'est pas occupé de nous.

Il a passé son temps à essayer de survivre plutôt qu'à vivre, toujours à préparer l'avenir, jamais à kiffer le présent.

«Parle pas comme ça ton frère. Lui mission humanitaire au moins, pas comme toi, chauffeur travail pourri. Je sais mieux que toi, j'ai fait vingt-cinq ans. Et toi plus bête que ton père, faire pareil. Ton frère. C'est mon fils, lui il va revenir. Je sais ça. Je sens.»

Il a dit ça froidement, le doigt pointé vers moi, les yeux calmes mais persuadés. Ça voulait dire tu acceptes ou tu te casses de cette maison. Je savais pas quoi faire, j'étais encore trop jeune pour pouvoir tenir tête à mon père. Où est l'autre con? Frère de merde! Un jour, on va se retrouver en prison avec le vieux à cause de lui. Complicité de quelque chose. Le père est resté là, indigné, mais sans voix. Il attendait que je dise un truc. J'ai tourné la poignée et refermé sa porte en murmurant «adieu».

4

Grand frère

C'est la nuit, et j'aime bien quand il pleut la nuit. Les gouttes qui s'étirent sur mon pare-brise, au loin les lumières de la ville qui s'étouffent derrière la buée, les clapotements de l'eau qui fusent sous le châssis et le reflet rouge des feux sur le bitume trempé. En haut des Lilas, près du fort de Romainville, j'arrête parfois la voiture pour rouler un cône. De la Philharmonie à la tour Eiffel, tout Paris est à portée de vue. Mais personne connaît ce spot. Ici c'est le ghett's, la Seine-Saint-Denis, et tout le monde s'en branle. J'sais pas pourquoi c'est la merde ici. Au fond, ça me fait chier que l'on passe pour les déchets de la France. On a pas demandé à tout niquer, on a juste grandi avec ça. Les plus grands qui cassaient tout, puis nous les petits qui les imitions. Et demain, les petits d'aujourd'hui nous imiteront à leur tour. Une sorte de culture de la haess. On respecte rien, parce qu'on nous respecte pas. Quand tu deviens adulte, tu comprends, tu regrettes, t'es armé pour répondre avec des mots, et pas qu'avec des coups ou de la casse. Mais souvent, c'est trop tard.

Ici, tout ne fonctionne qu'à peu près. L'école, les immeubles, les voitures, les supermarchés, les médecins et les pharmacies. Quand tu veux, tu peux toujours t'en sortir, mais ça veut pas dire que ça tourne rond. Et quand t'es pas dedans, c'est pas évident de câbler sur tout ça. Suffit pas de régler l'antenne ou de tourner sa parabole pour capter l'ambiance. Cette vibe, il faut la ressentir jusque dans ses tripes pour en saisir les tenants et les aboutissants. Parfois, j'entends à la radio des débats sur notre zone; pas des politiques ou des journalistes, mais des types de bon niveau, façon professeurs d'université. Pourtant même eux racontent n'importe quoi. C'est comme quelqu'un qui parlerait de la jungle, des lions et de la brousse sans y être allé. Le premier frère de chez nous qui l'entendrait le reclasserait fissa en «non crédible». On devient pas banlieusard sur les bancs de la fac. On obtient d'abord sa licence en usant ses semelles sur le béton, puis un master en se battant pour du laiton, et éventuellement un doctorat, le jour où les pieds font les cent pas dans la cour de la prison.

Dans l'autre sens, c'est pareil. Souvent, les gars de chez nous punchent des conneries sur les quartiers riches, Neuilly, le XVIᵉ, et tout le tralala. Rien qu'ils en savent walou. Moi, en toute modestie, la tête est pleine de ce que je vois et j'entends. Parce qu'un chauffeur, il rôde, il rencontre. À longueur de journée, enfermé dans sa carlingue à écouter les clients, la radio, il réfléchit, il confronte et, du coup, il déborde d'histoires à raconter.

Quand je suis sorti de chez mon père, la lune était presque au zénith de la nuit. J'ai activé l'application des chauffeurs sur mon téléphone. À peine le temps de griller une blonde que je suis missionné avenue de Flandre pour les Grands Boulevards.

Le nom du ien-ien apparaît sur l'écran du téléphone. «Irmah Haddad». Vu le quartier et le blaze, ça doit être un Feuj ou un Arabe. Bref. De toute manière, du moment qu'il paie… L'oseille n'a pas de couleur, c'est le meilleur rempart contre le racisme.

D'habitude, quand il pleut, ça roule mal, mais ce soir c'est plus calme. Je vais arriver en avance. C'est quand même bien fait, parce que au moment où j'arrive le client descend de chez lui. Pas de perte de temps. Il embarque et on roule.

J'aime bien regarder la tête du client par le rétroviseur. Lui c'est ni un Rebeu ni un Feuj, mais peut-être un Kabyle, un Français ou un Turc.

Avec les clients c'est un peu toujours la même chose. Soit ils posent des questions sur votre journée, soit ils racontent leur vie, soit ils partent doucement vers la politique ou la religion. Comme à la radio. Et puis il y a les muets. Par chance, ceux-là sont peu nombreux, sinon ce serait la fin du métier, la mort assurée. J'imagine l'enterrement, un ami de longue date qui demanderait en chuchotant : « Et il est mort comment ? », et un autre répondrait les lèvres pincées, les yeux mouillés et l'air grave : « … D'ennui au volant de sa voiture. Il est mort d'ennui. » La mort pourrie.

Quand un client monte, l'un de mes jeux c'est de deviner de quelle catégorie il va être. Il faut attendre un peu, jeter quelques perches, puis patienter pour qu'il se dévoile. Ce soir, on a déjà bien avancé, la voiture vient de saluer la Rotonde du métro Stalingrad, et mon ien-cli a pas bougé les lèvres. Ses yeux sont noyés dans ses pensées. Pauvre gars, il a pas l'air bien. Qu'est-ce que ça doit être, sa vie ? Riche ou pauvre ? Les sourcils épilés, peut-être que c'est un pédé et que son type vient de le lâcher ? En même temps, c'est pas simple de savoir qui est qui aujourd'hui, et au fond tout le monde s'en cogne, que chacun s'occupe de son entrejambe avant de glisser la main dans le slip du voisin.

« Vous voulez une radio en particulier ? »

Un petit sourire. C'était sa réponse. J'ai enfoncé le bouton de la radio, et comme il a rien dit, j'ai navigué de station en station. Nostalgie, variété française, c'est pas mal. On va voir sa réaction. Le présentateur annonce France Gall, c'est parfait. Ça va le faire réagir. Elle commence à chanter. Énervante. Une chatte qui miaule. Miaou. Miaou. Un jour, j'ai entendu à la radio qu'elle avait pris le nom Hamburger après son mariage. C'était celui de son mari.

« Vous saviez que son nom d'épouse, c'est France Gall ?

— Pardon ?

— Son nom d'épouse, à la chanteuse, c'est France Gall.

— Pardon ? De quoi vous parlez ?

— Celle qui chante là. C'est France Gall. Mais quand elle s'est mariée, son nom est devenu Hamburger.

— Vous venez de dire le contraire. Que son nom d'épouse, c'est France Gall. Pourquoi vous me parlez de Hamburger ? »

Mon cerveau me joue des tours en ce moment. À cause du joint. Même sobre, parfois je déraille. Comme si des restes de cannabis se décollaient de mes poumons et remontaient par mes veines jusqu'à la tour de contrôle.

Difficile de lui faire cracher plus de quatre phrases. Il est descendu comme il est monté, sans un regard, juste un «bonne soirée» chuchoté par politesse du bout des lèvres. C'est quand même pas la Seine à boire. Les clients sont les premiers à râler quand vous manquez d'amabilité. Eux paient pour des sourires, des bonjours, des mercis, et des au revoir. Et nous, les chauffeurs? Est-ce qu'il faudrait qu'on paie les clients pour qu'ils soient aimables? Les «ça va?» et les «bon courage», ça ne coûte rien et ça fait de mal à personne. Au contraire. Ça devrait être universel.

La pluie, encore la pluie, toujours la pluie, fine, sur les boulevards sombres. Les lampadaires, gardiens de la nuit, soldats de lumière, luttent contre l'obscurité. Un halo lumineux, là-bas. Des gens devant. Ils font la queue. Mon iencli s'est jeté dans la file du Rex. Boîte de nuit mythique pour les habitants de la citadelle. Nous autres, on n'y entre jamais. Impossible de passer le physio. «Soirée Automatic». Pas besoin de demander, tout est dans le nom. Une fourmilière humaine avec de la musique électronique en boucle, qui ne s'arrête jamais.

Parce que ça galère dans la vie, ça gobe beaucoup là-dedans, vite fait sur le bar, pilule dans le cocktail pour déhanchement sur la piste. Dans les coins de la salle et dans les carrés VIP, ça sniffe la blanche. Et dans les chiottes, restent de très rares malheureux qui cherchent les veines sur les avant-bras pour planter la seringue. Dommage pour eux. Nous autres, on a pas les moyens de tout ça. Leur misère fait vivre les plus doués de chez nous : refourguer de la came et compter les biftons. J'aime pas penser ça, mais la vérité c'est que ça rétablit un brin d'égalité dans la société. On nous coffre, on nous affiche à la télé, on nous met en cabane. Mais on est loin d'être les seuls à vivre sur le malheur des autres.

Le Rex, j'y suis entré une fois. Le videur devait être daltonien et a pas repéré ma tronche de métèque. Dans la boîte, mes yeux balayaient tout le petit monde jusqu'à ce que je câble sur un grand Noir. Debout sur le bord de la piste, il portait un chapeau et tirait les pans de son manteau comme pour planquer une zouz. La tête de la fille sortait du manteau, et elle était dos à lui. On devinait qu'elle bougeait son cul, ses seins sautillaient légèrement à chaque secousse. Quand elle s'est retournée rapidement et s'est mise à genoux pour avaler, j'ai compris l'ingéniosité du type. Un artiste, un agent secret de la luxure. Un fou. À vingt ans, tout le monde rêve de réussir ce genre de coup mais personne en a les cojones. Ça sert à rien, ça rapporte rien, sauf de la fierté personnelle. Et si la meuf kiffe, c'est le summum de bonheur. Éphémère comme une pipouze au feu rouge.

Je suis pas le seul à déposer des clients au Rex, et plus généralement sur les Grands Boulevards. Il est presque minuit et les trottoirs sont noirs de monde comme un samedi matin au marché de Belleville. Les berlines sombres portant le macaron VTC sur le pare-brise défilent les unes après les autres. Le temps de fumer une blonde, un chauflard me salue en levant discrètement la main et en hochant la tête. Costume noir, cravate noire, chaussures noires, chemise blanche. Avec la pluie, à plus de cinq mètres, on pourrait croire que c'est moi. On nous demande pas d'inventer, mais de se plier aux règles, de faire propre, « pro » comme ils disent dans les bureaux.

Il faut que j'arrête de fumer. Ma gencive saigne et j'aime pas le goût salé du sang. Je me suis assis dans la voiture et j'ai sorti le papier plié, rangé en vitesse devant mon père. En haut à gauche, le logo de la police et en dessous « CONVOCATION POUR UNE AFFAIRE VOUS CONCERNANT ». Nous autres, on est habitués à recevoir ce genre de documents, pour des braquos, des histoires de drogue, des bagarres, de vandalisme, des cambriolages et des voitures volées.

La première fois que j'en ai reçu une, c'était pour une banale histoire d'un type qui devait quarante euros à un srhab. On a sonné en bas de chez lui, sa mère a répondu, on s'est fait passer pour des amis. Comme il me connaissait pas, je l'ai attendu pendant que mon pote se cachait derrière un buisson. Il est sorti de son immeuble. Quand la lourde porte d'entrée s'est refermée, mon pote a jailli et lui a collé une droite dans la tempe en criant : « Elle est où, mon oseille, fils de pute ? » Le type était sonné, il a plié les genoux, a commencé à tituber, et l'autre fou lui a recollé un uppercut dans le menton. « Hein, fils de pute ? » Le pauvre gars est tombé au sol. Les voisins sont sortis à la fenêtre. Alors il m'a dit : « Qu'est-ce que t'attends ! » J'ai couru comme un fou, et je lui ai mis un coup de pied dans la tête comme on dégage un ballon de foot. J'entends encore le son creux de son crâne et le craquement de ses cervicales. On lui a palpé les poches, pris son téléphone, son portefeuille et on est partis comme des lâches. Impossible de fermer l'œil les nuits suivantes. Mon pied a viré au violet et triplé de volume. Pendant des jours, j'ai pu à peine marcher. Je fumais joint sur joint, j'achetais *Le Parisien* tous les matins pour voir si le gars était pas mort. C'est comme ça que je suis devenu accro au journal.

Un jour, j'ai reçu un courrier « POUR UNE AFFAIRE VOUS CONCERNANT ». Devant les bleus, j'ai nié en bloc et ça s'est terminé. Les convocations et les gardes à vue, on sait gérer. L'expérience des années et des affaires. Mais depuis *Charlie* et le 13, on est surtout appelés pour des affaires de terrorisme. Comme si tout le monde était devenu terro. Quand c'est chaud, les shtars te coffrent sans attendre les réponses. Les questions sont pour la deuxième mi-temps. Je sais pas ce qu'ils me veulent cette fois. Je suis clair comme de l'eau de roche et mon père a rien vu dans la tasse de café. C'est peut-être à cause de mon frère. Peut-être qu'il est mort ?

Le téléphone a vibré et un « H. Melville » m'a missionné. Ceinture bouclée, contact, pédale enfoncée, je suis parti en vitesse. Sous un lampadaire, la pluie tombe sur un couple avec un enfant en bas âge. Ils m'attendent avec une grosse valise. Melville a serré fort la femme, a embrassé l'enfant et, comme un fugitif, il a sauté dans la voiture en abandonnant la valise. Une ombre au milieu de la nuit. J'ai pensé à mon frère, c'était son genre.

Parfois, je m'écris des histoires pendant que je roule. Pourquoi l'homme à l'arrière de la voiture est monté sans valise, et pourquoi il va à la gare routière de la porte de Bagnolet ? Un repaire de pauvres et d'étudiants, coincé sous l'autoroute, alors qu'on dirait un hombre des quartiers d'affaires, costume cravate, et cætera. Je lisais sa fatigue dans mon rétroviseur. Les yeux fermés, sa tête tombait contre la vitre. Même quelques coups de volant et des passages rapides sur des dos-d'âne ne le réveillaient pas. On est arrivés, et il m'a remercié avec un accent de l'Est avant de s'enfoncer dans un car qui indiquait « Cracovie ».

J'ai garé la caisse sur le côté et j'ai jeté une blonde entre mes lèvres. Au bord du périphérique, au sous-sol d'un centre commercial, l'air sentait le tiède dans la gare routière. La pluie, la nuit, le grésillement des réverbères, le bruit des voitures qui défilent sur l'autoroute, et des centaines de gens, bagages à la main, qui font la queue au milieu de la nuit, y avait dans l'air comme une ambiance de fin du monde. Une crise que la radio, les journaux, les télés s'empêchent de voir. Les gens n'ont plus un rond. C'est pas compliqué, c'est visible à l'œil nu. Avant, il y avait personne à minuit dans cette gare de voyous. Mais les journalistes, ils ont la cataracte… Pas une invention, c'est un client, le patron d'un journal, qui me l'a dit. Aujourd'hui, ils sortent plus des bureaux. Le cul sur la chaise, ils tapotent sur le clavier pour remplir des sites Internet. Ceux de la radio répètent ceux des journaux, et ceux de la télé répètent ceux de la radio. Un soixante-neuf permanent où chacun lèche les fesses de l'autre. Forcément, après, ça se sent à l'haleine.

Un car est arrivé en provenance de Cologne. Une dizaine de types en sont descendus. Du genre de nos banlieusards mais relookés en talibans. Jogging sous le kamis, Air Max aux pieds. Des islamolascards avec le petit chapeau en forme de prépuce sur la tête. Un peu comme les Femen qui se promènent seins à l'air, mais dans un autre genre, on dirait qu'ils revendiquent quelque chose comme «Libérez les prépuces». Ha! ha! ha! Le mien est encore là. Mes vieux s'en foutaient et avec mon frère, on a gardé notre zgeg de babtou. Du coup, quand je ken avec des Beurettes, je fais gaffe à ce qu'elles voient pas ou je raconte une histoire médicale, sinon elles me fatiguent, et elles font la bouche des meufs dégoûtées. Du racisme sexuel.

La fumée de ma cigarette remontait et me piquait les yeux. Ma gencive saignait encore. Le peloton d'islamistes descendus du car avançait dans ma direction. J'étais sûr qu'ils allaient me sermonner pour la clope. Et c'est ce qu'ils ont fait. Mais ils n'ont pas insisté parce qu'il était tard, et qu'après une certaine heure chacun cherche son lit avant de chercher Dieu.

Un dernier raclo est descendu du car. Un fantôme. Il avait la tête baissée et n'a pas suivi les autres. Un sweat à capuche. Jean bleu brut. Cheveux coupés comme moi. Grand comme moi. Même couleur de peau. Je connaissais tout de lui. Il marchait même comme les mecs de notre quartier. Une main dans une poche, l'autre qui porte son sac à l'américaine par-dessus son épaule. Une bagnole a ralenti, il a ouvert la porte, a posé une ou deux questions, est monté dedans, les pneus ont crissé dans une flaque d'eau et la bagnole s'est enfoncée dans la nuit.

Stoïque, frère. Je suis resté stoïque. J'avais le souffle coupé. Cette fois, je n'avais aucune histoire à m'inventer, la mienne défilait devant mes yeux. Même pas eu le réflexe de l'interpeller. Et quelques secondes après qu'il a filé, j'ai jeté la clope, tiré la poignée, jeté mes pieds dans la voiture, mes fesses sur le siège, la clé dans le Neiman, embrayé, passé la vitesse, poussé la pédale, enchaîné sur un demi-tour, coup de klaxon avec la main gauche, pour s'échapper de la gare et rouler derrière eux. Là, à trois cents mètres, j'ai vu leur voiture tourner vers Montreuil. Une Citroën noire.

La chance, c'est qu'il pleuvait et qu'il y avait pas beaucoup de voitures dehors. La poisse, c'est qu'il pleuvait et qu'on pouvait se tromper de voiture. Pilote, c'est mon surnom, je l'aime pas, parce que c'est moche, mais c'est vrai. Personne ne conduit comme moi, je suis chauffeur, livreur, conducteur, aujourd'hui je transporte des gens, et hier j'ai transporté de la marchandise. Que de la pelouse, jamais de la blanche. Un jour, il faudrait que je calcule le nombre de joints qui ont été fumés grâce à mes courses. Un gramme, c'est trois joints. Donc un kilo, c'est trois mille joints… Et deux cents kilos, c'est six cent mille alors, non ? Bref… le volant et la pédale, c'est mon affaire. C'est pas tant la bicrave que la vitesse et le risque qui me font du charme, parce que l'oseille, c'est vraiment pas mon truc.

Souple, détendu, dans le flow, le regard au loin pour anticiper les déplacements de la voiture. Un camion réfrigéré avec une plaque polonaise était entre nous. Il me bouchait la vue, et deux ou trois fois j'ai failli les perdre. Sur l'avenue de la Résistance à Montreuil, le connard de Polonais a ralenti au feu rouge et ils sont partis. Le pied au plancher, queue de poisson fluide, j'ai dit salam au feu et au Polonais. Cette fois, c'est bon. Ils étaient à cent mètres. Dans la poitrine, mon cœur est prêt à sortir. Tov, tov, tov... ça tambourine, mes mains vibrent avec le volant, à la tempe une goutte de sueur coule vers ma joue, ça crépite dans mes doigts et j'ai presque envie de pleurer.

Pendant trois secondes, j'ai vraiment cru pouvoir l'attraper. Mais dans la nuit noire, dans la nuit obscure et sombre, une sirène a retenti. Dans le rétroviseur, j'ai vu un gyrophare me doubler. Une Ford Focus de la BAC m'a barré la route. Un type avec un brassard orange «Police» a jailli comme Batman. La voiture était déjà loin. Un roux avec une tête de bouledogue m'a hurlé dessus : « T'as pas vu que le feu était rouge ! Coupe le contact ! Sors de la voiture ! » La suite n'est même pas importante, parce que comme d'habitude, plaqué contre le capot, fouillé, palpé, chambré, insulté et même humilié, avant de dégager sans amende pour le feu rouge et avec un coup de pied dans l'aile arrière de la voiture parce qu'ils ont vu que c'était un VTC. Les fils de putain, pires que les pires gars de notre quartier, sans foi ni loi, sans Dieu ni maître. Des pirates.

5

Grand frère

La voiture a filé dans la nuit, et son passager fantôme avec. Les flics se sont envolés, ils m'ont laissé avec mes doutes. J'étais toujours sur l'avenue de la Résistance à Montreuil. J'ai garé la gova sur le téco, j'ai allongé le siège, descendu la fenêtre, allumé une clope et poussé sur le bouton de la radio. C'était une émission de nuit. La voix grave de l'animateur racontait la Coupe du monde de football en 1998.

Le 10 juin 1998. Je m'en souviens comme si c'était hier. Le Brésil avait battu de justesse l'Écosse lors du match d'inauguration. C'était une autre époque. On vivait à Paris. La vie était belle. Il y avait des gens partout dans les rues. Des touristes étrangers. Le daron soutenait la France. Pour lui, c'était l'équipe du futur. Peu importait la couleur de la peau, l'important c'était le jeu. Maman se limitait à trouver Zidane et Thuram beaux gosses. Ça rendait fou Papa. Parce que le premier était selon lui un sale Arabe, pas sale comme le disent les Français racistes, mais sale comme le disent les Syriens, c'est-à-dire pas un bon, un vrai Arabe. Selon le daron, il n'y a que les Rebeus du

Moyen-Orient qui comptent, le reste c'est de la photocopie. Quant à Thuram, là c'était abusé. Mon père aboyait et on comprenait pas pourquoi. Des années plus tard, j'ai réalisé que c'était du racisme. Ça m'a rendu fou à mon tour. Les parents, on commence par les aimer, en grandissant on les juge, parfois on leur pardonne. Moi, pour le racisme, je pourrai jamais fermer ma gueule, même devant le daron. Bref…

Notre famille, elle était normale. Le daron était venu en France au milieu des années 80 pour poursuivre ses études. Maman apprenait l'arabe à l'Institut des langues orientales. Lui, il y donnait des cours malgré son français pourri. Elle était son élève. Et entre eux deux, ça a marché. Ils ont trouvé des solutions pour tout. Le logement, le mariage, et même pour l'alliance. Papa avait pas d'argent, mais ça ils ont trouvé. Le seul truc c'est qu'il avait pas le doigt pour la porter. On lui avait coupé l'annulaire alors qu'il était en prison. Il collait des affiches dans la rue quand il s'est fait pécho par les hommes du père de Bachar. Et encore pour lui c'était soft. Son grand frère, notre oncle, avait carrément disparu, et son cousin, on lui avait cramé le zboub et les boules avec de l'électricité. Heureusement pour le daron, ça a été que le doigt. C'est comme ça que j'ai pu naître et que le petit frère a suivi deux ans après. L'alliance est toujours à son cou, accrochée à une chaîne. Près de son cœur. Une vie d'épreuves. Mais, franchement, une belle vie. À côté de chez nous, y avait le bois de Vincennes, on allait jouer avec mon père et ma mère. L'été, on allait à Saint-Malo chez ma grand-mère maternelle avec la Renault 25 de Papa. La classe. Putain, maintenant que le frère est plus là, ça fait bizarre de se rappeler ces souvenirs. Si Maman avait vu ça, peut-être qu'elle serait morte une deuxième fois.

Le lendemain du 10 juin 1998, après le déjeuner, on est partis en famille à l'aéroport. Ma grand-mère était dans les airs, dans l'avion dont l'atterrissage était retardé à cause de gros nuages qui masquaient le ciel. On la connaissait pas encore, cette vieille qui allait tout nous apprendre. Dans le hall des arrivées, devant la remise des bagages, on observait à travers les vitres la grand-mère faire la queue à la douane. Une femme minuscule. Sur sa tête un foulard blanc avec des motifs mauves. On aurait dit un rideau, frère. Et un long pardessus beige qui tombait jusqu'aux chevilles. Un mini-agent de la Gestapo.

La vieille est sortie, accompagnée d'un jeune homme qui lui portait sa valise. Elle avait dû le recruter par la grâce de son sourire édenté. Sept dents, frère. Mais ça suffisait pour te raconter le monde. Elle nous a plaqués contre ses seins qui tombaient autour de son nombril. J'ai reconnu l'odeur de mon père en version vieux et pas lavé. Papa, il a fait zarma « tout va bien », mais quand elle l'a pris dans ses bras, ses yeux ont brillé. Quinze ans sans sa mère, moi je sais ce que ça veut dire. Il appelait qu'une fois par mois. Puis elle s'est tournée vers Maman. Elle a pris sa main et l'a embrassée. Comme on le fait aux rois et aux reines normalement.

À la maison, elle a posé sa valise dans notre chambre. Maman lui a apporté des couvertures. La grand-mère en a mis deux au sol pour faire un matelas, et la troisième pour se couvrir. De chaque côté de la chambre, il y avait nos lits, et au milieu ma grand-mère. On était trop contents. Rien qu'elle avait ramené des trucs de ouf. Des dattes, des abricots, des pâtes d'amande. Elle avait même gratté la confiture qu'ils donnent avec le plateau-repas à bord de l'avion. Une moche blédarde. La nuit, elle ronflait comme un orchestre. Une chorale. Et la journée, en cuisine, comme un musicien avec sa batterie, elle créait des harmonies de saveurs. Maman essayait d'apprendre. Elle posait des questions en arabe. Quand la grand-mère comprenait pas, elle lançait un grand « heeee ! » Elle était un peu dure de la feuille. Ma mère répétait jusqu'à ce qu'elle comprenne. Alors la vieille secouait la tête et nous offrait un sourire. Et une vue panoramique sur ses sept dents. Elle kiffait trop Maman, c'était abusé. Trop fière de sa belle-fille. Une Européenne, et en plus qui parle arabe. La vieille passait son temps à regarder Maman, à lui caresser les cheveux, à lui embrasser les mains. Elle l'aimait à mort. Tellement que Papa était jaloux. Lui, il passait son temps à casser la vieille. Je sais pas ce qu'il avait. Il aurait pu être content. Quinze ans qu'il l'avait pas vue.

La paix a duré juste quelques jours. Le daron faisait pleuvoir des balles sur la vieille en parlant de son grand frère disparu et de son père. L'histoire, c'était que mon grand-père était mort bêtement d'une grippe. L'imam du village avait convaincu la vieille qu'il fallait pas laisser un chrétien, même médecin, le soigner. Parce que ça lui empêcherait le paradis. Normal, moi je la comprends la rage du daron.

La grand-mère essayait de nous apprendre l'arabe en racontant des histoires du bled et de religion. Ça aussi, ça rendait fou Papa. Maman nous disait d'écouter, et qu'un jour on serait contents de savoir tout ça. Papa nous répétait que c'était de la sorcellerie. Et nous, au milieu, on savait pas quoi faire, on aimait bien notre vieille, et on savait que notre père était un abuseur. On a appris la prière, les histoires des prophètes et du livre sacré.

Tout a basculé un 8 septembre. Ça faisait trois mois que la vieille était là. L'été, quand l'université était fermée, le daron travaillait comme taxi de nuit. Il prenait le volant vers 20 heures. Et rentrait vers 7 heures du matin quand Maman se levait. Parfois, on était déjà debout avec mon frère, devant la télé, à nous réveiller avec les dessins animés. Tous les jours, mon vieux nous rapportait un truc. Une barre chocolatée qu'il avait achetée dans un distributeur, un magazine, une image de foot, un ballon. Ce jour-là, on s'est réveillés vers 9 heures. Papa dormait déjà. Sur la table du salon, il avait laissé une écharpe du PSG signée de Patrice Loko. Elle est encore dans mon armoire. Enfin, ma moitié, car comme on arrivait pas à se la partager avec mon frère, la vieille l'a découpée en deux. On a mis nos demi-écharpes, et on est descendus au square avec notre ballon FC Nantes. Tous les enfants rageaient. C'était la fin de l'été et, avec la laine autour du cou, on mourait de chaud à courir après le ballon. Mais avoir la classe, ça valait tous les sacrifices. Vers midi, la grand-mère nous a appelés par la fenêtre. Comme une blédarde, elle criait en arabe de venir manger. La honte dans le quartier. Ici, tout le monde était français et civilisé. Bref. En nous voyant arriver, barbouillés de sueur, de terre et de crasse, la vieille a tordu la bouche. «Déshabillez-vous», elle a ordonné. Là, elle nous a jetés dans la baignoire, aspergés d'eau brûlante et frottés avec un gant en crin jusqu'à nous arracher la peau. Pareil pour le shampoing avec ses mains de paysanne rêches comme du papier de verre. Manquaient juste les plumes au-dessus de la tête pour faire Indien d'Amérique, tellement nos peaux avaient rougi. On mourait de faim mais, avant de manger, elle nous a forcés à la suivre pour la prière du midi. La Dhouhr. Je passe les détails. On a commencé par la salat – l'appel à la prière.

Dieu est Le plus grand, Dieu est Le plus grand
J'atteste qu'il n'y a pas d'autre Dieu que Dieu
J'atteste que Muhammad est le messager de Dieu
Venez à la Prière, venez à la Félicité
La prière est annoncée, la prière est annoncée
Dieu est Le plus grand, Dieu est Le plus grand
Il n'y a de Dieu que Dieu

En trois mois, on avait eu le temps d'apprendre. Parfois, je me trompais encore. Surtout à la troisième phrase, je répétais la deuxième. Du coin de l'œil, mon frère me regardait comme si j'étais un nul. Moi, je pensais toujours à autre chose, je devais me forcer pour pas me disperser. Par exemple, ce jour-là, je me rappelle qu'au moment de la prière un mec à poil est sorti sur le balcon en face. Ma vieille aussi l'a vu, mais elle a tourné aussitôt les yeux pour pas niquer sa prière. D'un coup, on a entendu un énorme bruit de pet. Un truc de malade. Une sorte de mitraillette. J'ai pas pu me retenir de rire. Mon frère m'a suivi.

La vieille a pas bougé. Il était 13 heures, et c'était le signal que Papa venait de se lever. On a reconnu au son. Tous les jours, il larguait un énorme truc pendant qu'il pissait. On était passés aux rakats, les gestes, les mouvements et les prières que l'on répète plusieurs fois. Pour la prière du midi, il fallait faire quatre rakats. Concentré, je suivais ma grand-mère. D'abord debout, on inclinait le buste jusqu'à l'horizontale avec les mains sur les genoux. Puis on se relevait, avant de s'asseoir sur les pieds et de poser le front au sol. La voix grave de Papa résonnait dans l'appartement, il nous cherchait. On l'entendait se déplacer, avec ses pas lourds. Le son se rapprochait de la chambre. On venait de finir les rakats, et on commençait la première tashahhud, la prière du Prophète. La porte de la chambre s'est ouverte à ce moment-là.

« Qu'est-ce que vous faites ? »

Le daron est ressorti en refermant sèchement la porte. Ça a claqué tellement fort que les murs ont vibré. On l'entendait chuchoter avec ma mère : « Tu comprendre pas ça toi… c'est religion… pas culture ça… pourquoi tu autorisé ça ? » Maman a répondu : « Tu me fatigues. Fais comme tu veux. Je vais fumer une cigarette. » Il tournait en rond dans l'appartement. Nous, on était rendus aux salutations, les salams. D'abord, la tête tournée vers la droite : « Salam aleykoum wa rahmatoulah », puis vers la gauche en répétant la même phrase : « Que la paix et la miséricorde d'Allah soit sur vous. »

La porte de la chambre s'est de nouveau ouverte.

« Vieille sorcière ! » a crié mon père.

Il est entré en furie. Et lui a mis un coup de pied dans le dos de toutes ses forces. Les pupilles rouges de sang, il hurlait :

« Tu peux pas t'empêcher de leur apprendre n'importe quoi ! Tu sais pourquoi mon père est mort ? Tu sais, hein ! »

Elle s'est mise à pleurer comme un enfant. On s'est blottis contre ma grand-mère. La rage du daron a doublé. Il criait encore plus fort. Il insultait sa mère de tous les noms. Moi, je priais pour que Maman arrive et le calme. D'un coup, mon frère s'est levé et a craché le feu en arabe sur mon père :

« Fils de pute toi-même ! Pourquoi tu frappes notre grand-mère ? »

Le vieux a câblé quelques secondes, le temps que mon frère lui saute dessus et lui morde la main jusqu'à la mort. Je lui ai crié de le lâcher. Mais le petit s'accrochait comme un piranha. Mon père hurlait de douleur.

« Lâche-moi mon main ! Sinon, je tue aussi toi ! »

Il a collé une tarte à mon frère avec l'autre main. Puis une deuxième, une troisième, une quatrième. Le petit a lâché.

Mon père l'a soulevé par les cheveux. Puis l'a jeté sur le lit, avant de lui tomber dessus.

Mon frère suffoquait sous ses larmes. Il arrivait plus à respirer. Il allait mourir. J'ai couru dans le salon. Ma mère était sur le balcon. Je lui ai bégayé de venir tout de suite. Elle a posé sa cigarette dans le cendrier. Elle a traversé l'appartement en se tenant la tête. Encore une de ses migraines à répétition. Ces dernières semaines, ça lui prenait souvent. Quand elle est entrée dans la chambre, mon père s'est mis au garde-à-vous.

La vieille était en boule, au sol. Mon frère savait plus s'il fallait pleurer ou respirer pour survivre. Ma mère a posé une main sur l'épaule de mon père.

«Calme. Reste calme.»

Ses gestes, sa voix. Maman savait faire. La seule qui pouvait soulager les crises de nerfs du daron. Je me rappelle, elle avait le teint très clair. Presque transparent. Ses lèvres presque grises. Ses mains tremblaient. Papa lui a demandé si ça allait.

«App… elle, une… ambulance.»

Elle s'est effondrée. Et après, je me rappelle plus. Les pompiers. Papa qui pleure. Mon frère qui pleure. Ma grand-mère qui prie. Dans le couloir de l'hôpital, le daron qui se ronge les ongles jusqu'au sang. La vieille qui marmonne. Nous qui pleurons, dormons, pleurons, dormons. Et à un moment, un homme est venu. En blouse blanche. Un jeune. Le teint bronzé. Mon père s'est levé. L'autre a dit quelques mots en bégayant. Peut-être que c'était sa première fois. Papa a ouvert les grands yeux, il a avalé sa salive. Et il a hurlé, comme jamais. Comme jamais je l'avais entendu auparavant. Et jamais je l'ai entendu plus tard. Quand, mes nuits de tempête, mon cœur vacille, que je vais mal, que le monde se fissure, ce cri, il résonne en boucle dans ma tête. Un disque rayé que le diable aurait vissé et cadenassé à une platine. Alors, je reste assis là dans la pénombre. Et j'attends ma lumière.

6

Petit frère

Ma tête était déjà ailleurs. Le matin, comme un robot, un zombie, je prenais la blouse. Dans les couloirs, je circulais en distribuant de grands sourires aux patients, aux médecins et aux infirmiers, mais en vrai, j'étais comme un fantôme. Depuis mon entretien chez Médecins sans frontières, je m'étais bien renseigné sur la situation en Syrie. Les zones de guerre, les villes bombardées, les armes utilisées. Pour eux, j'étais l'homme parfait : jeune, diplômé, je parlais français et arabe. J'allais rentrer au bled par la grande porte. Bientôt la France, la mosquée, l'imam Pharaon, les mecs qui se tuent au pilon, ce serait fini. Au revoir. J'allais dire bonjour à ma terre, et être utile à ces gens et à nos frères.

À l'hôpital, le quotidien était dur. Dur parce que pour le moindre petit truc, on nous cassait la tête. Par exemple, pour prier, il fallait aller en salle de pause. Mais y avait une télé allumée en permanence, branchée sur une chaîne d'informations continues qui te rend fou. Les gens voulaient pas l'éteindre, et ça nous empêchait de nous recueillir dans le calme. Pour trouver la sérénité, on s'enfonçait dans les bâtiments désaffectés pour cause d'amiante. Comme des clochards. Aucun respect pour la différence. Ils nous entortillaient les neurones avec leurs réponses et remarques complexes sur la laïcité et tout ça. Mais la vérité, c'est qu'ils voulaient pas admettre que d'autres pouvaient croire. Leur mission c'était de nous rendre athées.

Puis Dieu m'a envoyé un signe, rhey. Un gars de l'ONG m'a appelé. Il a tourné autour du pot pendant dix minutes pour finalement atterrir et me faire comprendre que toutes les missions étaient annulées. Quatorze Français avaient été enlevés à l'est d'Alep. La poisse. La Syrie, c'était fini. Retour à l'hôpital, dans le four, avec les malades désespérés, leurs familles agressives et les internes débordés. Je survivais à chaque journée comme dans un demi-coma, conscient que le monde tournait sans moi et que, moi ou pas, les vies se consumaient. Et je cogitais, frérot, peut-être que l'annulation de la mission, c'était un signe du Grand. Comme s'il voulait me dire : « Ne va pas avec eux », un truc comme ça. J'arrivais pas à m'y faire. Le soir, je faisais tomber la blouse et je rentrais à la hâte, pour me coller à l'ordi. Le monde me rendait dingue. Partout, ça castagnait sur les musulmans. Pour eux, on était un fléau qu'il fallait éradiquer. Syrie, Mali, Tunisie, Libye, Afghanistan, Irak, Palestine, il fallait traverser les épreuves du Très Haut pour mériter sa miséricorde.

Ici, en France, on était de la merde. Des moins-que-rien dans une société qui éduque à l'égalité, à la tolérance et au respect. Mais le quotidien, c'étaient des enfants morts, des femmes violées, et des bombes qui pleuvaient sur la Terre. Ils étaient en train de tout niquer, et moi je faisais le pantin à l'hosto, l'assistant boucher de mecs plus cons que moi, nés sous une autre étoile, et qui me parlaient comme si j'étais le bon Noir d'un fermier de l'Alabama. Tout ça, ça me cassait en deux. La France et ses soldats au Mali, on ne savait ni pourquoi, ni pour qui, ni comment. Et le Cham, notre terre, frérot, celle où le vieux devait nous emmener depuis toujours, devenait un sale truc. Les gens crevaient sous les balles et les bombes. On mourait de la faim, de la connerie des hommes et de maladies du Moyen Âge. Et la Palestine, rhey, pourquoi on faisait rien ? À l'école, on nous avait bassinés avec la liberté, l'égalité, les droits de l'homme, l'ONU, les génocides, le Rwanda, la Shoah. Qui pouvait être contre ? Personne. On a un cœur, on est humains avant tout. Évidemment, on était tous d'accord avec ça, mais qu'est-ce que ça nous a apporté ? La génération d'avant, on l'avait bibe-ronnée avec ces valeurs, et tous avaient passé leur vie à regarder leurs chaussures sans sourciller. Tout ça, c'étaient des conneries pour rester en haut de la pyramide. Faire la morale aux autres et l'utiliser comme ça les arrange.

Un soir, à la fenêtre, je regardais la lune en pensant aux types qui ont posé le pied dessus. Des fous qui ont repoussé les frontières de la vie. De ce qu'on en connaît. Les frères qui doutent de cette vérité sont les mêmes qui doutent du ciel. C'est bien parce que c'est extraor-dinaire que ça vient de là-haut. À côté de ça, c'était quoi, partir au Cham ? Trois heures d'avion, quelques heures de voiture, une frontière. À la mosquée, tout le monde parlait du bled. Mais, contrairement à ce que les gens pensent et à ce que les journaux disent, per-sonne voulait y aller pour se bastonner contre Bachar. En bon Français, ils se contentaient de critiquer l'in-justice qui régnait là-bas. Quels innocents méritent de mourir sous les bombes ? Moi, je voulais les aider. Dieu m'avait donné la chance de grandir sur une terre en paix, d'aller à l'école, d'avoir un boulot, des parents, une famille. Mon vrai job, il était inscrit noir sur blanc dans le Coran : « Celui qui sauve un seul homme, c'est comme s'il avait sauvé l'humanité tout entière », c'est la sourate qui me guidait. Un phare dans ma nuit, sur l'océan de ma vie, je menais ma barque avec le Coran, ma boussole. Mon seul espoir, c'était le départ, de me casser pour sortir du noir, et trouver la lumière. Faire mon djihad en sauvant des vies. Réparer celle des autres et, au passage, la mienne.

Bien sûr que je savais que c'était une guerre, mais est-ce que j'étais obligé de tuer pour contribuer à rendre le monde meilleur ? Là-bas, les frères se battaient contre les sans-cœur. Je savais ce que je cherchais, et je me foutais de ce que j'allais trouver. Devenir quelqu'un aux yeux des autres, et pas un nom, prénom, numéro, fonction sur un badge. Et construire un nouveau monde, de justice et de paix.

Je savais pas trop comment faire. À la mosquée, j'en ai parlé à Pharaon pour savoir s'il avait des contacts pour de l'humanitaire au Cham. Il m'a fait la morale, genre : là-bas, c'est dangereux, je pourrais mourir. Je lui ai dit que je partais pas à la guerre, mais il me croyait pas. Et que si je montais près de Dieu, c'était Sa volonté, et pas la mienne. Il m'a répondu de rester tranquille : « Tu es un homme bon, faut pas te sacrifier là-bas, laisse d'autres faire ça à ta place. » Ce mec croyait pas en Dieu. Il faisait le salaf, mais c'était un imam bidon, sinon il m'aurait aidé. Moi, j'avais pas peur de la mort. Rien à foutre, je voulais sauver le monde.

J'ai commencé mes recherches, mais je trouvais pas grand-chose. En vérité, moi je voulais pas faire le guignol à partir tout seul dans un pays que je connaissais pas. J'ai repéré un colloque infirmier à Strasbourg. Il y avait une conférence organisée par une ONG, Islam & Peace, qui travaillait en Syrie. Le sujet était le soin en situation de guerre. On y est allés avec un pote infirmier, Ali, un Turc. La conférence portait sur les techniques de soins en situation de guerre. On appelle ça la médecine de catastrophe. Le conférencier, un mec bien sapé, costume, cravate, visage clair, petite barbe de religieux, façon bien intégré, lunettes de médecin, parlait avec calme et maîtrise de la situation en Syrie. Là, mon oreille a capté le son, et mon attention a augmenté. C'était un Turc, un chirurgien. Il revenait des quartiers au nord-est d'Alep, et allait repartir après le colloque. Sa langue fourchait un peu sur le français, mais moins que Papa. Il racontait le quotidien, les pluies incessantes de bombes, les mutilés, les orphelins. Le manque d'hygiène médicale et de matériel. Il fallait faire avec les moyens du bord : recoudre avec du fil de pêche, extraire une balle, puis à défaut d'appareil radio trifouiller avec les doigts dans la chair pour s'assurer qu'il ne reste pas de métal. Tous les jours, des blessés graves et des morts. Pour dédramatiser, il poussait quelques blagues. Par exemple, il a expliqué qu'il avait amputé la jambe d'un type et, quatre mois après, ce même type avait amené son fils pour une circoncision en disant : « Il faut l'amputer aussi, mais juste le bout du zizi. » Après la conférence, je me suis faufilé dans la foule et je l'ai retrouvé devant une pyramide de petits fours halal. Au début, je savais pas quoi lui dire. Alors j'ai fait une blague sur les petits fours, comme quoi on était les seuls à en manger, et qu'il y en avait trois fois trop, et qu'on aurait mieux mangé avec une bonne assiette de kibbeh. Il a ri, et on a engagé la conversation. Il m'a raconté toute sa vie. Son enfance en Turquie, son arrivée en France à dix-sept ans, puis le bac qu'il a passé à vingt et un ans, la fac de médecine. Au début de la guerre au bled, au Cham, il avait quitté son poste à l'hôpital de Strasbourg pour s'engager dans l'humanitaire avec cette ONG, Islam & Peace. Une structure importante, qui levait beaucoup d'euros auprès des muslims de France pour aider les muslims du bled. On a continué à discuter des missions de l'organisation et de son expérience là-bas. Il m'a laissé sa carte et m'a proposé de garder contact. Il s'appelait Bedrettin.

Dans ma tête, les images revenaient sans cesse. Le jour, je planais dans l'hôpital ; la nuit, dans mes cauchemars, les enfants m'appelaient au secours. Et moi, je faisais le beau : métro, hosto, mosquée. Le soir, après le travail, j'épluchais le site Internet d'Islam & Peace, chaque page plusieurs fois, et j'ai regardé toutes les vidéos. Franchement, j'étais impressionné. Pour une fois que des gens comme nous faisaient les choses sérieusement. Les comptes de l'ONG étaient publics. L'argent venait des dons. Tous les projets étaient détaillés avec des témoignages et des photos. Les vidéos, c'était impressionnant, filmées avec des drones. Le site Internet, magnifique, un bijou, on aurait dit celui d'une start-up de Californie. Pas étonnant qu'en haut à droite du site le compteur de la cagnotte tourne sans cesse, et que ça se chiffre en millions d'euros.

J'ai pas perdu de temps. Et j'ai écrit au chirurgien turc pour demander de ses nouvelles. Il m'a répondu qu'il était rentré en Syrie, mais que l'association organisait prochainement un gala de charité à Paris. J'y suis allé et y avait foule. Que des gens comme moi. Pieux et qui cherchaient pas les problèmes en France, mais qui voulaient la justice. Les responsables de l'association ont décrit toutes leurs activités. Des pros. J'avais jamais vu ça avant. Pour une fois que des gars comme nous s'organisaient, ça faisait plaisir à voir. Tout était nickel. Les présentations Power-Point, la qualité du son, l'agencement de la salle, c'était mieux encore que les colloques médicaux financés par les laboratoires pharmaceutiques. En Syrie, l'ONG gérait quatre petits hôpitaux dans le nord d'Alep. Ils ont parlé des orphelins, des mutilés, des gens affamés, du bruit des balles et des bombes, de l'obligation de soigner avec trois fois rien, du manque de personnel expérimenté. Ils recherchaient des gens passionnés et compétents. Et moi, là-dedans, j'étais le maillon parfait. J'étais musulman, pas marié, je parlais arabe syrien, quelques années d'expérience, et pas de problèmes avec ma religion. En rentrant, j'ai envoyé un e-mail à Bedrettin et je me suis jeté à l'eau, je voulais les rejoindre.

Il m'a immédiatement appelé par messagerie vidéo. Il avait perdu sa dégaine chic du colloque. La connexion coupait, le son et l'image étaient de très mauvaise qualité. On a discuté presque deux heures. Avant de raccrocher, il m'a dit qu'il allait parler aux responsables de l'ONG et aux autorités locales. Après, j'ai pris la photo de Maman, je l'ai embrassée et j'ai prié. Ce soir-là, j'ai trouvé le sommeil vers 3 ou 4 heures du matin. Le lendemain, au bloc opératoire à 7 h 45 – c'était juste un pontage –, mes paupières se collaient et j'en avais plus rien à foutre. J'attendais de sortir de l'opération pour consulter mes mails et vérifier s'il m'avait contacté. Je pensais qu'à ça. Après la matinée, j'ai retrouvé mon téléphone. Pas de mail. Toutes les cinq minutes, j'actualisais désespérément ma boîte. J'osais pas lui écrire, de peur que ça le refroidisse. Je dormais plus. Le matin au réveil, mes yeux me brûlaient. Ça a duré trois jours. Et le quatrième jour, à la pause de midi, j'ai vu le nom de mon futur chef apparaître dans la messagerie. « Bedrettin – Objet : Bienvenue ». Ils étaient d'accord pour m'accueillir, sauf qu'ils ne pouvaient me payer que cinq cents dollars par mois. Mais tous les frais étaient pris en charge, que ce soit le logement ou la nourriture. Un tapis rouge. Après son appel, il me restait encore une intervention, j'aurais vendu le monde pour la sécher et partir de suite. Après l'opération, j'ai monté les escaliers quatre à quatre pour rejoindre le service des ressources humaines. J'ai juste dit que je pétais les plombs, que je voulais partir pour de l'humanitaire, et j'ai demandé une dispo d'un an. Un mois avant, une infirmière s'était suicidée. Du coup, sans traîner, ils m'ont signé mon papier de sortie.

7

Grand frère

Je suis rentré à la maison, hagard, frappé par un tsunami de souvenirs, noyé sous mes angoisses, la chemise trempée de sueur. Une demi-heure après, j'ai émergé. À la gare, c'était mon frère, je suis pas fou. Ma dernière photo de lui date de mon retour de l'armée. Je l'ai regardée sous tous les angles, toute la nuit, et sous différents états, défoncé à l'herbe, puis l'esprit clair, et la conclusion, sans aucun doute, c'était que j'ai pas rêvé. Il était où ? Qu'est-ce qu'il voulait ? Pourquoi il avait pas appelé ? Un enculé. Un chien. Et il l'a toujours été. D'abord lui et lui seul, avant tout le monde, avant la famille, le père, la vieille, moi. Monsieur l'infirmier. Monsieur l'humanitaire islamiste. Sauver le monde, pourquoi ? Pour faire le beau. Jouer les cadors. Donner des leçons de morale.

J'ai roulé un cône pour convoquer le marchand de sable. Cramer de la marie-jeanne pour trouver le sommeil est l'affaire des sans-courage. De ceux qui refusent de négocier avec leurs angoisses et les jettent derrière leurs oreilles pour fermer les yeux en paix. Mais c'est une paix de pacotille. Le oinj est un faux ami du sommeil. Petit tube de pelouse qui frappe fort et clôt les paupières. Le matin au réveil, la joue froissée et collante de bave n'est pas signe de repos. Avec la verte, les nuits sont aussi embrumées que dans un hammam. Il fait sombre, humide, on voit pas très loin et c'est lent.

Tout était lent. C'était déjà le matin, j'avais faim. Le ventre vide, le cerveau vide, et même le cœur vide. À cause de la veille, du pilon, du frère. J'avais chaud. Là-haut, c'était trop lent. Endormi. Une douche froide me ferait du bien. Les cheveux propres, j'ai arrangé mes bouclettes et mis en beauté ma barbe, avant de prendre le costume. Veste noire, pantalon noir, chemise blanche, cravate noire. La base de ce boulot, c'est d'être propre et poli. La remarque vaut de la coiffure à la voiture, en passant par la conduite. Parce que la seule chose qui assure de remplir la caisse, c'est la note que te laissent les clients. L'algorithme distribue plus de courses aux chauffeurs bien notés. Enfin j'en sais rien, mais c'est ce que tout le monde dit.

Je mangeais jamais à la maison. Ça servait à rien, parce qu'il fallait faire la vaisselle et les courses, et j'avais d'autres chattes à fouetter. Tous les matins. Café, tartine, deux euros quatre-vingts. Boulevard de Belleville. En face de la mosquée des frères mus. Hier soir ? Mon frère ?…

Mon cerveau s'est désembué quand j'ai lu la déclaration du footballeur Zlatan dans le journal *L'Équipe*. Je sais pas pourquoi les médias donnent de l'importance à des zigotos comme ça. Pour de vrai, soit ce footballeur est pas net et les médias veulent faire du buzz, soit c'est un génie de la communication et il prend les journalistes pour des débiles. Moi, je crois en l'intelligence de l'homme et je suis persuadé qu'au fond personne n'est complètement con. Bah oui, parce qu'en vrai Dieu ne peut pas créer de choses imparfaites. Tout est parfait dans ce qu'Il crée. Ce sont les humains qui jugent ce qui est parfait ou imparfait, selon des critères d'humains. Dieu, Il fait et Il fait bien, toujours, un point c'est tout. Si on comprenait Dieu, on aimerait les handicapés, les Noirs, les roux, les Roms, les sœurs voilées, les pédés, les racistes, les mecs du FN, et même les putes.

Moi, je les respecte, les putes, depuis un livre que j'ai lu au lycée. J'ai oublié son nom, mais c'est un truc qui vous change la vie. J'ai mieux compris le monde après. Même les putes sont respectables, parce que c'est Dieu qui les a créées. Le type qui a écrit ce livre, c'est un ouf, un s'en bat lek. Rien que le gars était déjà célèbre comme écrivain, il avait gagné un grand prix, et il a sorti un livre sous un autre blaze que le sien. Ça parlait d'un orphelin élevé par une kahba. Les spécialistes, les journalistes, les critiques disaient que ce nouvel écrivain était plus fort que lui. Et lui, il répondait qu'il était usé, qu'il n'avait plus la foi. De nouveau, il a gagné le même prix qu'on peut gagner qu'une fois et, pour rester scred, il avait fait signer le livre par son cousin.

Ce mec, c'est un vrai, un type qui ne joue plus, mais qui écrit les règles du jeu. Comme mon père, c'était un immigré. Il venait de Russie. Je sais pas comment il a fait pour devenir aussi grand. Un mec qui en a des grosses, et un gros cerveau. Quand je regarde autour de moi, je vois peu d'immigrés susceptibles de percer comme ce gars. P'têt parce que les portes sont closes. Pas de père, un peu comme moi, parce que le mien, c'est un peu une mère. Bref, tout ça pour dire que j'ai grave du respect pour ce type et les putes. Si elles sont là, c'est que Dieu l'a décidé, et elles ont autant leur place que d'autres. Les humains, ces bâtards, veulent changer les règles du jeu que Dieu leur a dictées, pour jouer aux maquereaux avec la vie. Et à la fin, ils vous facturent un tarif de moralité. Fiss da pat.

Faudrait quand même que j'apprenne à parler correctement parce que, si je dis ça à la mosquée, avec mon arabe mal appris de fils de Syrien et mon français de manouche, ils vont rien comprendre et je vais passer pour un kouffar. Qu'ils aillent niquer leur mère eux aussi. Ils ont fait de l'islam une marque et ça me fout la migraine, mais j'arrive pas à l'expliquer. La vie, c'est terrible quand on a pas assez de mots, il faut que les autres vous écoutent deux fois plus pour vous comprendre. Du coup, la vie coûte plus cher. Rien que le psy ou l'avocat vous facturent deux fois plus parce que vous vous expliquez avec vos pieds. Eux aussi, ce sont des maquereaux. Ils sont là pour aider et soigner, mais si vous payez pas, ils vous disent avec politesse et élégance d'aller compter les nuages.

Le matin, je mets toujours un peu de temps, jusqu'à ce que la centrale électrique redémarre et que les neurones se connectent. La veille au soir, c'était mon frère. Je l'aurais reconnu entre mille. Les traits du visage, la taille, la démarche, l'attitude, la main qu'il a posée sur le toit de la voiture, la manière de tenir son sac, elle a pas changé depuis l'époque où on jouait ensemble au FC Lilas. Même s'il déteste mon père, il a les mêmes gestes de Mésopotamien merdique. Je les connais par cœur.

En sortant du café, je me suis installé dans la voiture. J'ai sorti de ma poche de veste le courrier de la police «POUR UNE AFFAIRE VOUS CONCERNANT». Qu'est-ce qu'elle me voulait encore ? J'avais assez donné avec le départ de mon frère et mes histoires de verte avant. J'ai appelé Le Gwen. C'est le flic avec qui je discutais tous les premiers mercredis du mois. Rien de grave, juste un échange de bons procédés. Depuis *Charlie* et le 13, on vivait avec les keufs une nouvelle histoire d'amour. La drogue, les cambriolages, les vols de voiture, c'était pas assez bandant pour eux. Maintenant, ils font du renseignement et, même s'ils sont morts de fatigue, ils kiffent. Ils ont une raison de vivre. Et pour faire le job et coffrer les gros bras, ils ont besoin des yeux et des oreilles de petites mains sorties du bendo.

« Le Gwen à l'appareil.

— C'est Pilote.

— Comment ça va, mon pote ? »

Chaque fois, il me répondait comme s'il attendait mon appel. Détendu, tranquille, probablement les pieds sur la table, et peu importe ce que je disais, il laissait couler en envoyant des « Ça va, mon pote » aussi facilement qu'un distributeur de billets.

« Je vais regarder pour ta convocation. À mon avis, c'est rien de grave. Je te rappelle dès que j'en sais plus, et tu passeras me voir, OK ? »

Normalement, on se voyait le premier mercredi du mois, mais Le Gwen, il aimait quand je passais le voir plus souvent. Pour éviter la cabane, j'avais pas eu beaucoup d'autres choix que de distribuer des câlins à la flicaille. C'était la facture de mes années passées à faire le caïd dans le bendo.

J'ai raccroché et j'ai foncé vers la gare de Bagnolet. Les images revenaient. C'était bien mon frère. Au guichet de l'agence, j'ai inondé le mec de l'accueil avec mes incantations de banlieusard pour obtenir la liste des passagers du car arrivé de Cologne hier soir. Il a commencé à faire des chichis. Genre que c'était interdit, qu'il avait pas le droit et qu'il risquait son poste. C'était un Rebeu, un blédard de quarante ans, et je lui ai dit d'arrêter de faire son Français. Ça l'a calmé comme il faut, parce qu'il y a rien de pire que de traiter un Maghrébin de Français. Ça le renvoie à la mémoire coloniale, et il a l'impression d'imiter ses anciens oppresseurs. Après ça, il m'a écouté en serrant les dents. J'ai même pas eu besoin de prononcer les bons mots. Il a lu dans mon regard mes doutes et mes angoisses : Syrie, Daech, État islamique. Terroriste. Les mots de la peur. Plus besoin de les dire, ils étaient comme les abeilles dans l'air, on les sentait voler et piquer sans les voir. Ils se posaient sur les cerveaux en fleurs pour taxer le pistil, faire du miel et repartir avec dans le désert. Le Rebeu de l'accueil a regardé autour de lui et vérifié qu'il y avait personne. Ses doigts ont pianoté sur le clavier avec la ferveur d'un lanceur d'alerte. L'imprimante a craché une feuille, il l'a fourrée dans une enveloppe et me l'a tendue. J'ai essayé de la prendre, mais il lâchait pas. «Cinquante euros», il a demandé, sans aucune pitié. Le salaire d'une matinée de travail largué pour une liste de passagers qui lui coûtait rien. Et après, ça parle de racisme. Salopard.

8

Petit frère

Tu te rappelles le premier album de Lunatic ? Papa voulait pas nous l'acheter. Il disait que c'était de la musique de racailles. Alors on l'a volé au supermarché en le cachant dans le Caddie sous le pack de lait. Tu te rappelles ou pas ? La première chanson « Pas le temps pour les regrets ». On l'écoutait dans la chambre sur le poste CD que le père nous avait offert pour Noël. Même qu'on disait pas aux gars d'en bas qu'on fêtait Noël, parce que c'était la hchouma ! Déjà à dix, douze ans, on avait honte de nos origines françaises. Et tu te rappelles les paroles ? Le refrain « Pas le temps pour les regrets, les erreurs n'appartiennent qu'à nous-mêmes, né pour amener ma part de progrès ». Elles m'ont sauvé la vie. Parce que, à l'époque, je voulais mourir pour la rejoindre. Parce qu'elle est partie à cause de moi. T'as jamais su, mais ce son, il m'a sorti de ma nuit, parce qu'il voulait tout dire. Depuis ce jour-là, j'ai voulu sauver le monde, frérot.

Mon ONG, elle bossait de loin avec le Croissant rouge et Médecins sans frontières. Mais elle gérait ses affaires sans eux. Je suis parti un mois après qu'on m'ait accepté. Sans rien dire à personne. C'était mieux comme ça.

Comme quand t'es parti à l'armée. Personne n'aurait pu comprendre, et personne n'aurait voulu me croire.

Mon avion s'est posé à Athènes. Après avoir laissé ma valise à l'hôtel, je me suis lancé vers l'Acropole. Le rendez-vous était pour le lendemain au port. Pendant vingt-quatre heures, j'ai sillonné la ville en long, en large et en travers. Tout allait mal et bien à la fois. Mal parce que c'était la crise. Bien, parce que les Grecs continuaient à vivre avec le soleil et le sourire. Alors je me disais qu'au Cham ça pouvait pas être pire. Le lendemain, on a pris le bateau vers l'île de Kos, à six kilomètres des côtes turques. Le chemin inverse de ceux qui fuyaient la guerre. Le groupe, cinq personnes, des rêveurs comme moi, musulmans, pratiquants, nés pour amener leur part de progrès. Le genre de mecs que tu peux trouver dans toutes les religions. J'étais le seul né en France. Les autres, c'étaient des types venus dans l'Hexagone pour les études. Tout le monde partageait le même délire : aider, construire, vivre et créer un nouveau monde. Certains étaient plus vénères, mais Islam & Peace, c'était pas un truc de terroriste. Chacun donnait son point de vue et, sans se fâcher, on savait passer à autre chose. De Kos, on est allés en Turquie à Bodrum, puis on a pris le car. Après deux jours de voyage à travers les montagnes, on s'est arrêtés à Urfa, la ville du prophète Ibrahim (Abraham) dans le sud-est de la Turquie. Jusqu'ici tout allait bien. Je reconnaissais des têtes d'Arabes. Des gars de chez nous, bien poilus, bien moustachus, et parfois des blonds aux yeux bleus, bien de chez nous aussi, avec les traits et le poil épais. Après trois nuits dans un appartement au nord de la ville, on a pris la route pour le Cham. On est descendus en Jeep vers la frontière sur un sentier à travers les pistachiers. À quatre kilomètres, on s'est arrêtés dans un village pour changer de chauffeur. Dehors, cinquante degrés, ta peau fondait au soleil. Les gens vivaient dans des maisons termitières, construites avec de la boue séchée et du foin. On se serait cru à l'âge de pierre. Quand tu entrais dans les habitations, la température baissait de quinze degrés, y avait un système naturel qui ventilait la maison, un truc ancestral, une clim de blédard. Le chauffeur était un type de ce village, il avait notre âge. Sa peau était noire, mais pas le noir d'Afrique, le noir du pauvre, du vrai pauvre, celui qui passe ses journées dans les champs. Avec les cinq chicots qu'il lui restait et dans un anglais pourri, il m'a expliqué qu'ils n'avaient l'eau courante que depuis trois ans.

Quand on s'est approchés de la frontière, j'ai vu le drapeau de chez nous. J'avais envie de pleurer. Le rêve d'une vie. De toujours. Depuis Jedda et ses histoires, celles de l'oncle Hemmi, de notre petite ville Tadmor et de notre héritage Palmyre. Notre histoire, nos racines. Au check point, les Turcs ont fait du zèle. Ce jour-là, ils ont bloqué tout le monde à cause des Kurdes. Alors on est partis vers l'ouest, le long de la frontière ; à ma gauche, il y avait les miradors des Turcs, un champ de mines de cinquante mètres, des barbelés et, derrière un désert pierreux, quelques villages au loin qu'on distinguait grâce aux minarets qui s'en extrayaient. À ma droite, en Turquie, c'était vert comme au paradis, le chauffeur m'a expliqué que l'Union européenne avait financé un projet de barrage et que depuis, dans la région, ils avaient planté partout des oliviers ou des pistachiers.

Notre chauffeur appuyait sur la pédale d'accélération avec une canne, à cause d'une polio qui lui avait laissé un pied inerte. À l'autre poste-frontière, on a roulé doucement vers les douaniers turcs. L'un d'eux a regardé dans la voiture, il m'a posé deux ou trois questions en anglais. Le drapeau de la Syrie, de Papa, notre drapeau, rouge, blanc, noir avec les deux étoiles vertes, flottait à vingt mètres. Au loin, des tentes et des centaines de silhouettes. Le soldat a froncé les sourcils, la mâchoire serrée, puis s'est reculé de trois pas pour nous laisser avancer.

Le bled était à vingt mètres. Si près que j'y croyais pas. La première fois qu'un de mes rêves se réalisait. On a passé le drapeau. Je sais pas pourquoi, tu vas rire, mais j'avais envie de chanter «Isséo Santiago», la chanson qu'on avait apprise à l'école primaire, mes yeux se sont mouillés, et même les cinquante degrés n'arrivaient pas à les sécher, je tournais la tête pour que les autres les remarquent pas. Et puis, j'ai vu ceux qui créchaient sous les tentes, les enfants malades, les déplacés, les morts de faim, les mutilés. On est descendus de la voiture pour leur donner de l'eau. Enfin chez nous. Je pensais à toi, je me disais que j'aurais voulu être là avec toi, et aussi Papa et Maman.

9

Grand frère

Après la gare de Bagnolet, j'ai roulé vers la mosquée. On était vendredi, et comme d'habitude, j'y allais pour la prière du milieu. À midi pile, j'ai rangé discrètement mes chaussures dans le meuble à l'entrée. J'ai avancé à pas de loup sur les grands tapis. Comme d'habitude, ça puait des pieds. Surtout à cause des vieux, ils mettaient des chaussures en faux cuir qui faisaient transpirer. Après, pieds lavés ou non, changement de chaussettes ou pas, ça fouettait à endormir un mort. La mosquée, j'y venais depuis que le frère était parti. J'y trouvais des réponses. Ça me faisait du bien. Au fond, si le père avait fait le job, peut-être que le frère serait pas parti. Le vieux a mis la religion de côté, il en a jamais parlé. C'était le monopole de ma grand-mère. Et encore, elle nous a appris seulement le minimum syndical pour pas froisser son fils. Pour marcher droit, il faut avoir la colonne vertébrale solide. Et à nous, il nous a manqué quelques vertèbres. Chacun à sa manière, on a compensé. Moi avec les voitures, le sbah, le teuteuh, le gazon, et le petit d'abord avec la tête dans les nuages et une main sur le Coran. J'ai jamais compris ni pourquoi ni comment il était parti. Un mec bien câblé du citron dirait qu'il avait tout : famille, copine, boulot, argent, avenir, et que c'était incompréhensible.

Pas de colonne vertébrale : ni vraiment français, ni vraiment syriens, ni vraiment autochtones, ni vraiment immigrés, ni chrétiens, ni musulmans. Des métèques sans savoir pourquoi on l'est. Mon père a pas raconté sa moitié de l'histoire, du coup il manque des épisodes et on imagine le reste. Quant à l'autre moitié de notre histoire, ceux qui pouvaient la raconter vivent loin de chez nous, là-bas en Bretagne. C'est la famille sans vraiment l'être. Je sais pas comment l'expliquer, mais impossible de se comprendre avec eux. Comment retrouver son chemin quand on sait pas d'où l'on vient ?

À la mosquée, les prêches étaient un peu à l'ouest. Comme au journal télé, l'imam racontait jamais le monde tel qu'il est. Il voulait être une star que l'on affiche en poster, avant d'être un guide. Et puis il attachait beaucoup d'importance aux formes, «prier en vous serrant les uns contre les autres», alors que la vieille m'a appris à prendre mes distances, à prier dans la solitude. C'était vendredi, et il y avait foule. Deux ou trois amis étaient là. Je sais pas si on peut dire amis ou connaissances. Moi, ils me rendent fou. Font zarma les bons musulmans, mais ils viennent à la mosquée avec des maillots de football du Real de Madrid ou de Barcelone. Aucun respect. Puis ils comprennent rien à rien. Sur le maillot du Real, y a une croix. Une croix catholique, et ils se ramènent à la mosquée. Et après, ils font la morale sur ce qu'il faut dire et faire.

L'imam commençait toujours par la khutba. Un sermon politique. Déjà qu'il parlait à peine français, comment il pouvait comprendre la politique d'ici sans pouvoir écouter la radio, lire les journaux ou regarder la télé ? Bref, faudra attendre que des gars de notre génération deviennent érudits et remplacent les anciens.

À la sortie, comme d'habitude, on est montés chez K. Un type bien construit. Université, Sciences Po, il sait de quoi il parle. Je me suis mis sur sa route quand mon frère est parti. Tout le monde savait qu'il avait traîné avec lui. Je m'étais dit qu'avec le temps peut-être ça m'aiderait à le ramener ici, ou au moins à prendre contact avec lui. Toutes les semaines, après la prière, on se réunissait chez lui. Il nous racontait ce qu'il fallait comprendre du monde, en appuyant sur certains mots importants, comme s'il tranchait l'air avec un sabre. Du genre « Oc-ci-dent » avec la même obsession que mon père a du « co-mmu-nisme » ou de « Baa-chaar el-Assa-ad ». En tailleur, les mains sur les genoux, il avançait légèrement la tête quand il parlait, un peu à la manière de Sarko, ou de Denver le dernier dinosaure. Ses deux sourcils se figeaient et ses yeux s'écarquillaient à mesure qu'il dépliait le monde. On était huit et tous les habitués étaient là. C'était ni une association ni un groupe, juste une réunion d'amis. K. était strict sur les règles. Ne couper la parole à personne. Lever la main pour la demander. Parler sans insultes et poliment. Éteindre son téléphone. Se laver les mains, enlever ses chaussures, s'asseoir en tailleur et en cercle. C'était un puits de science. Un sage. Il souriait discrètement quand quelqu'un posait une question. Il avait toujours une réponse.

Ce jour-là, il a parlé des Juifs et de la jalousie. Son grand credo, c'était de dire qu'il ne faut pas toucher aux Juifs en France, qu'il faut les respecter et que, si on est jaloux, on a qu'à faire comme eux, s'organiser, faire des affaires ou des études, se créer un réseau. Ça ne sert à rien de leur cracher dessus ou de les cogner. Mais il nous avait mis en garde. Respect, ça veut pas dire amitié ou sympathie. Ils restent des ennemis, mais il faut pas les combattre en France. C'est pas le bon endroit. Les Français sont des arbitres et ils empêcheront toujours qu'on touche aux Juifs, ils disent que ça nous retombera dessus. Si on veut les affronter en France, il faut le faire avec son cerveau. Si on veut le faire avec des armes, c'est chez eux, en Israël et en Palestine.

K. insistait toujours pour qu'on se fasse pas remarquer, qu'on s'habille et qu'on parle comme tout le monde. Pas de barbes, pas de djellaba ou de kamis dans la rue, pas de mots en arabe. Il disait que Dieu s'en fiche de tout ça, car Il regarde le cœur. Je me suis jamais demandé pourquoi je venais à ces réunions, mais j'aimais bien. J'apprenais un tas de choses que je connaissais pas, la géopolitique, l'histoire, la religion. On parlait même de cinéma et de musique. Un truc qui m'a fasciné, c'est «les ennemis de nos ennemis sont nos amis». Ce jour-là il nous avait expliqué, en frottant ses paumes l'une contre l'autre, ce qu'était le réalisme politique. Que notre mission était de servir Dieu, et donc l'islam, et pour ces raisons nous devions étudier et comprendre le fonctionnement des humains et des sociétés. C'est un défi que le Miséricordieux nous lance de comprendre le système qu'Il a créé. C'est pas très clair pour moi. Je comprends pas qui sont les amis ou les ennemis des musulmans, puisqu'ils se font la guerre entre eux. Par exemple, les Turcs sont des musulmans, alliés aux Israéliens, eux-mêmes ennemis des Arabes dans leur ensemble, y compris des Marocains musulmans, qui sont pourtant amis de la France, ces derniers étant les amis et les ennemis de tout le monde. «Ouloulou», comme dirait notre prophète, l'ami Booba de Miami, ça fout la barre au crâne. J'ai pas osé demander à K., de peur d'être pris pour un débile. C'était à cause du joint, ça. Autrefois, avant mon accident, là-haut, ça allait vite. J'étais toujours dans le groupe des premiers de la classe. Mais c'était avant.

Les autres de la réunion étaient des bonshommes comme moi. Presque tous des livreurs ou des chauffeurs. Comme une grande partie des mecs de chez nous, on s'était tous reconvertis dans le bizness du transport. Pas le choix quand ton seul diplôme, c'est un dépliant rose en trois volets, et ta seule maîtresse, la voiture. Un téléphone a sonné, la trompette d'Ibrahim Maalouf a résonné dans la pièce, c'était ma sonnerie. K. s'est arrêté de parler. Les téléphones pendant les réunions, ça le rendait fou. Il a pris une respiration. Ça a de nouveau sonné. Je savais pas où était mon portable. Sûrement dans ma veste à l'entrée. Puis ça a encore sonné. Il a arrêté de parler.

«Téléphone éteint. D'accord?» il m'a dit en appuyant le «d'accord» avec ses sourcils épais.

«On se bat contre l'Occident pour vivre paisiblement. Pour protéger nos frères et nos sœurs qui subissent l'oppression de ne pas pouvoir vivre selon les préceptes du Livre. Qu'y a-t-il de mal à porter un voile? Une barbe? À faire le ramadan? À prier? Ou à manger halal? Est-ce que l'on fait le mal? Je vous le demande. Voilà les raisons de notre combat. L'islam n'a rien contre l'Occident. Mais j'ai, mais vous avez, mais nous avons des raisons de combattre les systèmes et les personnes qui nous empêchent de vivre comme nous l'entendons. Où est la liberté dont l'Occident se vante tant? Ils parlent de paix, d'amitié, et vendent des bombes, des armes et des munitions. Ils parlent d'égalité, et soutiennent un pays riche, fort et puissant contre un autre, faible, sans ressources, qui est occupé depuis soixante-dix ans. Est-ce que ce sont les Arabes qui ont arrêté, mis dans des trains et gazé les Juifs?»

Tout le monde a nié de la tête.

«Mes frères, ce sont eux les menteurs. Ceux pour qui l'islam n'est que guerre et mort qui ont fait ça. Mais l'islam ne tue pas pour rien. Est-ce que nous égorgeons le mouton pour le plaisir? Non, c'est pour le distribuer aux pauvres et le manger. Et maintenant, pour se faire pardonner, ils laissent les Juifs châtier les Arabes et les musulmans. Les Juifs n'ont pas la force de taper sur leurs maîtres occidentaux, c'est pour ça qu'ils attaquent nos frères. Je vous le répète, les Juifs ne sont pas les maîtres du monde ni les maîtres de l'Occident. Ce sont les chiens de l'Otan, utilisés par les États-Unis et la France pour se créer un pied-à-terre au Moyen-Orient. Comme à l'époque des croisades. S'ils veulent jouer, nous jouerons, avec nos cœurs, la ferveur, et l'épée d'Allah le miséricordieux. Amin. »

Tout le monde a répété Amin. Sauf moi. C'était pas une prière, et j'aime pas quand on mélange la prière et la politique. Pour le reste, j'allais réfléchir. Pas assez intelligent pour comprendre si j'étais con ou si c'était lui.

À la fin de la réunion, j'ai fui avant qu'il vienne me parler. Il allait encore me demander un service, mais moi, j'avais pas envie de danser de nouveau avec le sombre. Depuis la guerre de Syrie et les attentats, on savait plus qui est qui. Des gens bien pouvaient être des tueurs et vice versa. Ça foutait les jetons, mais il fallait bien continuer à vivre.

Sur mon téléphone, trois appels manqués d'un numéro que je connaissais pas. Je rappelai. Une voix grave, acoquinée d'un accent du Sud :

« Allô.

— Allô. Vous m'avez appelé ?

— Vous êtes qui ?

— Vous avez essayé de m'appeler trois fois, là y a moins d'une heure.

— Ah ! C'est pas moi. C'est…

— C'est qui ?

— Un jeune. Je le connais pas. Il m'a dit qu'il voulait appeler un pote et qu'il avait pas de téléphone.

— Il ressemblait à quoi ? »

Il a raccroché et j'ai eu beau rappeler plusieurs fois, j'ai plus jamais entendu la voix du Sud.

10

Petit frère

Chais pas ce que j'avais dans la tête. J'ai cru que j'allais me poser comme une colombe au milieu de la mort. On roulait vers Al-Bab, à trente kilomètres d'Alep. Depuis la frontière, on avait plus grand-chose à se dire avec les autres. On avait fait le chemin, mais au fur et à mesure qu'on croisait des voitures brûlées, des traces d'obus, des maisons mitraillées, les visages s'affaissaient. Sur le bord des routes, les civils fuyaient, à pied, en voiture, à cheval, vers la Turquie. J'étais mort de fatigue. On s'arrêtait. On repartait. Dans un sommeil végétatif, la tête contre la vitre, les bras croisés, les oreilles bercées par le bruit du matos et du moteur qui rugissait à chaque montée de pont. Avec les bosses et les nids-de-poule sur la route, ma tête faisait des allers-retours contre la vitre et je me réveillais, les yeux collés, fatigué parce qu'on s'était levés tôt. Dehors, on passait du jaune au gris, puis au vert. Ici, quand l'eau apparaissait, elle transformait la poussière en paradis.

Quelques kilomètres avant Al-Bab, deux types sont descendus. Ils ont sorti une grosse malle de l'arrière du pick-up et sont montés dans une voiture qui attendait au bord de la route. Ils nous ont suivis quelques kilomètres avant de bifurquer vers Raqqa. Le chauffeur a expliqué que l'hôpital était de l'autre côté de la ville. À l'est. À notre arrivée, Bedrettin, le chirurgien turc, et quelques hommes étaient assis sur des chaises en plastique et buvaient du thé. Ils se sont levés pour nous accueillir. On était trois. Bedrettin m'a pris dans ses bras et m'a souhaité la bienvenue. À côté de lui, un homme blond, en treillis militaire, la barbe rousse, des lunettes de premier de la classe, bonnes joues, ventre rond, m'a salué avec un sourire. Une Kalachnikov était posée contre sa chaise. Le Turc m'a dit que c'était l'émir local, et que les deux autres soldats avec lui, c'étaient des moudjahidines en charge de la protection de l'hôpital. Il m'a lancé un clin d'œil. On pouvait pas faire comme avec Papa en France, c'est-à-dire parler en arabe pour que les gens grillent pas, ni en français parce qu'en Syrie beaucoup de gens le parlent ou le comprennent. Derrière lui, ce qu'ils appelaient hôpital était un bâtiment en parpaings de la taille d'une grande maison, sur lequel on avait coulé de la peinture blanche pour le rendre propre et visible en cas de bombardements. Le logo rouge de MSF avait pas été effacé. Bedrettin m'expliqua plus tard que, à la suite de l'enlèvement des Français, l'ONG avait confié cet hôpital de campagne à Islam & Peace. C'était mieux comme ça. Notre ONG s'entendait bien avec l'émir et le groupe qui contrôlaient la zone. On partageait pas les mêmes convictions, mais on était animés par le même objectif, lutter contre Bachar et aboutir à la paix.

À Al-Bab, je devenais le douzième de l'équipe médicale. On était deux infirmiers. Dans le bâtiment principal, il y avait une salle d'opération, une salle de consultation, une salle d'attente, trois salles de repos et la salle de l'équipe. À l'extérieur, la pièce creusée sous terre était la pharmacie, et sous une tente se trouvait la morgue.

Je me suis assis avec Bedrettin, l'émir et ses deux soldats devant l'hôpital, et on a mangé des boulettes de kibbeh. Il était prévu que je commence à travailler que dans une semaine. Avant, il fallait que je me forme, que je m'installe et que je m'adapte. L'après-midi, on est partis en ville dans le 4×4 de l'homme blond à la barbe rousse, l'émir. J'ai fini par le surnommer Barbe blonde, parce que Barbe rousse était un pirate, et qu'on allait pas donner ce surnom à un homme de religion. La fenêtre ouverte, on entendait les échos d'une musique de fête dans les rues de la ville. C'était un mariage. Bedrettin nous y emmenait pour me présenter aux gens du coin. On est entrés dans un immense hangar, le son saturé d'une enceinte de voiture résonnait dans le bâtiment. Au fond, des hommes dansaient en rond, les mains dans les mains. À la syrienne. Le marié était le seul en tenue de mariage. Costume gris brillant, chemise blanche, cravate bleue, cheveux gominés. « C'est le plus beau jour de ma vie », il répétait. Pas de femmes. Elles faisaient le mariage dans leur coin. De temps en temps, le marié appelait sa nouvelle femme au téléphone pour entendre sa voix, avant de raccrocher tout sourires. Autour de lui, quelques barbus en treillis célébraient l'union, d'autres affalés sur des chaises en plastique caressaient du pouce l'écran de leur Smartphone. On m'a de nouveau apporté une assiette débordante de kibbeh et on m'a fait asseoir à côté de Barbe blonde.

Un par un, les hommes en treillis sont venus le saluer. Une accolade, la bise, une main dans le dos. Il me présentait à chacun d'eux comme le nouveau médecin. Je comprenais pas tout, parce qu'il parlait vite, dans le patois du coin, et j'osais pas lui demander. Il avait l'air vraiment gentil. Le visage rond et un sourire sincère d'homme juste. Ensuite il s'est levé et a rejoint les hommes qui dansaient la dabké. Puis m'a fait signe de le rejoindre. Mon chef, Bedrettin, parlait avec le seul homme qui était pas en treillis. Il ressemblait à Barbe blonde, en plus petit et plus gros. Même barbe de roux, cheveux d'or, peau blanche comme la neige, et une forêt de poils qui débordent de la chemise. Celui-là portait une chemise de bûcheron, un jean et des chaussures de sécurité pleines de terre. On aurait dit un jeune Parisien des quartiers est. Il lui manquait plus que le vélo sans vitesse.

Dans le cortège des hommes qui dansaient mains dans les mains la dabké en remuant les épaules, j'essayais de suivre les pas des autres mais c'était trop compliqué. Barbe blonde leur a dit de changer de danse. Un pas en avant, un pas en arrière, c'était plus facile. Ici, tout était différent, même les religieux étaient des fêtards. D'un coup, y a eu un moche de bruit, comme des rafales. C'était assourdissant. Ça couvrait même la musique du mariage. J'ai cru que c'était le type qui surveillait l'entrée qui avait tiré à la Kalachnikov pour célébrer la fête. Mais le cercle de danse s'est rompu aussitôt. Chacun est parti retrouver son arme. À travers la musique, on percevait un autre bruit. Barbe blonde m'a expliqué qu'un hélicoptère de combat survolait la ville. C'étaient pas des tirs de joie, mais une mitrailleuse gros calibre qui avait lâché une rafale à quelques rues. L'engin est reparti, et petit à petit chacun a reposé la Kalach et a retrouvé sa place dans le mariage. Bedrettin m'a dit que je m'habituerais.

Le premier soir, j'ai dormi chez lui. C'était un des rares hommes à pouvoir vivre seul dans un appartement. Les lois locales obligeaient les hommes non mariés à vivre dans des baraquements avec d'autres hommes. Le lendemain, je prenais ma place dans un appartement pour dix personnes. Les neuf autres étaient des combattants. Trois Syriens, deux Pachtounes, trois Irakiens et un Turc.

Barbe blonde est venu me rendre visite. « Tu seras bien ici », il m'a dit. Il m'a emmené faire un tour de la ville dans son pick-up. C'était calme, pas de traces de combat, quelques personnes dans les rues, surtout des hommes, quelques femmes. On est arrivés à une rivière. Un truc de ouf, on se serait cru à la piscine de Bobigny. Des moudjahidines se baignaient, plongeaient, nageaient, jouaient dans l'eau. Barbe blonde a enlevé sa veste, son tee-shirt et son pantalon, et il les a rejoints. Ils étaient tous très jeunes. Entre seize et vingt-cinq ans. Je me suis assis sur un rocher et je les ai regardés. Barbe blonde me faisait signe de les rejoindre. Mais la honte. C'était bizarre, je pensais arriver dans un pays en guerre et en deux jours j'avais fait un mariage et un après-midi à la rivière. À part l'hélicoptère, la vie paraissait douce. Sur le chemin du retour, l'émir m'a demandé ce que je pensais de Bachar el-Assad. Je lui ai répondu que c'était un fou sanguinaire. Il m'a répondu : « C'est un mécréant, mais un bon ennemi. »

11

Grand frère

Quand je suis parti de chez K., un chargé de relations, chauffeur de la plate-forme, m'a appelé pour
prendre rendez-vous et faire le point. Le prétexte?
Mon chiffre d'affaires qui dégringolait. Par exemple,
ce jour-là, il était 15 h 15, et j'avais fait que soixante
euros. Juste pas envie. Pourtant, j'aime la carlingue
quand la gomme des pneus croque l'asphalte, que mes
mains cimentées au volant font danser la voiture dans
les virages, les yeux dans le bitume j'oublie les feux
rouges, je double par la droite, les stops deviennent
glissants, les kilomètres défilent et mon vaisseau perce
le monde. Une fois la porte fermée, la cabine sous
pression, l'atmosphère change, je monte dans l'espace
et je vogue vers l'univers.

Depuis quelques jours, pas le moral. C'était le boulot qui m'épuisait : 8 heures, 10 heures, 12 heures
par jour. Du coup, j'avais envie de profiter un peu.
À la place, j'ai roulé vers le 120 à Saint-Denis, parce
que le vendredi y avait toujours du monde et des
histoires à récupérer. Tant pis, je ferais mon chiffre
dans la soirée. De toute façon, valait mieux tourner

le soir et le week-end. Même si ça faisait de vous un no-life, ça remplissait les caisses et le frigo. Le 120, c'est un repère de chauffeurs, un restaurant, mi-classique, mi-fast-food, où on trouve de tout : hamburger, kebab, pizza, pâtes en cornet, entrecôte, brochettes, mais façon halal. Après toutes ces années, fallait bien qu'on puisse nous aussi mettre un pied dans la modernité.

Comme d'habitude, c'était blindé de monde. Que des mecs comme moi, pantalon de costume noir, chemise blanche, coupe courte sur les côtés. Je posai mon plateau à une table où étaient installées des connaissances.

« Wesh Breton, ça va ou quoi ? »

« Breton », c'est depuis la fois où des gars du quartier, qui étaient en colonie de vacances à Saint-Malo, nous ont cramés avec notre mamie bretonne à la plage. J'avais quatorze ans, et mon frère douze, et depuis personne a lâché l'affaire, ça s'est propagé dans tout le 9-3, et même dans le 9-4 et le 9-1. Rien de grave.

Hassen m'avait posé la question en trempant ses frites dégueulasses et pleines d'huile dans une sauce Samouraï, un mélange de Ketchup, de moutarde et de harissa. Le pire, c'est qu'il parlait la bouche ouverte avec des morceaux de salade collés aux dents. Dans ce resto, je devais être le seul à savoir manger. La règle de base, c'est de porter la nourriture à la bouche. Mais eux faisaient l'inverse, ils mettaient le nez dedans, comme les animaux. À la table, ça bavardait de foot, de fric, de politique et de zouz. Surtout de politique, tout le temps. De la guerre, du gouvernement, de la situation avec les chauffeurs de taxi. Hassen, mis à part sa passion pour la sauce Samouraï, était aussi très engagé dans un mouvement qui défendait les intérêts des chauffeurs de VTC. Pas folle la guêpe, peut-être pas diplômé mais pas débile non plus, on savait défendre notre steak.

Chacun dans ce resto avait peu ou prou la vie qu'il ne rêvait pas d'avoir : dégommer un sandwich ou une assiette de viande au milieu des effluves de friture et des gros barbus qui facturaient leçon de morale sur leçon de morale quand vous rotiez sans dire « Hamdoullah ». Je sais pas ce qu'ils ont avec la religion, les gros. Plus ils sont gros, plus ils emmerdent les autres avec la religion. La même avec les grosses. Ça vient pas de Dieu, parce qu'Il leur a pas dit de manger comme des porcs. Mais c'est pas leur faute aux gros, c'est celle des minces qui jugent sournoisement leurs joues rondes et leurs gros culs. Ça rend les gros susceptibles et ils se cherchent un truc à défendre. Dans un monde où on les jugerait pas, je suis persuadé qu'ils emmerderaient pas le monde avec leurs histoires. Et si tous nos problèmes n'étaient qu'une affaire de graisse et de bourrelets ?

Au milieu du brouhaha du restaurant, j'entendais pas grand-chose de la discussion à ma table :

« C'est abusé. Tu vois les petits de Sevran là, la bande à Joël, Karim et Bathily ?

— La bande arc-en-ciel ? »

C'est comme ça qu'on les appelait, parce que c'était une des rares bandes où des types d'origines différentes traînaient ensemble.

« Ouais, ceux-là. Ces bouffons. Ils ont tabassé un type avant-hier, à la station RER, le mec est dans le coma, ils sont en garde à vue.

— Pourquoi ils l'ont cogné ?

— Le mec, il embrassait sa copine, et ils sont venus le chiffonner pour lui dire que c'était pas bien de faire ça, parce que eux étaient croyants et que c'était insultant.

— Dans le coma ? Nooon, t'es sérieux là ?

— C'est des oufs. Bref, le mec s'est défendu. Et là, devant sa meuf, ils se sont mis à le cogner à cinq contre un. »

Hassen était toujours au courant de tout avant tout le monde. Parce qu'à longueur de journée des chauffeurs l'appelaient pour des broutilles liées au travail et, au passage, ils lui remontaient des nouvelles de la vie sur le goudron. Yann, un Français converti qui se faisait appeler Younes, s'est énervé devant tout le monde.

« Vous voyez, les histoires comme ça, ça me donne envie de tout niquer. Fais ta religion dans ton coin, mon frère, qu'est-ce que tu viens casser la tête de tout le monde. Ces mecs-là, ces pédales-là, faut les exterminer. »

Comme tous les convertis, il était excessif. Plus royaliste que le roi.

« On lit pas le même Coran, ma parole, où est-ce que c'est écrit "Faites la police" ? Qu'ils viennent avec et me montrent. Si c'était un gars du quartier, un Rebeu ou un Renoi, ils auraient rien fait. Ils l'auraient salué, zarma, "Salam, mon frère", la main sur la poitrine. Mais comme c'était un petit Blanc, ils l'ont niqué. C'est des racistes ! Sur la tête de ma mère ! Ma parole, faut qu'ils aillent soutenir Marine. C'est des cafards, faut les chasser de la mosquée, ces petites putes ! »

Quand Younes parlait, tout le monde écoutait et acquiesçait. C'était un ancien caïd qui s'était trouvé une porte de sortie avec l'islam. C'est lui qui me missionnait pour transporter la pelouse. Younes, il était tellement bien converti que c'était comme s'il était des nôtres, de notre clan, ni noir ni arabe, mais de la classe des étrangers. Job de galérien, antiraciste, anti-Marine, tout comme nous : les Nike aux pieds, la coupe en dégradé, et même l'islam. Son frère était avocat, et c'est comme ça qu'il avait toujours réussi à feinter la justice. J'ai demandé à lui parler, car il en connaissait un rayon en droit. J'étais pas serein pour la convocation, Le Gwen m'avait pas encore rappelé, et j'avais peur d'un truc à la con. Il a lu la lettre « POUR UNE AFFAIRE VOUS CONCERNANT » et a souri avant de me répondre :

« T'inquiète pas, frérot. Tu peux leur demander pourquoi ils te convoquent, et ils sont obligés de te répondre. Si c'était grave, ils t'auraient déjà cueilli un matin à 6 heures. »

Peu de Français d'origine et pas beaucoup de non-musulmans au 120, mais quelques-uns quand même : des Antillais, des Africains chrétiens et des Portugais. L'un d'eux, c'était Mickaël. Son nom de famille : Da Sousa. C'est le soce avec qui j'étais tombé. Sauf que lui, le flic Le Gwen l'avait pas repêché. Il vivait avec un bracelet électronique autour de la cheville parce que les prisons étaient pleines et que le juge considérait qu'il était pas « dangereux pour la société ». Et c'était pas faux, son seul tort, c'était d'avoir transporté de l'herbe. On peut juger que c'est mal, mais la vérité, c'est que d'autres transportent des armes, de l'alcool, du tabac, des antidépresseurs, du Coca-Cola, et ça brûle autant l'humanité. Avec Mickaël, on a mis du temps à se reparler. Il disait que c'était ma faute, et moi que c'était la sienne. À présent, chacun s'était rangé. On partageait une même passion, les voitures et la conduite. Et un même boulot, chauffeur de VTC… Moi, j'étais à mon compte. Lui pouvait pas encore, à cause du bracelet à sa cheville, donc il turbinait pour un patron.

« Là, bientôt, on m'enlève le bracelet électronique. Je me barre au Portugal, je pense que je vais rester là-bas. »

Après deux années coincé dans le bendo à cause du bracelet électronique, il m'a expliqué qu'il voulait voir le pays. Puis en parlant avec son oncle, il s'était dit que vivre au Portugal, calme au soleil, c'était toujours mieux qu'avec un iPhone et une Audi sur le béton français. Chez lui, j'étais allé une fois. C'était un bled dans le trou du cul du monde, sur la côte atlantique. Cinquante habitants à peine, coincés entre les collines et l'océan. Le village était magnifique, mais y avait rien à faire, que des vieux et pas même un café. Mickaël me disait qu'il aiderait son oncle à faire du vin et qu'il accueillerait des touristes français dans la ferme, pour se faire du blé.

« Et si j'apprends le portugais bien comme il faut, peut-être que j'irai au Brésil. Tu viens quand tu veux. »

Moi, je rêvais de la Thaïlande, de la mer bleu azur, des plages de sable fin, de coupes de champagne et de glace coco. Pour pas le vexer, je lui ai répondu que j'allais y réfléchir.

Petit à petit, le 120 s'est vidé, il était presque 17 heures, et je suis resté seul avec Mehmet. C'est le patron, un Turc. Mon ami de toujours. Dans ma vie, y avait mon frère et y a Mehmet. Il a plein de défauts, mais je sais faire avec. Gérer ce genre de restaurant, c'est connaître mille et une histoires, parce qu'il y a du passage, surtout des chauffeurs. Et tenir le volant onze heures par jour, ça fait connaître le monde et ça remplit les oreilles. Mehmet, on l'appelle «Demytho», parce que c'est un demi-mytho. Tout ce qu'il raconte contient une part de vrai et une part de faux. En fait, tout repose sur une vérité, mais il se maîtrise pas et est obligé d'enjoliver les histoires. Il devrait écrire des livres plutôt que de tenir le couteau douze heures par jour pour s'acheter un pavillon à crédit. J'étais dans mon Smartphone à lire les dernières infos du journal *Le Parisien* quand sa grosse main s'est posée sur mon épaule.

«Wesh, rhey! On m'a dit qu'on t'avait vu à la mosquée d'Aubervilliers. Celle de Pharaon.»

Avec Mehmet, on sait jamais qui est le fameux «on».

«Pharaon?

— L'Égyptien, wesh! L'imam de la mosquée d'Aubervilliers.»

J'ai compris de qui il parlait. Mais pas de quoi.

«De quoi tu parles?

— Frère, fais pas des trucs bizarres. Tu sais que cette mosquée, c'est le quai d'embarquement pour le Cham.

— C'est quoi ton délire, wesh?

— Je dis ça pour toi, frère. Fais attention à toi, et évite la squem d'Aubervilliers. Pharaon, il est pas clair, et avec l'état d'urgence et les barbouzeries de l'État, tu vas finir au mieux au Cham, au pire dans un nouveau Guantanamo. »

Pharaon, c'était un imam égyptien que tout le monde respectait. Un puits de science. Pas un bouffon qui fait des vidéos sur Internet, en lisant des interprétations du Coran traduites avec Google.

Mehmet avait l'air sûr de lui. Je savais pas quoi lui répondre. J'en avais rien à foutre de son histoire d'Aubervilliers, c'était pas moi. Le Turc avait toujours le besoin de faire des ragots. Un vrai truc de Ketur, ça. La preuve, tous les dimanches, ils ont des mariages, où ils invitent cinq cents à mille personnes. Que pour les ragots. Pendant la fête, les réseaux s'activent, de table en table et de daronne en daronne, l'information circule plus vite que sur Internet. À la fin, on sait qui a arnaqué qui, comment et pour combien, et qui a couché avec qui, et mille autres ragots. Sans rien dire, je voulais savoir s'il avait entendu parler du gars que j'ai vu à la gare de Bagnolet. Il a reposé la main sur mon épaule, et à voix basse m'a chuchoté :

« Je te dis un truc que tu gardes pour toi. Tu me le promets.

— Mais vas-y, là. Ça fait cent fois que tu me sors la même phrase. Zarma, Mehmet-les-bons-tuyaux. »

L'air sérieux et avec un petit signe de tête, je lui ai promis de fermer ma gueule.

« Ça va péter la semaine prochaine. Je ne sais pas ni qui, ni où, ni quand. Mais reste loin de tout ça, de Pharaon et compagnie. T'es mon srhab, et je veux pas qu'il t'arrive d'histoires. »

Le problème avec Mehmet, c'est qu'on sait jamais s'il a inventé ou vraiment entendu. C'est comme les gens qui font des pets silencieux. Impossible de connaître l'origine, mais l'odeur signale que quelqu'un s'est détendu.

L'affaire de la veille me tournait dans la tête. Mehmet me racontait ses histoires. Il en est venu à son dernier contrôle fiscal. Le contrôleur avait grillé qu'il sous-déclarait son chiffre d'affaires. En comptant le nombre de kilos de farine qu'il avait achetés, il en avait déduit un nombre de pains produits, et donc un nombre de sandwichs vendus en principe. Et ça ne marchait pas avec le chiffre d'affaires qu'il déclarait. Bref, il devait payer un paquet d'oseille au fisc et ça lui mouchetait du sang dans les rétines, il en avait presque la voix qui tremblait. Ce mec parlait toujours d'argent. Ça rend fou, il comprenait pas qu'il était malade de ça. Sa vie, il l'avait menée plus ou moins sur les rails de la réussite grâce à ce restaurant. Douze heures par jour dans les effluves de frites et de viande pour se remplir les poches. Ce mec avait la maladie de l'oseille, de la richesse et du travail. Sinon, qui supporterait tous ces connards de chauffeurs, de barbus, et ces sales odeurs à longueur de journée ? Fallait vraiment avoir soif de billets et d'or pour y croire.

Moi, là-haut dans ma tête, entre Mars et Saturne, j'étais à la gare routière, je voyais mon frère sortir du bus, s'engouffrer dans la voiture.

« Hé, Mehmet, je crois que mon frère est à Paris.

— Quel frère ?

— Mon frère wesh, "Pansement". »

« Pansement », c'était son surnom depuis qu'il était devenu infirmier.

« Comment tu sais ?

101

— Je sais pas si j'ai rêvé, mais je l'ai vu hier soir à la gare de Bagnolet.

— Pourquoi t'es pas allé lui parler ?

— Pas eu le temps, wesh. Il est monté dans une voiture, j'ai pas réussi à les rattraper.

— Toi ? T'as pas réussi ? Genre.

— Les baqueux, frère, ils me sont tombés dessus en descendant vers Montreuil. »

Le Turc s'est gratté la tête.

« T'es sûr que tu replonges pas dans tes délires, comme à l'armée ? »

Il sait presque tout de moi. Et moi, tout de lui. C'est mon plus vieil ami. Il s'est marié avec une Kurde, deux gosses, ça fait des histoires dans sa communauté. Une fille bien, propre, pas une vieille meuf qui traîne dans les hôtels Formule 1 pour gratter des sacs à main à des rappeurs ou à des footballeurs. Le seul truc, c'est qu'elle est pas vraiment musulmane. C'est une alévie. Une autre version de musulmans. Plus soft. Avec Dieu ils sont bizarres, mais je les aime bien, jamais de coup de travers avec eux. Chacun son histoire, pas de problème. Mais bon, les nôtres, les « vrais » musulmans, n'aiment pas les mises à jour. Sûrement parce que ça peut faire buguer le système.

On s'est rien dit d'autre. Lui était assis, affalé sur sa chaise, le ventre qui tombait sur son jean, le double menton habillé d'une barbe naissante, cernes bleutés et regard hagard, canné de son service de midi. Les coudes sur la table, les mains jointes, je réfléchissais. Où pouvait être mon frère ?

« C'est quoi cette histoire ? Que ça va péter la semaine prochaine ?

— Je te dis un truc que tu répètes à personne. »

Mehmet racontait ses histoires comme on conduit une voiture en banlieue : faire crisser les pneus, griller les feux rouges et ne pas s'arrêter au stop. Mais dès que l'histoire devenait tendue, il se mettait à bégayer. Incapable de maîtriser ses émotions. Plus il bégayait, plus je me disais que la frontière du mensonge était carrément franchie. Il avait besoin de réfléchir pour ajouter une suite au mytho précédent. Quelqu'un lui avait dit avoir entendu d'un chauffeur, Issam, en fait Pedro, un Portugais converti, que des types étaient arrivés d'Allemagne en provenance du Cham pour faire sauter une voiture. Et lui savait que le Portugais, en fait, il travaillait pour les flics, et qu'il avait fait semblant de se convertir à l'islam pour sucer des infos dans les milieux islamistes. J'en savais rien, et je savais pas si je pouvais le croire, ni ce que je pouvais faire de cette info. Surtout, pourquoi le Portos voudrait aider les bleus ?

« Tu l'as vu où, ton frère ?

— À la gare de Bagnolet, je t'ai dit.

— Eurolines ?

— Oui.

— Et il faisait quoi ? Pourquoi tu lui as pas parlé ?

— Il descendait d'un bus, et il a filé dans une voiture.

— Le bus, il venait d'où ?

— Cologne.

— C'est pas en Allemagne, ça ? »

J'ai bloqué à ce moment-là. Comme à l'armée, au Tchad, devant la carte. Et ces types qui ont commencé à tirer sur notre Jeep. Et le cri du soldat Mendy. Il est mort devant moi, les yeux fermés. Sur la liste des passagers, il y avait rien, pas de trace de mon frère. J'y ai pas pensé, mais s'il était au Cham, y avait pas de raison qu'il revienne sous sa vraie identité. Depuis les attentats de *Charlie,* c'est fini, plus de doutes pour les autorités, on ne revient pas de Syrie par hasard.

12

Grand frère

En repartant du 120, Le Gwen m'a rappelé pour ma convocation. Rien de grave, mais il fallait que je passe le voir. Une manière de me tirer les vers du nez. Pas de contrat signé, entre nous c'est à la parole. La première fois que j'y suis allé, je suis resté planté presque cinq minutes sur le trottoir en face pour admirer le commissariat. C'était superbe. L'architecte avait inventé quelque chose. La façade était faite de verres teintés en bleu, blanc, rouge. La nuit, de loin, on aurait cru les vitraux d'une église. De près, c'était une construction aux allures futuristes. Impossible de savoir si ça changeait le travail des flics. Pour moi, ça changeait rien. Depuis l'adolescence, on dansait avec la volaille une sorte de valse intitulée « Je t'aime, moi non plus ». Depuis la nuit des temps, les h'nouch étaient nos ennemis numéro 1.

Je me rappelle de ce jour d'hiver où la BAC de Drancy avait gazé à l'extincteur un dénommé Rainman. Un Tunisien de notre quartier qui devait avoir autant de cerveaux que de doigts aux mains. Quelques mois avant cet épisode, son butin se chiffrait déjà à quatre cent mille euros. Ce mec c'était un magicien. Un aspirateur de porte-monnaie. Très peu de pertes sur ses chromes et rarement besoin de casser des dents pour faire rentrer la caillasse dans la sacoche. Le minimum, c'était un coup d'avance, mais souvent il en facturait deux, voire trois. Il gérait des gars de dix ans de plus que lui. Et malgré tout, il restait modeste. À la cantine, il posait son plateau à notre table. Jamais un mot sur son jardin ni sur son art. Jamais un mot de trop. Un type qui vous en fait dire plus sur vous que la Gestapo, et sans rien vous demander. L'œil froid, un léger sourire qui rassure. Bien sûr que les fonctionnaires du ministère de l'Intérieur savaient pour ses bricoles. Mais sans preuves, pas de procès. Et sans procès, pas de prison. C'est ça l'État de droit. La richesse de la France qui faisait celle de Rainman.

Lui aussi a disparu, il y a quatre ans. Comme mon frère, d'un jour à l'autre. La légende dit que cet homme aurait pu remplir les poches de tous les jeans du quartier pendant trois générations. La rumeur parle de quatre millions d'euros. Je crois qu'il avait fait le tour de sa vie ici, alors il est parti avec le butin. P'têt chez les fous, p'têt au Brésil, en Thaïlande ou à Dubai. Bref. Ils ont voulu le serrer, mais il a toujours esquivé les filets. Un artiste. Alors, ils lui cognaient dessus. Ce jour-là, j'étais à l'arrêt de tram. La voiture des flics a ralenti. Peugeot 307, grise, cabossée de cavalcades. Arrivée au niveau de Rainman, la vitre avant côté passager est descendue. Le keuf a sorti un extincteur de cheminée et l'a gazé. La tête empoudrée, Rainman hurlait : « Mes yeux, mes yeux, mes yeux ! » Le soir même, on s'est vengé sur un Renault Scenic de la patrouille et sur le poulailler local à coups de Molotov. Ça voulait dire : « Laissez-nous vivre. »

La première fois, la vraie première fois, mon téléphone avait sonné peu après la disparition du petit frère. Convoqué pour une affaire me concernant. « Le concernant », j'ai voulu corriger au téléphone. Assis, j'ai décliné nom, prénom, naissance, nationalité, à la question casier j'ai dit « non ». L'autre a répondu « ah bon ? », puis il a cliqué dans son ordinateur et a complété par « pas encore ». J'ai écouté, puis répondu : « Oui, monsieur » et « Non, monsieur ». J'ai pris une grosse claque dans la gueule, puis mes cliques et mes claques, et je suis rentré à la cité, dans le taxi du daron qui râlait en les traitant de bureaucrates soviétiques. Que faisait le petit frère pendant que je me tapais le sale boulot ? Plus de deux ans que je rendais visite à la flicaille. Ça c'est de l'abnégation, mon pote. Quand je suis tombé avec Mickaël, Le Gwen m'a repêché parce que je pouvais être utile. Il s'est débrouillé pour que tous mes problèmes s'envolent. Même pas de sursis, rien. J'ai fermé ma gueule et personne n'a su. Sinon, dans le quartier, c'était fini. Y a pas pire que puter pour les flics. Au niveau immoralité, c'est juste en dessous de la pédophilie. Forcément, avec Mickaël c'est devenu compliqué.

J'ai garé ma voiture au parking de mon immeuble, et j'ai descendu l'arrondissement à pied pour rejoindre le commissariat. Il était 19 heures. Comme d'habitude, on m'a dirigé vers le premier étage. Je suis entré dans une pièce. Le Gwen était assis en face de moi. Petit sourire de sale Français, de vieux Breton, briscard, fier de lui, menton pointu, cheveux courts sur les côtés, sourcils broussailleux, chemise ouverte, bleue, soyeuse, mais moche. Une vie à fliquer et mettre en cabane. Mais, ma parole, lui aussi on finirait par l'enfermer. Entre quatre planches de bois, dans un trou, et on l'enterrerait sans sourires, sans collègues, sans indic. Et personne pour lui porter des fleurs. Quoi qu'il arrive, la vie on la commence, on la vit et on la finit dans une boîte. D'abord le ventre de votre mère, puis un couffin, puis votre chambre, puis l'école, la discothèque, la voiture, l'entreprise, la maison, et à la fin ? Un cercueil. Toujours une boîte.

« Tout va bien, Callahan ? »

Harry Callahan, pour ceux qui connaissent, c'est un inspecteur de police retors incarné par Clint Eastwood. Une bouche comme une mitraillette de mots, l'un des héros de mon père.

« Bon, ta convocation c'est de la merde. T'as juste plus de points sur le permis, mon pote. Fini le VTC. »

J'ai pas compris immédiatement. Toute ma nouvelle vie, c'était grâce à Le Gwen. Le vieux keuf m'avait aidé à trouver un taf. Il m'avait donné l'idée et dirigé vers un ami à lui. Pendant un an, j'ai roulé pour un patron, puis je me suis mis à mon compte. Ensuite, il a mis la pression au service social de la mairie pour un logement. Ça paraît pas grand-chose, ces coups de pouce, mais ça m'a permis de rejoindre le monde des adultes. En conclusion, c'est ce que le daron n'avait jamais réussi à faire.

« T'as pas compris ? Le VTC, c'est fini. Ça veut dire que tu vas rendre ton permis, et tu vas devoir repasser le code.

— C'est quoi, ce délire ? Comment je vais faire ? J'ai même pas été prévenu que j'avais plus de points.

— Mais fallait vérifier, mon petit pote. T'as dû recevoir un courrier. »

Effectivement, y avait une énorme pile de prospectus et de lettres qui traînait dans mon entrée. On aurait dit un type atteint de phobie administrative. Mais moi, les lettres de l'administration, j'aime pas trop les ouvrir. Trop souvent, ça t'annonce des mauvaises nouvelles. Sur le dernier courrier reçu des flics, mes coordonnées étaient écrites à la main. À la manière d'une lettre d'amour. J'étais curieux. J'ai ouvert. Et pan ! Une convocation. Me voilà blessé.

« Bon, j'ai une solution. En fait, t'as plus de points, mais tant qu'on ne t'a pas retiré le permis, tu peux toujours rouler. Alors ce que je vais faire, je vais me débrouiller pour que tu sois pas convoqué et que tu signes pas les papiers. OK ? »

Je savais pas comment le remercier. Avec le temps, c'était un peu mon deuxième daron. Je crois que l'histoire de notre famille, ma mère, ma grand-mère, mon frère et mon père, ça l'a attendri.

« En fait, on va faire les choses bien. Tu vas te trouver une auto-école et t'inscrire au code ; et, dès que t'as ta date d'examen, je me débrouille pour que tu sois convoqué. T'auras plus de permis, mais si t'as le code du premier coup, ça durera que quelques jours. »

La volaille avait toujours des coups secrets. Pour les PV, on venait avec des places du PSG et ça sautait. Tant que vous aviez quelque chose à offrir, ils trouvaient toujours une solution.

« Quoi de neuf chez les barbus ? »

Perdait jamais le nord, Le Gwen. Il lâchait quelques mots, posait ses mains sur la table, baissait les yeux, puis les relevait, avant d'appuyer sa question avec son regard scintillant. Fallait jouer à cache-cache avec le vrai et le faux pour pas tomber dans son jeu. La grand-mère disait que tout était une question d'équilibre. «Le jour où mon père est mort, ton père est né», me murmurait-elle. Et moi, l'équilibre, je le faisais sur les mains depuis que Maman était morte. Mes jambes vacillaient, mais je tenais plusieurs secondes, la tête pleine de sang, les poignets pliés, le souffle court, avant de redescendre. Avec l'entraînement, j'aurais pu le faire sur une main, sans respirer, et rester la tête à l'envers pendant des années. Mais ce jour-là, j'ai chié. À mort.

«Mon frère. Je crois qu'il est revenu.»

C'est sorti comme ça, sans réfléchir, comme la fois où j'ai mis le coup de pied dans la tête du type. Parfois, la vie, ça ne tient qu'à quelques mots.

«Comment ça ?

— Un gars m'a dit qu'il l'avait vu à Bagnolet.

— Et toi, tu l'as pas vu ? »

En équilibre, mes deux mains au sol. Mes poignets se pliaient et les jambes étaient prêtes à valser. Ma tête s'est maintenue, les abdos serrés, respiration calme, concentration, j'ai tenu.

«Non.

— Ton père est au courant ?

— Non.

— Il l'a cherché partout pendant deux ans. Pourquoi tu lui as pas dit ?

— Cardiaque. C'est pas le moment. En plus, il est train de vendre la plaque de sa voiture.

— Quel est le rapport ?

— Le rapport, vous pouvez pas le voir. Il a rien, lui. Juste une grosse citrouille vissée sur son cou. Mais sinon, rien, pas un clou. Une retraite éclatée. Minimum vieillesse. Sept cents euros. Avec ça, même chez Lidl, on peut manger qu'au petit déj. Alors, pour nous, la plaque c'est tout. Vingt-cinq ans de travail. Des heures le cul sur le siège, à chercher des yeux une main en l'air, les oreilles à l'affût d'un appel de la centrale pour quelques pièces de laiton, remplir le frigo pour deux marmots qui tiennent le béton, le soir, hypnotisé par la télévision, s'endormir sans la douceur de deux tétons… Alors. Vendre la caboche, c'est construire une dernière vie bien méritée. »

Il dessinait sur son cahier. Je pensais lui avoir envoyé un revers en fond de court et dans le coin. Mais il en avait rien à foutre, ça lui a passé à côté, sans même le chatouiller.

« Quoi d'autre ? »

Je lui ai répété ce que me disait le Turc. C'est ce qui se faisait de mieux en matière de demi-renseignements.

« Tout le monde dit que ça va chauffer bientôt.

— Comment ça ?

— Chais pas. Personne ne veut dire pourquoi. J'ai essayé de gratter, mais en fait, je crois que personne ne sait. Ça parle d'Allemagne et d'Aubervilliers. Vous voyez de qui je veux parler. Pharaon et compagnie.

— T'en sais pas plus ?

— Comme d'habitude. Ça parle, ça parle, mais où est la vérité ? »

Le Gwen a essayé de gratter encore. Lui aussi était en équilibre avec nous et sa direction. Avec la police, on vivait une affaire épistolaire depuis la nuit des temps modernes. Les flics envoyaient des courriers de convocation ou dressaient des procès-verbaux, et nous on répondait par des tags ou des jets de pierre. Sans nous, ils n'avaient pas de raison de travailler. Parce que les trous du cul comme nous occupaient une grande partie du cadran de leur montre. En réalité, les vrais voyous, ils les attrapaient que rarement. Quand ça arrivait, c'était souvent dû au hasard ou grâce à un flic plus intelligent que le crime. Et nous sans eux, on avait personne à qui se mesurer. Tellement proches qu'on se disait «tu». Avec les années, ils sont même devenus mes confidents. C'était mon contrat, sinon j'allais en cabane. Pas le choix. Je leur racontais la vie du béton contre ma liberté. Dernières nouvelles des tarés qui parlaient plus du Cham que de l'islam. Un deal. Ils fermaient les yeux sur mon passé, et moi j'ouvrais mes oreilles pour sauver leur futur.

13

Grand frère

À peine vingt-cinq ans, et elle a déjà le nombril entre les deux seins. Quand elle est nue, ses deux gros boobs s'étirent jusqu'au milieu du ventre, mais habillée, c'est une poitrine bien fournie, sculptée par ces merveilles de nouveaux soutiens-gorge capables de transformer le banal en premier choix. Aujourd'hui, les vêtements féminins, c'est comme offrir à tout le monde le droit d'être magicien. Un gros cul? Telle marque de jean sait le déguiser et le rendre parfait. Un petit cul? Une autre marque en fera un ersatz de boule à la Beyoncé. Des grands pieds? Viens par là cousine, un tour de magie et on dirait que tu chausses du 38. Et tout ça, ça provoque des déformations bizarres de l'espace-temps. Du genre des meufs qui avec du maquillage se font une tête taille 36, mais le cul, c'est toujours du 42.

Je viens de lui tamponner les fesses, et les règles du monde veulent qu'après l'amour les hommes s'endorment. Mais moi, après la castagne, je trouve jamais le sommeil. Les cavalcades, lui rentrer dedans, me glisser chez elle, ça me donne la pêche. Comme une drogue! Et après, allongé sur le dos, les yeux dans le plafond, le zgeg collant aux draps, je bouillonne d'idées. Comme avec un spliff.

Cette grosse-là, je l'ai soulevée dans un bar à chicha, un soir de finale de la Ligue des champions. Elle bavardait avec ses pinecos, des Beurettes à la peau orangée à force d'autobronzant. Moi, j'étais avec ma team, Mehmet, Mickaël, Hassen, Younes et toute la bande du 120. Je me suis arrangé pour faire déplacer notre table à côté de la leur. Cette meuf, elle avait un truc différent des autres filles, je sais pas quoi, mais elle sentait pas l'hôtel Formule 1. Pour moi, la drague, c'est facile, dès qu'elles savent que j'ai un appart, les portes s'ouvrent. Parce que aller faire des cascades à l'hôtel, ça coûte un bras, et franchement, ça fait un peu usine. Dans le quartier, tout le monde va baiser là-bas. Chez nous, tu peux pas ramener ta zouz à la maison devant les parents. Donc c'est soit dehors dans un coin discret, soit dans une voiture, soit au Formule 1. Alors avec un appart, tu deviens le roi des écarteurs de cuisses.

Ma grosse dort comme une princesse au paradis. Son souffle m'effleure le nez, je lui caresse les cheveux. P'têt que je la kiffe vraiment. Genre «in love», façon amoureux. Enfin, je sais pas. Y a une autre fille. Elle me met carrément des coups de taser dans le cœur. Mais impossible de me séparer de la grosse, ce serait comme une déchirure. C'est peut-être de la lâcheté...

Sans bruit, j'ai glissé une première jambe hors du lit, puis la seconde, j'ai soulevé délicatement la couette, ai embrassé la fille sur la tempe, et me suis mis debout sans gestes brusques pour pas la réveiller.

Sous mon pied gauche, sa culotte en dentelle premier prix. Réflexe non maîtrisé, je l'ai soulevée avec le gros orteil pour vérifier ce qu'il pouvait y avoir dedans. Mieux vaut savoir qui on fréquente. On sait jamais, la vie est pleine de surprises, et qui peut dire si elle s'essuie bien les fesses.

À pas de velours, j'ai traversé la chambre. La nuit était déjà avancée. Dans ma bibliothèque, au milieu de ma collection de DVD, j'ai attrapé *Le Pont de la rivière Kwaï.* L'un de mes films préférés. Je compte plus le nombre de fois où, le dimanche après-midi avec mon père, tous les deux sur le canapé, son bras sur mon épaule, on a regardé cette histoire de colonel japonais qui commande un camp de prisonniers en Thaïlande pendant la Seconde Guerre mondiale. Saïto, le colonel japonais, doit construire un pont, et s'allie à un prisonnier anglais, le lieutenant Shears. La scène grandiose arrive quand Saïto s'apprête à faire seppuku, le suicide par éventration, pour sauver son honneur, parce que la construction du pont part en couilles. Les Japonais, ils pensent que c'est le ventre et les tripes qui gèrent les émotions. Pour racheter leurs fautes, se faire pardonner ou conserver leur honneur face à l'ordre d'un maître qu'ils refusent d'exécuter, ils se plantent une lame dans l'abdomen. C'est fascinant.

J'ai toujours caché ma pelouse et mes feuilles à rouler dans la boîte de ce film. Et je fais seppuku à chaque joint, puis je me réveille, je sors du bois, je reviens à la ville, et y a toujours un lieutenant Shears pour m'avertir que je déconne.

Sur mon balcon, je fais crépiter le joint pour oublier. Voici ma cage, ma bulle, mon mètre sur deux, mon monde. Il a plu, j'ai froid et le dessous des pieds mouillé. Je suis sorti torse nu, le vent frais rebondit sur ma peau. Moite et suspecte, la nuit a une odeur de pute en préretraite. Personne ne se promène à cette heure, les lampadaires n'éclairent que le goudron. Au loin, on entend des voitures qui circulent, y a plus que des taxis, des VTC ou des cramés de la tête par l'alcool ou la drogue. Quand je kille un pilon, j'aime bien garder la fumée dans mes poumons quelques secondes. Ça crépite devant mon nez, puis c'est chaud en bouche, dans la gorge et dans la poitrine. Les yeux fermés, là-haut c'est vaporeux, ça plane et je me sens bien, comme si j'avais posé mon sac à dos plein du poids du monde.

L'esprit est plus vif, plus fort, plus libre. On oublie tout le reste, on nage dans la réalité, sans cette cataracte de préjugés et de craintes qui voilent le monde. Au fond, ce que je veux, c'est tout niquer. M'envoler, percer le ciel, sauver la terre, gagner des courses, des coupes du monde, faire des films, même écrire des livres, et pourquoi pas faire des longueurs dans des mers de billets. Parce que ça rend ouf de conduire des snobs et des bourgeoises onze heures par jour dans une ville qui sera jamais la vôtre, et de la voir vivre derrière le pare-brise, pour qu'au final vous redonniez à des génies de l'informatique et aux impôts la moitié de ce que vous gagnez. C'est pourri, rhey! Le costard? C'est pourri, rhey! Ça pue la merde, mais il faut faire avec, parce que sans, c'est pire. On te respecte même plus.

Avant, même la police oubliait de me vouvoyer. Ça me rendait dingue. La pire position d'esclave, c'est quand un inconnu vous tutoie et que vous êtes obligé de le vouvoyer. Les règles qui s'écrivent pas sont les plus dures à abolir. Donc prendre le volant, ça m'a apporté l'oseille, mais pas que. Y a aussi le respect qu'on entend dans chaque phrase et qu'on lit dans les regards. Est-ce que ça suffit pour vivre ? Un peu. Le respect, c'est le RSA des relations sociales. La base. Pour combler le reste, ma méthode c'est de rouler la feuille, ruminer ma pelouse, souffler la fumée. Sans le joint, je serais un robot, je ne penserais plus.

Tout ce que je sais, c'est que les gars des quartiers ils font comme chacun de nous dans cette société, ils reproduisent la vie de leurs parents. Ici, mis à part les quelques rappeurs et les sportifs, des arbustes qui cachent une forêt de robots, on a pas fait ce qu'on rêvait de faire. Comme nos parents, rheylito… Le monde tourne, et son équilibre est perpétuel. Je me demande pourquoi on vit. On se bute avec la pelouse, les conflits sociaux, la religion, alors qu'on est là pour kiffer avant tout, sinon pourquoi Dieu se serait embêté à nous créer ? La lune scintille sur la plaine de béton. Elle, elle a réussi à se séparer de la Terre il y a quatre milliards et demi d'années. Je prépare un mollard pour la saluer. Souffler la fumée, racler ma gorge, cracher sur le monde. Ma gencive saigne encore. Je sors la tête du balcon et m'apprête à maculer le bitume. Le goudron ? Je l'ai trop côtoyé, maintenant je souhaite lui dire de vivre sa vie sans moi. Le crachat tombe au ralenti. Si lentement que j'ai le temps de voir ce qu'il fait. Étage après étage, il pompe en lui la vie de mes voisins. Ils voudraient tous cracher avec moi et flinguer une bonne fois pour toutes le bitume, car au fond, sauf les quelques variantes liées à l'histoire familiale, on a la même vie sortie d'usine. Réglée pour la galère.

J'suis rabbat. Avant de cracher le mollard, j'ai vu un type qui marchait avec un sac sur l'épaule. C'est sombre, c'est flou, mais c'est la même démarche que le bonhomme à la gare de Bagnolet. Le mec avance vers mon immeuble et se plante devant l'entrée. Il consulte l'interphone, puis lève la tête. Le mollard reprend sa chute et se dirige vers sa tête, précis comme un drone. Grâce divine, il fait un pas de côté pour appuyer sur l'interphone et l'évite. Le mollard s'écrase près de sa chaussure. Le type appuie sur l'interphone. Ça sonne chez moi. C'est mon interphone ? Le type en bas ? Qui est cet enculé qui sonne au milieu de la nuit ? Il va réveiller ma zouz, ce bouffon. Il sonne de nouveau, deux fois, trois fois. La grosse se réveille et je l'entends miauler dans l'appartement. Ça me rend dingue. Je la calme en deux mots doux, et je décroche.

« Allô.

— C'est moi. »

J'ai à peine eu le temps d'enfiler un pantalon, j'ai dû ouvrir la porte torse nu. Il était là, devant moi, avec son visage d'enfant et les mêmes boucles qui lui tombent sur les yeux. Dans le quartier, il s'est toujours distingué des autres par son look. Une coupe de cheveux soignée de gendre idéal, et jamais celles des cassos de la cité : à blanc sur les côtés, et long sur le dessus, sculptée avec trois gels différents. C'est pour ça que j'ai jamais compris comment il s'est embarqué dans les conneries des autres, parce que, même physiquement, il s'est toujours légèrement mis en retrait, posté à distance. Il allait jusqu'à mépriser leur look, c'est pour dire.

Son regard fier me donne envie de le frapper, la bouche serrée, les tempes tendues. Tov, tov, tov, mon cœur pompe le sang, et l'envoie par vagues puissantes dans mes veines. Des fourmis courent dans mes mains moites, dans mes bras, j'ai le ventre retourné, prêt à cogner à tout moment. Derrière mes paupières, mes larmes cachées comme des Vietcongs s'apprêtent à bondir. J'ai autant envie de pleurer que de crier, de hurler ma rage, de lui arracher le visage pour en trouver un autre. Il ne bouge pas. Ne dit rien. Son menton tremble, une droite bien placée et il tomberait raide, KO.

Le sac collé à l'épaule, le sourcil bas, les yeux mouillés, un regard qui vient de loin et porte le monde en lui. Ce sac, et tous les problèmes qu'il a connus, il revenait les poser chez moi. Au fond, mon histoire avec les flics, c'est en partie à cause de lui. Mais voilà, dans cette famille de merde, les gens honnêtes comme moi et mon père ont toujours subi les divas : ma grand-mère et mon frère. Il croit p'têt que la vie, c'est un film ? Qu'on revient comme ça au milieu de la nuit sans prévenir ? Pour qui y s'prend ? Et il attend dans le couloir, trempé comme un chien errant. Mais moi, j'ai rien demandé, ça fait trois ans que je lui cours après et que je dors plus. Et Monsieur débarque comme ça, gratuitement. À lui de s'excuser. Petite merde. Il a pas changé, pas grandi. À présent ses doigts tremblent. Il les glisse dans sa poche pour me les cacher. C'est mon frère, l'homme que je déteste le plus au monde.

Il a lu tout ça dans mon regard. Tout ce que je veux lui dire depuis dix ans. Un sourire d'adulte s'est dessiné sur son visage. Les Vietcongs cachés derrière ses paupières ont jailli et ont coulé le long du nez, de la bouche. Pour pas que je les voie, il m'a pris dans ses bras, a posé sa tête sur mon épaule, puis m'a soufflé à l'oreille : « Merci, pardon. » C'est mon frère et je l'aime plus que tout. Plus que le ciel, Dieu, ma mère, mon père, ma grand-mère, la grosse, la belle, la berline et le costard. Ma chair, mon meilleur ami, mon compère, mon complice, mon jumeau, mon associé, mon collègue, mon double, mon camarade, mon « ce que vous voulez », mon tout, ma raison de vivre.

Il s'est assis dans le canapé, du bout des fesses, comme s'il pouvait repartir à tout moment. Il tremblait encore et je lui ai donné un verre d'eau. Il est resté là sans bouger. Le verre dans la main, les yeux figés.

Papa. La Syrie. Mon frère, pourquoi il est parti ? Bagnolet. Les barbus du car. L'Allemagne. Le Turc ? Attentats ! Pourquoi il est revenu ? J'ai rallumé mon joint, et j'ai dit au revoir à la nuit, parce que là-bas, à l'horizon, je sentais le soleil revenir pour réchauffer ma planète.

14

Grand frère

En allant chercher de l'eau dans la cuisine, j'ai câblé sur une photo accrochée à la porte de mon frigo. Elle avait été prise par le daron. À l'époque, moi aussi j'avais disparu, avant de réapparaître comme par magie. Sur le cliché, bras dessus, bras dessous avec mon frère, et des grands sourires sur nos visages. Il venait d'être diplômé d'infirmerie. Je portais un treillis. J'avais intégré l'armée. Sur un coup de tête, j'avais fui la cité, de peur qu'elle m'aspire et me propulse en prison. Trois mois avant le bac, j'avais dit adieu à l'université. De toute manière, c'était pas pour nous. La moitié des mecs qui y allaient arrivaient pas à suivre. Ils prenaient la bourse, se payaient des vacances en Espagne et, l'année d'après, ils pointaient à l'intérim. Les quelques-uns qui arrivaient à dompter la fac, et qui terminaient leurs études, tombaient dans la galère de pas trouver de taf. Restait la gloire et la fierté d'avoir un diplôme d'université. Mais bon, moi la gloire, je lui pisse dessus. Elle a jamais séché mes larmes ni rempli mon estomac.

L'armée, c'était un autre délire. Un vrai métier. J'avais rencontré les miloufs lors d'un forum des métiers organisé dans le gymnase du lycée. Discretos, sans rien dire à personne, je me suis préparé pour les épreuves physiques et écrites. Pour pas que le monde entier me fasse la morale et que les démotivateurs sortent la sulfateuse pour abattre mes ambitions. C'était ma vie. Et pas la leur.

Aux tests d'entrée, j'ai tout niqué. La course d'orientation de dix kilomètres avec un sac de trente kilos sur le dos. Passée. La semaine seul sous une tente. Passée. Le saut en parachute. Passé. Bonjour l'armée. Bienvenue chez les parachutistes. Après quelques mois d'entraînement dans le sud de la France, je me suis envolé vers le sud de la planète. Au moment où la porte de l'avion s'est ouverte, le souffle chaud du désert m'a pris à la gorge. Comme une hyène. Après les neuf heures passées dans la pénombre de l'avion militaire, la lumière m'aveuglait. Je suis descendu sur le tarmac avec la main au front pour me protéger du soleil. Mon monde était devenu immense. J'étais au Tchad, rhey. Un nom magique, mystique. Mon premier ennemi m'a salué. Il était gros, rond et jaune, et me tapait sur le crâne, un soleil de plomb à rendre fou un lion. J'ai marché quelques pas vers les dunes, paisibles comme de petites montagnes. Elles se déplaçaient selon le vent. Je me suis accroupi et j'ai plongé une main dans le sable, pour me frotter le front avec. Entre mes doigts, les milliers de petits grains glissaient pour retomber dans l'oubli.

Ici au Tchad, je suis vraiment devenu français. Blancs, Portugais, Rebeus, Noirs, peu importe, l'uniforme étouffait les différences. Tous les mêmes. Des rheys comme moi. Des cassés de la vie. Avant l'armée, y avait eu parfois de la drogue, parfois des bagarres, parfois la pauvreté, et souvent des problèmes de famille, un père ou une mère qui avait tendu la main aux anges, un divorce. Parfois, un léger manque de chance ou juste de mauvaises rencontres. Les plus dangereux étaient là par vocation. Tout ce petit monde avait en commun d'arriver bavards de certitudes sur la vie et sur eux-mêmes. Mais morcelés de failles et pleins de doute. L'armée nous piétinait pour nous renforcer. Elle colmatait les brèches, musclait pour rendre invisible, mais ne réparait aucune faille.

Six mois après mon arrivée au camp d'Abréché dans l'est du pays, près de la frontière soudanaise, j'ai été convoqué à une visite médicale. Le médecin m'a retenu un moment. Il voulait me parler. La veille, il avait reçu mes analyses de sang et de cheveux. Il a posé sa cigarette et a poussé un soupir d'habitude, avant de m'expliquer que tout ça sentait trop fortement le cannabis. « La clope, pourquoi pas, ça essouffle juste. Mais l'herbe, c'est impossible. Surtout pour toi. »

Les derniers temps, j'avais eu quelques bricoles. Le cerveau un peu à l'ouest. Mais c'était pas ma faute. J'en suis sûr. Je suis pas un frappé du crâne. Un soir, on roulait vers la capitale quand le lieutenant m'a ordonné de canarder un véhicule ennemi au loin. J'ai mis en joue et j'ai déclenché le feu. Tous les collègues dans la voiture se sont mis à me crier dessus, en me demandant ce que je foutais. Moi, j'étais sûr d'avoir entendu le lieutenant me donner l'ordre.

La commission de discipline a conclu que c'était la fatigue et m'a donné quelques jours de repos. Deux semaines plus tard, on marchait de nuit le long de la frontière soudanaise. J'ai sorti une Philip Morris que j'ai allumée. Personne m'a rien dit. Le sergent nous avait interdit de fumer. La lumière d'une cigarette allumée, tu peux la voir à trois kilomètres, et même à douze kilomètres avec la vision nocturne. Sur le moment, j'étais ailleurs, j'ai zappé les consignes. Au moment où j'ai tiré ma troisième taffe, au milieu des dunes et sous la pleine lune, on a entendu des détonations, on a vu du sable se lever devant nous. Des tirs de snipers. Il a fallu se replier en catastrophe, de peur que les rebelles soudanais envoient un véhicule pour nous coincer. C'est cette deuxième broutille qui a provoqué la visite médicale. Sur le terrain, on prenait en compte nos problèmes psychologiques. Pas assez peut-être, mais on faisait attention à nous. Parce que même les guerriers ont des états d'âme.

Le médecin a repris sa cigarette du cendrier, puis se l'est collée au coin de la bouche. Le genre de mec qui a besoin d'une sèche de tabac comme d'une béquille pour s'adosser à la vie. «Le joint, c'est fini», il m'a dit. Moi, j'ai nié, comme j'avais appris à le faire devant les keufs. Il a pas cherché à comprendre. «Les hallucinations, les angoisses, les tremblements. On sait d'où ça vient. Tu crois que t'es le seul? C'est mon boulot de vérifier que vous vous foutez pas en l'air. Je veux que personne crève pour des conneries.» Le contrat, c'était d'arrêter, de lui donner tout ce que j'avais, ou d'être viré de l'armée. À mon tour, j'ai pas cherché à comprendre et j'ai signé par une poignée de main. En prime, il m'a prescrit une permission d'une semaine pour me reposer. Et je suis rentré en France. C'est là, sur le parking de l'aéroport, qu'on a pris la photo qui est aujourd'hui sur mon frigo.

Quelques mois plus tard, un jour de printemps, on roulait en direction de la capitale N'Djaména. Un convoi de trois Jeep. Huit heures de route au milieu du sable et sous le soleil. De loin, les drapeaux français peints sur les carlingues se reflétaient dans les jumelles des habitants. Quand nos voitures traversaient les villages, selon les régions, les habitants sortaient pour applaudir, déguerpissaient pour se cacher ou lançaient des pierres, les dents serrées de rage, contre les voitures. Notre seul GPS est tombé en panne. Le lieutenant m'a demandé de le guider avec la carte topographique. Je l'ai dépliée. Le plan était très détaillé : les villages, les massifs, les collines, les altitudes et les distances, avec des chiffres partout. Je caressais la grande feuille de papier, mes yeux étaient noyés entre les fleuves, les pays, les mers. Tout en haut à droite, il y avait une petite carte de l'Afrique élargie à la Méditerranée et au Moyen-Orient. On voyait la Syrie. Le pays du daron. Un peu le nôtre aussi. Quelqu'un me parlait. J'ai levé la tête. Le soleil me soufflait à l'oreille de tourner à gauche. J'ai snipé du regard le rond jaune qui tapait sur ma tête depuis presque deux ans, et fait signe au lieutenant de braquer à gauche. Le boss m'a demandé si j'étais sûr de moi, car on était censés suivre la rivière, et moi, la bouche sèche, les mains tremblantes, je reprenais la carte dans tous les sens, et je secouais la tête pour dire oui.

Après deux heures, on s'est arrêtés près d'un cours d'eau. J'ai plongé mon visage dans une petite mare. C'était pas un rêve, j'étais au Tchad, en opération. Le lieutenant a dit qu'on aurait déjà dû arriver et qu'on avait allongé la route. J'ai demandé à un collègue où on allait. L'autre a cru que je blaguais et on est repartis.

Quinze minutes plus tard, dans le reflet du rétro, à travers le nuage poussiéreux, j'ai vu la deuxième voiture nous lancer des appels de phares. Le lieutenant continuait de rouler bille en tête. J'ai pas eu le temps de lui dire, que la Jeep nous a doublés et nous a coupé la route.

«On est au Soudan», a dit l'autre chauffeur.

Le sang m'est remonté au crâne. J'avais envie de vomir.

«Quoi? a répondu le lieutenant.

— T'as pas vu le panneau à côté du village? Tout est écrit en arabe, y a plus de français. On n'est plus au Tchad là.»

À cette époque, la France était en opération de maintien de la paix au Tchad. Au Soudan, juste à côté, la guerre civile envoyait en masse des hommes sonner à la porte de Dieu. Officiellement, l'armée avait pas à y mettre le pied. C'était interdit par les conventions internationales.

Le lieutenant m'a regardé. Il avait la colère calme et dure. Celle qui demande des explications avant de cogner.

«Je crois que je me suis trompé. Je me sens pas bien.

— Putain de merde. Y a la rébellion dans la zone. On est pas censés être ici.»

126

Après une cérémonie d'insultes, on est repartis en sens inverse. Pierre Mendy, mon meilleur pote, a pris la carte. Je me suis assis à l'arrière de la voiture. La base avait été informée de nos problèmes. À mesure que le soleil descendait dans le ciel et que la nuit se levait, la panique chatouillait nos courages. Secoués par les chemins pleins de nids-de-poule, au milieu des bruits de carlingue et des pierres qui tapaient le châssis, les soldats se racontaient de vieilles histoires de filles, d'autres s'endormaient, d'autres encore nettoyaient leur arme. Rien se passait comme prévu, c'était le quotidien, et c'était la seule certitude que l'on avait.

La nuit était tombée. Tout à coup, nos oreilles se sont dressées. Au milieu des dunes, une rafale venait de déchirer le calme et l'air sec. « Kalach ? » a chuchoté Mendy. La première voiture a ralenti, le lieutenant a éteint les phares. « Prenez vos armes, ouvrez les yeux. » Nos regards étaient dans les dunes et les rochers. Aucune menace visible autour. Deuxième salve. Le sable s'est soulevé devant notre voiture. Puis de nouveau le calme. Cette fois, le lieutenant a coupé le moteur. Il a sorti le bras par la fenêtre pour ordonner aux autres de s'arrêter. « Sortez la vision nocturne. » On a même pas eu le temps de comprendre que les balles se sont mises à pleuvoir. Ça venait de la droite, de la gauche, d'en face, du haut et du bas de la dune. On a bondi de la voiture pour se cacher derrière les roues. Ça tirait à l'arme lourde. Les balles frappaient la tôle. La patrouille était séparée en trois, chacun derrière sa voiture. Impossible d'identifier l'ennemi. Comme des fourmis, ils étaient partout. Les ordres du lieutenant résonnaient dans la colline, à peine perceptibles. Pendant de longues minutes, chacun a riposté comme il a pu. Mon périmètre de vie se limitait à quelques mètres. Seul salut, la radio à l'intérieur. Mendy a glissé son bras dans la voiture. Trop court. Il m'a dit de le pousser pour qu'il puisse fouiller. Au-dessus de sa tête, les balles perçaient les vitres, avant de plonger dans le sable. Un héros. Ça a continué presque quarante-cinq minutes, jusqu'à ce qu'on entende les hélices de nos deux hélicoptères brasser l'air et disperser les ennemis avec la mitrailleuse. Bilan chez les paras français : un mort, mon pote Mendy.

Le médecin m'a convoqué de nouveau. Cette fois, mes problèmes étaient sérieux. Il pouvait plus prendre de risques. C'était une maladie, et elle avait mis en péril vingt soldats. En bas de mon dossier, il a écrit un court texte pour justifier mon renvoi. Un mot était écrit en lettres capitales et souligné trois fois : SCHIZOPHRÉNIE. Au revoir, Tchad. Adieu armée. Rebonjour, France. Salam, Bobigny.

15

Petit frère

La semaine d'après, j'ai pris place à l'hôpital. La merde. On avait rien, et tout était urgent. Je savais pas où donner de la tête. À l'arrivée des patients, notre premier boulot, c'était de comprendre quoi en faire : urgence relative, urgence absolue ou en attente de décès. Il y avait les blessés, les malades, mais aussi les dénutris et les fous. La place manquait pour tout gérer. Bedrettin planifiait une opération tous les jours, le matin. Et l'après-midi, il consultait. En cas d'urgence, il bloquait les consultations. Très vite, il m'a dit que je devais faire plus que de l'infirmerie, et apprendre à établir des prédiagnostics et à exécuter certains gestes médicaux. C'était le bled, un pays en guerre, un bordel ambiant, mais chez nous tout était bien organisé. Pour ne pas s'embrouiller, on tenait une fiche par patient récapitulant les antécédents.

Combien de fois j'ai vu arriver un père ou une mère avec un enfant mort dans les bras. Le minimum, c'était de répondre à leur désespoir, en allant aux enterrements. Le plus dur à admettre, c'était le manque de capacités médicales. Des types se présentaient avec un problème au cœur, ça se voyait à leurs mains froides, leurs lèvres claires, et à ce que j'entendais dans le stéthoscope. Aucun moyen de savoir ce qui allait pas sans imagerie médicale. Souvent des maladies bénignes, mais sans diagnostic certain, on pouvait pas agir. Bedrettin disait que c'était le destin. Qu'on aurait pu nous aussi naître ailleurs, dans un autre pays, dans une autre famille, et ne jamais être ici. C'était la volonté de Dieu. Et puis, quoi qu'il arrive, mon chef opérait le mou, le cœur ça lui parlait pas, trop compliqué, trop long. Moi, les cœurs que je pensais malades, je leur prescrivais le minimum. Quand le rythme cardiaque était un peu rapide, je disais au patient de faire de l'exercice tous les jours. Des flexions sur les jambes. Ça les faisait rire. Ils me répondaient qu'on était pas en France.

J'essayais de faire sans la guerre. De toute manière, elle était présente, tout le temps, partout, et tout le monde y était habitué. Le matin quand j'arrivais, avant d'aller au bloc je passais dans les salles de repos pour prendre des nouvelles des convalescents. On avait autant de civils que de combattants. Quelques cas graves. Des types récupérés sous des immeubles, ou perforés par des balles. Y avait un gars qui te ressemblait, ton sosie. Je me souviendrai toute ma vie de lui. On était sur le chemin du retour après une rencontre avec les casques blancs syriens. Je conduisais le pick-up. Ça m'arrivait de sortir avec les ambulanciers pour voir autre chose. Quelques heures auparavant, le coin dans lequel on roulait avait été bombardé par Bachar, ça sentait encore le soufre. Je me suis arrêté pour pisser et, pendant que je vidais ma vessie sur les décombres d'un immeuble, j'ai eu l'impression d'entendre une voix. J'ai sursauté et me suis pissé sur les chaussures. « Sauvez-moi », ça disait. Ça m'a glacé le sang. De retour à la voiture, j'ai dit à mes deux collègues que je pensais avoir entendu une voix dans les décombres. Ils sont descendus du pick-up, et on est allés voir. La même voix appelait à l'aide : « Par la grâce de Dieu, je vous offrirai tout ce que vous voulez, je suis enfoui jusqu'à la tête, sauvez-moi. » L'un des ambulanciers a répondu : « On arrive », et on s'est avancés sur les restes de l'immeuble. « Là, je suis derrière », a dit la voix. On a retiré des gravats qui bloquaient une tôle. La tête du type dépassait d'un tas de pierres et de terre, les cheveux et le visage blanchis par la poussière. On aurait dit une statue. « Aidez-moi, par la grâce de Dieu, je suis là, depuis des heures, ma famille est en dessous, faites vite. » On avait ni pelle ni rien. On a récupéré ce qu'on pouvait dans la voiture pour gratter et, après une heure de travail, on l'a sorti. Colonne vertébrale, muscles des jambes, hanches, épaules, ventre, tout était écrasé, cassé. On l'a mis sur un brancard pour le transporter à Al-Bab. Il nous suppliait de ne pas partir et de creuser pour sa femme et ses enfants. Je savais pas quoi faire ni quoi dire. Son état était critique, il pouvait mourir à tout moment d'une hémorragie. Mais je pouvais pas non plus lui dire que sa femme et ses enfants étaient très certainement morts. Finalement on a pas eu le courage, on l'a embarqué à l'arrière du pick-up et on est repartis vers Al-Bab. Il a chialé et appelé Dieu tout le trajet du retour. Putain, quand j'y repense, ça me fout la boule au ventre.

De temps à autre, on avait des nouvelles de l'ONG par Internet, les levées de fonds, les galas, les collectes de matériel. Quand un pick-up arrivait de Turquie avec du matos, le chauffeur apportait aussi de la viande et du beurre. À cause des rationnements, on mangeait peu.

Barbe blonde en prélevait un peu pour en distribuer aux combattants. Les gens mouraient de faim et ça me révoltait. Par chance, les neuf gars avec qui je vivais m'en faisaient profiter, et j'en distribuais aux gamins de l'hôpital. Parfois, je rencontrais des Français. Tous des gars de chez nous, des grosses racailles. Certains arrivaient tout seuls. Comme ça, pour faire la guerre, et comme j'étais le seul Français et qu'aucun d'eux parlait correctement arabe, je me retrouvais à les gérer, à les orienter. Ils parlaient tous de Raqqa, d'Al-Baghdadi, de Bachar, de mourir en martyr, et de devenir un oiseau vert qui vole autour du trône d'Allah. Barbe blonde me répétait de les envoyer vers Deir ez-Zor, car là-bas ils avaient besoin de monde pour faire la guerre. Moi, c'était pas ma guerre, alors je les laissais partir vers Raqqa. Bedrettin m'avait dit de faire attention, parce que la frontière entre notre ONG et le groupe local était de plus en plus mince. Barbe blonde nous mettait la pression pour soigner les combattants en premier. On avait pas trop le choix.

Le jour des attentats de *Charlie,* c'était la fête. Les moudjahidines ont sorti les pick-up, et ont fait des tours dans la ville en tirant à la Kalach. Sur la place centrale, ils dansaient comme au mariage. Barbe blonde a sacrifié des moutons pour les distribuer à tout le monde. Un truc de fou. C'était bizarre de penser qu'au milieu de Paris, c'était devenu comme ici. Puis je comprenais pas un truc. Les deux terros avaient déclaré bosser pour Al-Qaïda au Yémen. Mais ici nos gars en parlaient comme si c'étaient les nôtres qui avaient fait les attentats. Moi, c'était pas ma conception du djihad. La guerre, il fallait la mener à la loyale, et c'est ce qu'on faisait ici. Mais je fermais ma gueule. Pas trop le choix. Les moudjahidines avec qui je vivais ne comprenaient rien, ils avaient pas fait d'études. C'étaient des anciens d'Irak et d'Afghanistan. Pour les éviter, je trouvais des moyens de rentrer assez tard, et après le dîner je repartais rendre visite aux convalescents. À force de travail, en sept mois j'avais l'impression d'avoir passé un doctorat en médecine. Bedrettin me laissait opérer. C'est lui qui faisait encore les diagnostics. Souvent, il me forçait à m'exercer. C'était un peu toujours la même chose. Des balles, des plaies, des entailles. Nettoyer, recoudre, vérifier les lésions, puis suturer la peau. Un jour, une femme en burqa est arrivée, souffrante. Elle se plaignait de son épaule. C'était la belle-sœur de Barbe blonde. Elle voulait pas enlever son vêtement. Mais pour l'ausculter on était obligés de la désaper. J'ai insisté en lui disant que c'était pas interdit si c'était pour être soignée. Elle voulait rien entendre, et exigeait que ce soit une femme qui l'examine. On a dû appeler Barbe blonde, qui est venu aussitôt lui ordonner de retirer son vêtement. Elle a levé sa burqa en gardant son visage caché. Sa mère, elle était trop bonne. J'ai eu envie de la baiser, frère, je bandais comme un âne. J'en pouvais plus. Je me tirais sur la tige deux à trois fois par jour, en scred, c'était interdit. Elle avait une peau de coton, blanche, douce. Et des seins comme il faut, bien gros comme des pastèques : normal, elle attendait un enfant. Mais franchement, sans pitié à ce moment-là, enceinte ou pas, je l'aurais bien emmenée dans la réserve à médicaments.

Elle s'était déboîté l'épaule en tirant à la Kalachnikov. Barbe blonde a expliqué qu'elle était à la tête d'une unité de femmes combattantes. Enceinte de sept mois… Rien de grave ! Bedrettin m'a dit de regarder et d'écouter. Il a pris la main et le poignet de la jeune femme, puis lui a demandé l'heure de la prochaine prière, et doucement il a levé le bras et l'a tourné vers l'intérieur. Quelques secondes plus tard, elle nous remerciait. Son épaule était remise. Elle a arrêté de pleurer et sa première question, ça a été de savoir quand est-ce qu'elle pouvait recommencer à tirer. Une folle. Je me suis retenu de rire. Bedrettin l'a mise au repos jusqu'à son accouchement. « Une fanatique. Il y a un risque pour l'enfant. » Effectivement, un mois plus tard, elle revenait. Pendant un entraînement avec son groupe de combattantes, son accouchement s'était déclenché. Comme la place manquait, on l'a installée dans la salle du personnel. J'ai apporté l'appareil d'échographie. L'enfant ne s'était pas retourné et il avait le cordon ombilical autour du cou. Le risque qu'il s'étouffe était très élevé. Alors il a dit à la femme qu'on allait faire une césarienne. Pour Bedrettin, on apprenait en pratiquant. Et en Syrie, avec le nombre de cas à traiter, l'apprentissage était en temps réel. Il m'a montré le pli cutané en dessous du ventre rond de la femme. « Environ trois centimètres au-dessus du pubis, il faut inciser sur quinze centimètres. À peu près la longueur de la main. Sinon, c'est trop dur pour sortir l'enfant. Fais un tracé au crayon avant pour être sûr de réussir ça proprement. »

J'ai glissé le scalpel sur la peau blanche de la femme. Ça a pissé le sang. Je me suis mis à trembler. Bedrettin m'a tenu le poignet. « Souffle, c'est normal. » Il a posé une compresse sur l'incision. J'avais les doigts dedans, et je sentais le bébé en dessous. « Coupe dans la graisse maintenant, et enlèves-en, si tu peux, ça va faciliter le travail. » À côté, Barbe blonde et son frère, les paumes des mains tournées vers le ciel, psalmodiaient des prières. « Voilà, écarte les muscles avec les doigts. Laisse-moi te montrer maintenant. » Il a incisé l'utérus, l'a agrandi avec ses doigts, puis a percé la poche des eaux. Le bambin était là. Tout violet. Le cordon ombilical autour du cou. « Quand c'est comme ça, moi je le coupe dans le ventre. Dans l'intérêt de l'enfant. Et après, je nettoie. C'est pas le protocole, mais sans matériel, il faut se débrouiller autrement. » Il a posé un ustensile en métal sur l'incision, une sorte d'écarteur. Puis il l'a enfoncé comme un chausse-pied derrière la tête de l'enfant pour faire levier. Il poussait fort. Je tremblais. J'ai cru qu'il allait déchirer le ventre de la fille ou arracher la tête de l'enfant. Puis la tête est sortie, il a mis sa main derrière le crâne, et a extrait le bébé. Quelques secondes plus tard, il lui tapotait dans le dos, puis lui a soufflé avec une paille d'abord dans le nez, puis dans la bouche. Le petit s'est mis à pleurer. Il respirait. Bedrettin m'a dit de prendre une serviette. On avait pas de sages-femmes. C'était mon premier accouchement et ma première césarienne. « Donne l'enfant au père, et donne de l'eau à la mère. » Comme on avait pas d'anesthésiant, on avait donné de la codéine à la femme et, pour étouffer ses hurlements, on lui avait mis une serviette dans la bouche. « C'est pas fini, maintenant, il faut tout recoudre. » Trop de stress encore pour moi. Bedrettin m'a dit que c'était pas une opération très compliquée techniquement, mais avec la femme, le mari, la famille, et sans assistance, réussir une césarienne était un exploit.

Le soir, Barbe blonde m'a invité à manger chez lui. Il m'a félicité pour la césarienne, puis, comme Guendou, il m'a demandé pourquoi j'étais pas médecin. Je lui ai expliqué qu'en France, les études de médecine, c'était pas fait pour nous. Il a pas compris. Alors, je lui ai expliqué que là où on a grandi, à l'école, les profs nous donnaient pas la formation suffisante pour intégrer une faculté de médecine. Il a répondu que ça l'étonnait pas. Que les kafir avaient aucune raison de nous aider à nous élever. Barbe blonde m'a rappelé que, pour devenir aussi compétent que Bedrettin, il fallait une confiance infaillible dans le Très Grand. Pour lui, il y avait pas de frontière entre l'infirmerie et la médecine, le but était de soigner. Ça me plaisait, sa façon de voir les choses. Il me répétait tous les jours qu'on apprenait de la vie à chaque instant, jusqu'à son dernier souffle. Alors je le prenais au mot et j'écoutais chaque conseil de mon mentor, j'observais chaque geste médical. Maintenant, Barbe blonde me considérait comme un des leurs. Presque comme un fils. Un truc de fou, un nouveau métier, une nouvelle famille. J'étais enfin quelqu'un, frère.

16

Grand frère

Doum, doum, doum, ça rebondissait dans ma poitrine, le cœur réagissait tant à la pelouse fumée qu'au retour du frère. L'ombre de la gare routière, c'était bien lui. Son regard, sa manière de se coiffer, ses vêtements, tout avait changé. C'était le frère d'avant, celui qu'il aurait dû être avant de tomber sur une fausse route pour aller vers Allah. Je savais pas quoi lui dire. Il était assis devant moi, le regard vague, et marmonnait quelques mots. « Voilà, je suis là, je suis content de te voir, vraiment. » J'hésitais entre l'hallucination heureuse et l'envie de le frapper. Comme tombé du ciel, il revenait de très loin, presque de l'au-delà. En fait, je l'avais rayé de ma liste des vivants. C'était un homme du passé et, soudain, il avait sauté dans le présent.

On est restés comme ça, à parler de tout et de rien, de mon appartement, de Papa, de nos souvenirs, ni moi ni lui n'avions le courage de mettre les pieds dans le dur. Moi, personne m'a préparé aux scènes de film. C'est pas mon truc. Dans l'éducation de la rue, c'est toi qui provoques l'imprévisible, pas lui qui te tombe dessus. Mais bon, dans les silences, dans son regard, dans son sourire, tout disait qu'il avait beaucoup à me raconter, et que ça prendrait du temps. Ce frère avait grandi.

« Tu veux dormir ? »

Il m'a répondu que ça allait. Mais, pour moi comme pour lui, il valait mieux qu'on aille se coucher. Je l'ai dirigé vers la chambre. Celle qui me sert à rien. Comme si elle attendait le petit frère depuis toujours. Il a posé son sac de sport, et s'est allongé sur la banquette.

Dans mon lit, j'ai retrouvé la grosse. Elle s'était rendormie sans éteindre la lumière, sa respiration sifflait légèrement. Je me suis allongé sur le dos à côté d'elle, les mains nouées sur le ventre, le regard dans le plafond. Là-haut, mes pensées s'auto-tamponnaient… Mes paupières sont tombées et j'ai pris la route du sommeil. Dans ma tête, les images s'enchaînaient. J'étais assis avec mon frère. De retour dans le cher pays de son enfance, il me parlait, un sabre à la main, le visage menaçant. Puis, soudain, on s'est téléportés dans un bowling. Au-dessus de chacune des pistes, il y avait les drapeaux des différents pays engagés dans la guerre en Syrie. Des joueurs de bowling, les dirigeants des différents pays, se présentaient à lui. En guise de salut, mon frère leur tranchait la tête d'un coup sec. Les unes après les autres, les têtes ensanglantées tombaient. Et avant qu'elles touchent le sol, il les empoignait par les cheveux. Puis, avec un sourire de diable, il s'élançait sur la piste pour les lancer vers les quilles. Strike chaque fois.

Le bowling était devenu une patinoire de sang. Il me criait de le regarder, de le prendre en photo, de mettre ça sur Internet. Mes lèvres étaient collées. Impossible de crier. J'ai trouvé la force de me lever pour l'étrangler. L'enculé s'étouffait, puis, par une force divine, il m'écartait les doigts un par un et m'obligeait à me rasseoir. Je me relevais pour réessayer. Sans succès. J'ai fini par accepter qu'il était le plus fort et suis resté assis pour m'occuper de mon Coca. Mon frère a fait un tour sur lui-même et s'est transformé de la tête aux pieds. Un véritable M. Tout-le-Monde. Il s'est adressé à ma belle. Ma zouz. Pas la grosse qui dort à côté de moi. La toute belle, la femme de ma vie. Elle était assise à côté de ma mère. Il l'a invitée à danser. Elle a souri, a confié son sac à ma mère et, comme une reine qui s'ignore, elle est partie dans ses bras, il l'a accueillie comme un véritable beau-frère. Mais d'un coup, le visage de tueur est revenu. Sa main est devenue sabre. Elle n'a pas bougé. Et j'ai vu sa tête tomber.

J'ai crié tellement fort que tout le quartier a dû croire qu'on avait flingué ma mère. La grosse s'est réveillée et m'a pris dans ses bras. Le lit était trempé de sueur. Elle caressait mes cheveux pour me calmer. Je me suis levé pour pisser. La porte de sa chambre était entrouverte, j'ai passé un œil. Mon frère était plus là. Doum, doum, doum. Mon cœur est reparti. J'ai poussé la porte… posé un pied dans la chambre, puis l'autre, avancé dans la pièce, j'ai appuyé sur le bouton de la lumière, et tiré la couette.

Recroquevillé sur lui comme un enfant battu, il poussait son misérable ronflement, connu de mes oreilles depuis la nuit des temps. Ma main tremblait, j'ai serré le poing, je voulais le cogner pour la tête de la belle. Mais je savais que j'étais fou depuis un moment. J'ai fait pleurer mon Moïse, et je me suis renfoncé dans le lit. Quand j'ai soulevé la couette, l'odeur de la grosse m'est remontée au cerveau par les narines. Ça m'a rendu coquin, et j'ai glissé d'abord un bras sur elle pour lui caresser le sein. Puis ma main est descendue entre ses jambes. Elle a gémi de la laisser dormir. De nouveau, j'ai essayé de la chauffer. Mais je crois que le coup du cauchemar l'avait définitivement séchée. J'ai pris mon côté du lit.

Je me suis réveillé le matin, quand elle a posé ses lèvres sur ma bouche pour tracer à son taf. Petit frère dormait encore. Il était déjà 10 heures. Ça faisait quelques jours que je bossais en dilettante et que l'argent ne rentrait plus. Mon sang était de retour, tant pis. Je me suis levé. Il était toujours là, dans la chambre, dans la même position, comme un nourrisson.

Je suis descendu à l'épicerie acheter quelques trucs pour le petit déjeuner. En remontant, j'ai fait couler la cafetière et allumé la radio. Ça a réveillé mon frère. J'y croyais toujours pas.

«Ça va? Bien dormi?»

Mal réveillé, les yeux globuleux, les cheveux en fête foraine. Par où commencer? De quoi parler? Qu'est-ce qu'il va me raconter? Il est revenu dans la cuisine. Fallait bien attendre un peu avant de parler du dur. J'ai commencé par des choses factuelles.

«Comment t'as trouvé mon adresse?

— Sur Internet, j'ai trouvé une société à ton nom, l'adresse était ici. Je suis venu voir hier dans la journée et y avait ton nom sur la sonnette. J'ai sonné, mais je me suis dit que tu devais être au travail. Alors je suis revenu le soir. »

Il beurrait sa troisième tartine.

« Ça m'a manqué, le beurre, la confiture et la baguette Tradition, sa mère. »

Sa manière d'attaquer le beurre m'a toujours rendu dingue. Il découpe des gros morceaux impossibles à tartiner. Et après, ça défonce toute la motte, elle devient difforme comme une sorte de sculpture moderne bizarre, comme chez mon avocat, le frère de Younes le converti. Dans la vie normale, on commence par le dessus de la motte, en raclant doucement. Mais bon…

« Quand est-ce que t'es rentré ?

— Hier soir. »

J'ai avalé ma salive. J'essayais de ne pas rougir. Pendant quelques secondes, je l'ai fixé. Je savais pas quoi dire. Il me mentait. Je l'avais vu à la gare deux jours avant. Pour l'esquiver, je me suis levé pour aller pisser. Pendant que je vidais ma vessie, je me suis rappelé que j'étais pas un lâche.

« Pourquoi tu mens ? Hein ? Pourquoi tu mens ? Je t'ai vu à la gare de Bagnolet, avant-hier, tu descendais d'un bus. »

Cette fois, c'est lui qui s'est bloqué.

« Comment ça, tu m'as vu ?

— Je t'ai vu. Là, ta tête, ta dégaine, ta gueule. T'es monté dans une Citroën. Vous avez filé vers Montreuil. Qu'est-ce tu foutais ? Commence pas à raconter des mythos, alors que tu viens de rentrer. »

Il a pris une inspiration et a commencé à me raconter. Son regard me fuyait. Il jouait avec sa cuillère. Il n'était pas rentré tout seul, mais avec des passeurs. C'est grâce à eux qu'il avait pu revenir en France. Et avant de me rejoindre, il avait eu quelques affaires à régler.

« Mais bon, je préfère te tenir loin de tout ça.

— C'est quoi ces affaires ?

— Rien de spécial. Des papiers, tout ça. Je suis allé voir les gars de mon ONG.

— Mais quelle ONG ? T'es un fou, toi ? T'es parti y a trois ans, et moi je sais rien d'avec qui t'étais ni où t'étais. »

Bizarre, c'était pas cohérent ce qu'il racontait. Comme s'il était drogué. Ou en état de choc.

« Islam & Peace. C'est mon ONG. »

Il a rembobiné sa cassette. Il a d'abord atterri à Nouakchott en Mauritanie, au bord du désert et de la mer. Puis ils sont allés vers Tombouctou au Mali avec son ONG et un médecin turc. Un chirurgien. Là-bas, dans un hôpital de campagne, il servait d'assistant au médecin, et il a appris concrètement à soigner des gens.

« Je suis presque médecin maintenant.

— Genre ! En plus, tu vas me faire croire que t'étais au Mali. »

Je savais qu'il mentait. Parce qu'on m'avait dit qu'il était en Syrie. Même si c'était loin, tout se savait. Tout le monde connaissait quelqu'un qui connaissait un type qui était au Cham. Ils étaient à peine deux mille Français, donc forcément tout se savait. Un gars m'avait même montré une photo de lui au milieu de combattants. J'ai écrasé mon poing sur la table :

« Arrête de mentir maintenant, putain de ta mère ! »

142

Ma tasse de café est tombée par terre.

« Arrête de mentir, sinon je vais te niquer, je te jette par la fenêtre, puis je te roule dessus. T'as compris ! »

N'importe quoi. Le mec avait disparu pendant trois ans, et il rentrait comme si de rien n'était. Une fleur dans le canon de la Kalach pour nous raconter que tout allait bien, et qu'il était chez les Africains à soigner des grippes. À son tour, il a sorti ses griffes de chat :

« Reste tranquille, wesh ! Parle pas comme ça. Et en plus de Maman. »

Il a baissé la tête et a arrêté de parler. Moi, j'avais aussi chaud que dans un four. C'étaient les émotions. Pendant dix minutes, pas un mot est sorti de nos bouches. L'ambiance s'était niquée. Retrouvailles dans la boue. Puis j'ai pensé au daron. Lui avait l'expérience de la vie pour gérer tout ça. Ma seule solution, c'était de l'appeler. De toute manière, il fallait aller le voir assez vite, ça faisait trois ans qu'il s'inquiétait pour son fils.

« On va aller voir Papa. Là, tout de suite. Je vais l'appeler. Commence pas à discuter. »

Il a relevé la tête comme si j'avais parlé d'un démon.

« Surtout pas. Attends avant de l'appeler. Attends. Attends ; OK ?

— T'as peur ou quoi ?

— J'ai pas envie, c'est tout. Je préfère que l'on aille voir Maman d'abord. »

17

Grand frère

J'ai jamais vraiment réussi à me mettre dans la peau des autres. Facile à dire. Difficile à faire. C'est un art. À la place de mon frère, moi aussi, j'aurais flippé du daron. On savait jamais. Peut-être qu'il l'aurait envoyé en cabane pour l'exemple ? Pour que ça serve de leçon. Lui-même y était passé. Il en avait rien à foutre. Et peut-être qu'il m'aurait envoyé moi aussi. Jamais il ne pardonnerait à mon frère. Impossible. Quand je remontais le fil de mes souvenirs, je voyais notre père se battre comme un chien en France pour qu'on ait une situation. J'ai compris tout ça le jour où Le Gwen m'a sauvé. Je me suis mis dans le rang. Et mon frère alors ?

La première fois que le petit a parlé d'humanitaire, c'était un vendredi. Je m'en souviens parce que c'était le seul jour où mon père voulait qu'on soit à la maison pour dîner en famille.

« Pourquoi tu veux aller humanitaire ? C'est bien hôpital Pompidou. Fonctionnaire. Salaire bon. Retraite. Une femme, faire enfant, la vie tranquille.

— La vie a pas de sens. Tous les gens qui meurent à cause de la guerre, de la famine. Moi, je sais soigner, Papa, j'ai envie d'aider.

— Et tu faire quoi à l'hôpital ? Toi soigné non ?

— C'est pas pareil, wesh ! »

Petit frère faisait le beau. Tout ça pour lever le majeur et le montrer à son père. Le montrer au monde. Sous son kamis beige, il portait un vieux jogging Nike du Paris Saint-Germain. Aux pieds, des sandales allemandes Birkenstock. Il disait que c'était plus confortable. Et puis son petit vélo pliant. Il l'avait acheté aux puces de Montreuil. Quand il pleuvait pas, il se déplaçait qu'à vélo. D'après lui, le moteur était haram. Mon daron, ça lui cassait la tête, mais il ne bronchait pas. J'étais déjà assez grand pour comprendre qu'il flippait que mon frère parte en vrille. Il pensait que c'était passager, qu'un jour la folie de la jeunesse s'éteindrait et que, comme tout le monde, il rentrerait dans le rang. Pour preuve, lui-même avait été une sorte de rocker-hippie-communiste en Syrie dans les années 70-80… Et maintenant, il était taxi et avait deux fils.

Mon daron faisait des concessions incroyables. Le plus important pour mon vieux, c'était la famille. Fallait être ensemble, avant tout. Au dîner du vendredi soir, il acceptait que tout soit halal. Alors qu'il mangeait du porc et qu'il était pas plus musulman qu'une paire de Nike. Bizarrement, mon frère lui disait rien. Pour d'autres, c'était le premier des moralisateurs.

Comme d'habitude le vendredi, mon père avait bouclé sa journée plus tôt. À l'époque, je bossais pas. J'étais en train de zoner sur une émission de téléréalité, les yeux collants de marie-jeanne, quand il est entré. Le vieux a marmonné en arabe un bonjour plein de dédain. Il a posé religieusement sa veste en cuir sur une chaise du salon. Puis il a arraché ses chaussures de ses pieds fumants avant d'enlever sa chemise, sa ceinture et déboutonner le bouton de son pantalon pour se laisser respirer. Ensuite, comme d'habitude, il a descendu les informations sur l'ordinateur portable que je lui avais offert avec l'argent de la came. Bien entendu, il le savait pas.

Tous les soirs, il commençait par lire *Le Monde*, puis *L'Orient-Le Jour*, un journal libanais, et finissait avec des journaux syriens. Après ça, il se branchait sur Facebook pour suivre l'avancée du conflit. Alep était pour le moment épargné. Ma grand-mère y vivait encore. La guerre avait bousillé les plans du daron. Lui, il se voyait passer sa retraite au bled. À Lattaquié, au bord de la mer, en face de Chypre, à tremper ses doigts de pied dans l'eau, à descendre des bières et à jouer aux dames avec ses vieux copains du pays. « Famille el-Assad trop forts. S'ils demandé à moi, je dire eux, c'est pas possible de gagner guerre contre el-Assad. »

Au fur et à mesure que la guerre avançait, la barbe du petit poussait. Il était branché non-stop sur son association qui distribuait des repas aux SDF. Le daron câblait sur le fait qu'elle soit musulmane. « Pourquoi tu vas pas dans association "normale" ? Obligé musulmane ? N'importe quoi ? Important c'est humain ! » Presque toutes les semaines, le mot « normal » faisait tomber la foudre. Pour le daron, « normal », ça voulait dire « laïque ». Comme mon frère était plus intelligent que mon père, il glissait sur le terrain philosophique. Il parlait de choix, de communautés, de croyances. Le vieux se mettait à marmonner dans sa moustache. Puis esquivait en débarrassant un plat.

Ma grand-mère nous a rejoints quand le conflit a gagné Alep. Elle est arrivée complètement sonnée. Le père s'est débrouillé pour la placer dans une maison de retraite. Chacun dans son coin. L'un dans le taxi, un autre dans le quartier, le troisième entre mosquées et hôpitaux, et la vieille ferrée dans un lit à attendre qu'on l'aime. Mon frère cassait la tête de mon père pour qu'on sorte la grand-mère de la maison de retraite. Ça faisait presque rire mon père, il savait que personne s'en occuperait.

En Syrie, certains membres de la famille avaient disparu. On savait pas s'ils étaient en Turquie ou ailleurs. Ma grand-mère s'était murée dans le silence. Ses lèvres bougeaient pas. Seuls ses yeux et ses mains communiquaient. Petit frère posait des questions sur la Syrie, sur la famille, sur sa mère, sur son père, sur la religion, sur le village et sur la guerre. Elle serrait nos doigts et répondait avec un regard doux ou en fronçant légèrement les sourcils.

À chaque visite, il laçait son couvre-chef religieux sur la tête. Ça la mettait de mauvaise humeur. Elle soupirait en fermant longuement les yeux, puis les rouvrait pour l'écouter. Elle caressait de plus en plus la main du petit frère. Comme pour le retenir. Et lui, il tournait en boucle comme un robot. La vieille avait pas l'air de tout comprendre de ce qu'il disait. Moi non plus. C'était un arabe bizarre, avec plein de mots religieux inconnus.

Et, un jour, il a quitté la maison. Pour partir vivre chez un ami. Le vendredi soir, on était plus que deux autour de la table. Une seule et unique fois, il est revenu dîner. Le visage fermé, il avait rien mangé. L'atmosphère était glaciale. Trois jours plus tard, sa ligne téléphonique avait été suspendue. Après quelques semaines sans nouvelles, on a reçu un email. Il était parti pour une mission humanitaire au Mali pour un an. Ça s'était fait très vite, il était parti en urgence.

18

Grand frère

On était dans la cuisine à finir de ranger le petit déjeuner quand mon père a appelé.

« Ça va, ibni ? » a demandé mon père.

J'ai bouché le micro du téléphone avec la main, et j'ai chuchoté à mon frère :

« C'est ton daron. Tu veux lui parler ? »

Il a secoué la tête pour dire non. Le vieux me téléphonait pour prendre des nouvelles. Comme ça.

« Tout va bien dans ton maison là ? Quand tu viens manger là avec ton baba ?

— Bin, vendredi, comme d'habitude. »

Pendant que je parlais avec le daron, mon frère faisait des grands signes pour que je dise rien. La voix rauque du ieuv vibrait tellement fort dans le microphone que mon frère entendait tout ce qu'il disait. J'ai vu ses yeux briller. Il a tourné la tête pour pas que je voie, et avec le coin de sa manche, cette pleureuse s'est essuyé le bord de l'œil. J'ai dit à mon père que je le rappelais et j'ai raccroché.

« Ça fait bizarre d'entendre Papa. J'avais oublié sa voix.

— T'aurais dû lui parler.

— Non, pas tout de suite, pas comme ça. Après. On va lui faire une surprise. Qu'est-ce qu'il voulait ?

— Il prend des nouvelles. Tu sais, il a changé. »

Il a pas compris ce que « changer » voulait dire. Mon frère a jamais su se comporter en fils. Sans s'en rendre compte, il a toujours défié le vieux comme si c'était un concurrent. Moi, je sais pourquoi, c'était à cause de Maman. Mais bon… Impossible de lui expliquer.

On a décidé d'aller au cimetière pour rendre visite à not' mère. Douché en vitesse, j'ai vissé une casquette sur la tête de mon frère. Pour le moment, fallait qu'il reste en clandé, au moins le temps que j'aille voir un avocat.

Dans le parking, il a retrouvé son sourire de mec de quartier quand il a vu ma berline. L'air « je suis content pour toi ». Il devait être plus étonné de me voir avec un appart, une zouz et une belle voiture, que moi je l'étais de le revoir ici dans le cher pays de son enfance.

Entre le bas du XXe arrondissement et le cimetière de Pantin, c'était pas loin. Par réflexe, j'ai pris les routes alternatives, pour éviter les éventuelles connaissances. Le petit frère m'a montré du doigt la vignette verte collée à droite de mon pare-brise.

« C'est quoi, ce truc ?

— Ma licence de VTC, véhicule de transport avec chauffeur. Je suis à mon compte, j'ai ma société, mais y en a d'autres qui bossent pour un patron, et c'est pas leur voiture. Ils se contentent de conduire, ils ont un fixe et une commission sur les courses. Eux, ils ont une vignette mauve, des esclaves enfermés dans la tôle, frère.

— Patron le frère, waaah.

— Ça tourne. »

Au commencement, c'était une belle affaire. La plate-forme venait de lancer son service en France, il fallait recruter des chauffeurs et convaincre les clients. On était payés quarante-cinq euros de l'heure, juste pour tourner dans la ville. Le but de la plate-forme, c'était de montrer aux clients qu'il y avait un paquet de chauffeurs, et qu'on les prenait en charge très vite. Quand les ien-iens se connectaient à l'appli, des petites voitures se déplaçaient partout sur leur écran, comme des fourmis sur la carte de la ville. Quarante-cinq de l'heure pour être disponible et tourner sur le bitume. Pendant des années, je l'avais fait avec des baskets et pour pas un rond, et là on me payait, la belle vie. Sur les quarante-cinq euros, un tiers partait aux impôts, et trente euros tombaient dans ma sacoche. Un paquet d'oseille, frère. Des journées à deux cent cinquante, trois cents euros, et des mois à quatre mille euros. Avec le carrosse, tout a changé. Un costume, un appart, un sourire, une zouz. La vie presque de rêve. Mais ça, c'était au début.

Le cimetière où repose ma mère, on peut y entrer en voiture. Trop chelou. Tu viens déranger les morts avec ton pot d'échappement. Bref, on a avancé dans les allées. Ça m'a rappelé le jour de l'enterrement. Mon père, ses lunettes noires et sa casquette sur la tête. Ma grand-mère portait aussi des lunettes de soleil, à la manière de la mère de Vito Corleone et nous autour d'elle, on avançait à pas fébriles. Pendant des heures,

on a vécu une sorte de mirage. Les vieux qui pleu-
raient. L'autre grand-mère et toute la famille venue de
Saint-Brieuc. Quand ils ont descendu le cercueil dans
la fosse, j'ai compris que c'était fini. Jusque-là, j'attendais toujours qu'elle sorte avec un grand sourire et
nous prenne dans ses bras. Mon frère fermait les yeux.
Les hommes en noir ont jeté quelques coups de pelle.
Puis l'employé de la mairie est venu avec un engin,
et il a recouvert la tombe. Sous terre. Elle allait plus
revenir. Depuis, on lui rendait visite plusieurs fois par
an. Papa s'est jamais remarié, et moi, j'ai jamais osé lui
demander pourquoi.

Sous les arbres du cimetière de Pantin, on est descendus de la voiture comme des zombies soûls de cha-
grins. À chaque pas vers la tombe, l'ivresse diminuait.
On reprenait nos esprits. C'est bête à dire, mais un
cimetière c'est rassurant, on se dit qu'on est pas les
seuls à pleurer nos morts. Chaque tombe, c'est une
mémoire, une âme, une histoire qui s'enterre. Seuls
restent les vivants pour se rappeler et souffrir.

Devant Maman, je me suis passé les mains sur le
visage et j'ai murmuré mes prières. Petit frère m'a
regardé du coin de l'œil. Ça a dû le surprendre de me
voir prier. Et moi, j'étais étonné qu'il prie pas. Avant,
c'était le premier à me casser la tête avec la religion. Il
a attendu quelques minutes à côté sans rien faire. J'arrivais pas à me concentrer sur deux choses à la fois.
Et sur ma prière et sur ce que faisait mon frère. Puis
il s'est avancé, s'est assis sur le bord de la tombe, a
embrassé la pierre, et avec son doigt a remué un peu
la terre, en murmurant des trucs que j'entendais pas.
Quand j'ai fini, il m'a souri. Ses lèvres tremblaient. Il

a tourné la tête pour pleurer. Moi, mon deuil, je l'ai laissé tomber en rentrant de l'armée. C'est pas tant sa mort qui me rend triste que l'absence de ses bras, de sa voix, de ses lèvres, de ses cheveux. Penser à elle, ça m'apaise. Et, chaque fois que je fais crépiter mon joint, elle est avec moi. Je suis sur ses genoux et elle me sourit.

Mon frère avait laissé pousser ses cheveux, il avait retrouvé la coupe qu'il avait avant d'aller au lycée. De belles boucles brunes qui lui tombaient sur les yeux. Il avait aussi rasé sa barbe. Assis sur le bord de la tombe, avec ma veste en jean sur ses épaules et son teint clair, on aurait dit un rocker babtou ou un hipster. Je me suis retenu de rire, et sans un mot on est repartis. Les épaules rentrées, les mains dans les poches, la lèvre du dessus qui tombait sur celle du dessous, il prenait de grandes inspirations. Sa poitrine tremblait, et sous ses paupières se cachaient dix-huit ans de larmes. Il a posé son cul dans la voiture et comme un pacha m'a fait signe de partir. Non, il n'avait pas changé. Après quelques minutes, il est revenu dans le monde des vivants :

« Tu vis avec la fille que j'ai vue hier ?

— Non, c'est juste ma meuf.

— Y a quelque chose ?

— Juste comme ça. Vite fait. Rien de sérieux. Chacun fait sa vie. »

Il a regardé dehors comme l'air de dire que j'allais avoir trente ans et que maintenant, il fallait se caser.

On est rentrés à la maison, et j'ai attendu qu'on soit à table pour lui reparler. J'y avais pas pensé, mais dans le frigo rien n'était halal. Trop loin, la flemme. Avant de préparer à manger, je lui ai posé la question et ça avait pas l'air de le tourmenter. Il s'est assis et, pour pas qu'il fuie mon regard, j'ai posé mon assiette en face de lui.

Ma vie était rangée. Organisée. Elle se mettait en ordre. Après le chaos, j'ai compris que le plaisir venait en s'organisant. Le kif a toujours été mon but ultime, mais avant j'y courais sans réfléchir. Je le prenais au vol, et j'en récupérais les conséquences. Il fallait réparer par la suite. À cause de ça que l'armée je l'ai zobbi. L'école aussi. L'envie de mettre de l'ordre dans ma vie, pour mieux la kiffer, c'est venu en parlant à Le Gwen. Le flic. Lui aussi, c'était un bandit. Pire que moi à une époque. Puis il est devenu keuf. Son histoire m'a fait rêver. Je me suis trouvé un but, une raison d'y croire. Me rendre la vie délicieuse. Me lever le matin sans avoir besoin de travailler, lire le journal, écouter la radio, me promener, réfléchir, pousser un peu de fonte à la salle avec les srhab, une petite zouz sur mon épaule le soir, et des marmots à qui j'apprends à lire. Pour cela, fallait l'oseille. Et pour l'oseille, il fallait charbonner. Et pour le charbon, fallait vivre dans un truc bien organisé. Chaque chose à sa place, une place pour chaque chose. Ranger sa vie. Et, un jour, sans vous en rendre compte, vous êtes au sommet de la montagne que vous visiez. Alors vous regardez derrière vous, et tout va mieux. En rythme, vous continuez votre ascension vers un prochain sommet. C'est simple, faut juste parfois souffler un peu pour reprendre haleine.

Je grillais une sèche avant de manger. Mon frère était en face de moi. Élément instable. Grain de sable dans cette vie réglée. Réapparition soudaine. Pas un mirage, ni une hallucination, ni un fantôme, mais un homme de chair avec ses faiblesses, ses contradictions, ses mensonges, sa raison de vivre. Oui, c'était la merde, et nos quatre pieds étaient dedans. Mais pour en sortir, il fallait nos quatre mains dehors. Quoi qu'il arrive, avec le daron et la vieille, c'était ma seule famille. J'entendais déjà les murmures de la cité sur le retour de mon frère. Ceux qui me diraient qu'il fallait le dénoncer pour me protéger. Les autres qu'il fallait le planquer à tout prix.

Il m'a demandé une cigarette. Il m'a dit qu'il voulait arrêter, et qu'il avait pas pu beaucoup fumer, parce que les clopes étaient chères et dures à trouver. Puis c'est venu comme ça naturellement. Il a craché le vrai. À me raconter ses journées en Syrie. Avec une voix de radio dans une émission de nuit. Douce, lente, grave. Cigarette après cigarette, il m'a parlé de géopolitique, de guerre, de soins, d'enfants souffrant de malnutrition, mais jamais de lui. Comme une sorte de robot automate qui me répétait son programme informatique.

«Attends. Je comprends pas. Alors t'étais en Syrie! Je le savais. Mais t'as fait quoi en vrai pendant trois ans? Pourquoi t'as menti?

— Tu crois que la vérité, c'est facile?»

Il a baissé les yeux et il est devenu tout rouge.

«J'étais médecin.

— Médecin de quoi, espèce de zamel. Comment ça, t'étais médecin?

— J'ai appris sur le terrain, y avait pas le choix, j'étais souvent le plus qualifié.»

Du coin de son œil, une petite larme a brillé. Il s'est levé de la table et m'a demandé encore une cigarette. Là, adossé au bord de la fenêtre, il a pris de longues bouffées.

« Moi, tout ça, c'est terminé. Je veux me remettre sur les rails, me remettre bien. J'ai un métier, un diplôme.

— De quoi tu parles ? C'est quoi, tout ça ?

— L'islam et tout. »

Je bouillais d'envie de le pousser par la fenêtre. Il avait pris son air de Serge Gainsbourg révolté.

« Mais t'es con ou quoi ? T'es grillé, mon pote. Ça a rien à voir avec l'islam. T'es allé au Cham. C'est fini pour toi. Tu sais qu'il y a eu *Charlie,* et le Bataclan. Les h'nouch sont partout, ils vont te retrouver en 2-4-6. Tu sais pas comment ils nous ont cassé les couilles avec Papa quand t'es parti. T'es fini, mon pote ! Tu crois que la vie, c'est comme ça ? Comme le génie d'Aladin, on claque les doigts pour le pays des merveilles ? Fallait y penser avant. »

Cette fois, il a pris sa tête d'Omar Raddad.

« Ils ont qu'à venir. J'ai rien à cacher, moi. Y a rien à dire. Je leur dirai, Mali, Turquie, Iran, Irak, Yémen, Somalie. Voilà où j'étais. Mais j'ai rien fait. La vie de Maman. Infirmier wesh ! Pansement, t'as oublié ou quoi ?

— Dis ce que tu veux. Mais, mon pote, si moi j'ai vu ta photo sur Internet avec les combattants, tout ça, tu crois que les flics savent pas ? Bien sûr qu'ils savent. Rien qu'on est pistés avec Papa. Ça se trouve, ils savent déjà que t'es là. Je vais aller voir l'avocat pour toi, là demain.

— Tu crois que ça sert à quelque chose !

— C'est le frère de Younes le converti, il est avocat au trib de Bobigny. T'inquiète, lui il connaît ce genre d'histoires.

— C'est qui, Younes le converti ?

— Yann le Français, là, tu te rappelles, le numéro 5 du FC Stains.

— Noooon ! Il s'est converti, ce bouffon ? La vie de ton père ? Vas-y, barre-toi !

— Même lui.

— Et son zgeg ? Circoncis ou pas ? Il l'a fait couper son zgeg ? »

On a éclaté de rire tous les deux.

19

Grand frère

Le lendemain matin, j'ai foncé chez l'avocat. Dans la salle d'attente, sur le tableau au mur, il y avait une femme aux yeux bandés. Dans sa main droite, une balance et, dans sa main gauche, une épée. J'ai d'abord cru que c'était Marianne, la daronne des Français. Dans le doute, j'ai interrogé mon Smartphone : «femme, épée, balance, signification». Il m'a répondu «déesse Thémis». Une déesse grecque. Celle de la Justice. La balance qu'elle porte, c'est pour peser les arguments des uns et des autres, le bandeau sur les yeux, c'est pour juger sans influence, et l'épée, c'est pour rendre la sentence.

Le bureau de l'avocat était dans le nouveau quartier de la Bibliothèque nationale de France. Moderne, avec des façades en verre, des trottoirs larges, de la lumière et de l'espace. C'était plus le délire du Paris que j'aime. Haussmann et tout le tralala, façon le Walt Disney «Ratatouille». Ici, c'est rue René-Goscinny. Pas une blague, et partout dans cette rue, Astérix et ses potes nous en racontaient. Un délire. Au 13 de cette rue, derrière la façade blanche d'un immeuble neuf, après une lourde porte en verre, on trouvait une entrée profonde de quinze mètres. Des ardoises au sol, des miroirs tout le long du mur gauche et, à droite, une sculpture en métal large d'un mètre et haute jusqu'au plafond vous rappelait que vous n'arriviez pas chez n'importe qui. Encore un délire. Des trucs chelou, genre bateaux de guerre, se battaient avec l'océan. Sur la plaque à côté de la sculpture, on lisait F. Guimez. Peut-être le nom du mec qui a bricolé ce truc. Parfois, je comprends pas la vie. Nous, on se lève le matin pour faire tourner la carlingue, faire circuler la foule, pour ramasser les liasses et faire croquer la famille. Et y a eux. Ceux debout, l'esprit clair, assez zen pour cabosser de la ferraille et la refourguer à ceux dont les poches demandent qu'à s'alléger pour acheter un bout de rêve. Une drogue comme une autre. Chacun son délire, chacun sa came, chacun sa vie.

La secrétaire m'a installé à l'accueil. Sur la table basse, l'habituelle pile de magazines, et leurs dernières couvertures. L'islam par-ci, l'islam par-là. Fous, ils sont tous fous. Comme si l'islam décidait de faire des attentats, comme ça un matin, en claquant les doigts, parce que ça lui plaît. Peut-être bizarre de le dire comme ça, mais ils ont pas compris ce qu'était l'islam. Qu'Allah me pardonne, mais les musulmans se comportent avec nous comme avec une marque de souliers, mon frère. Chacun trouve chaussure à son pied, et la bonne pointure qu'il désire, pour marcher vers ce qu'il cherche. Quel rapport entre une mosquée et un fou qui se fait exploser ? Entre une voilée et un éclaté du cerveau qui coupe des têtes ?

En face de moi, l'avocat, le frère de Younes le converti, parlait calmement. Faisait bizarre de voir un gars du bitume parler comme ceux qui tiennent les rênes. Un patron. Il jouait avec un beau stylo. Ceux que les bijoutiers vendent. Il paraissait bien connaître son taf. Je dis pas ça parce qu'il avait un costume, les cheveux gominés et une peau impeccable. Mais le tout, les bureaux, le look, le style, ça sentait le pro. Quand il parlait, tu sentais que dans son cœur il était toujours de chez nous. J'ai raconté du mieux que j'ai pu l'affaire de mon frère, sans lui dire qu'il était rentré, que j'étais en contact avec lui par téléphone. Ça l'a fait sourire. Un sourire d'habitué, mais impossible de savoir si c'était à nos mots ou à nos affaires. Sa poitrine s'est gonflée, il a posé son stylo de bijoutier.

Pour mon frère, c'était compliqué. Déjà, il fallait que la volaille l'attrape. Et pour le serrer, fallait d'abord que les flics aient des soupçons sur un séjour en Syrie du petit, puis qu'ils le trouvent. Après, pour qu'il aille en prison, la justice aurait à prouver sa participation à un mouvement djihadiste ou terroriste. Ça, c'est dans les conditions normales. Mais aujourd'hui, une seule preuve d'un départ et d'un retour de Syrie suffisait à le faire mettre en cabane. Parce que, à part les journalistes et certains humanitaires, on allait plus au Cham par hasard.

Pendant qu'il me parlait, je me voyais déjà devant le trib de Bobigny, à voir passer mon frère de la fourgonnette à la barre, sous les flashs, un tee-shirt sur la tête, poignets menottés et deux képis qui l'entourent. Comme un boxeur sonné après un uppercut, j'ai repris mes esprits, je suis sorti du flou et du tribunal, et je lui ai reparlé de l'humanitaire. Là, stupéfait, il s'est arrêté et, en essayant de cacher un sourire moqueur, les quelques mots qu'il a toussés m'ont renvoyé dans les cordes :

«Ton frère ? De l'humanitaire ?»

Moi-même, je croyais pas encore à ce que je disais. Pourtant, j'étais obligé devant l'avocat. Pas de mensonges du frère. Jamais. Enfin, j'espère. Il restait à parler de nous, c'est-à-dire ceux qu'on désignerait comme complices, mon père et moi.

«Pour vous, ça dépend du niveau d'excitation des flics et des juges.»

Mon téléphone a vibré de nouveau. Trop d'informations, ça rentrait, ça moulinait, je réfléchissais tout en essayant de poser des questions.

«Si je comprends bien, si mon frère rentre, y a de grandes chances qu'il tombe.

— Le fait d'aller en Syrie, peu importe la raison, c'est déjà une preuve. À part les journalistes et la Croix-Rouge, qui part en Syrie ? Tu crois qu'on va visiter Palmyre comme ça sans raison ? C'est fini, Palmyre. Ils lui ont niqué sa mère à Palmyre. Tu comprends, on coupe des têtes là-bas. On n'est plus innocent quand on va en Syrie aujourd'hui.

— Quel rapport ? Pourquoi tu parles de Palmyre ? Palmyre, c'est notre village. C'est chez nous, là-bas. Mais rien à voir.

— Comme ça, c'est un exemple.

— Mais il est parti pour de l'humanitaire !

— Quelle association ? Quelle ONG ? Rapporte-moi des infos et on pourra toujours monter un dossier. Mais rappelle-toi le temps que ça a pris pour Free Moussa, l'humanitaire arrêté au Bangladesh.

— Rien à voir, Free Moussa, il était en Asie, lui. »

Il a rigolé.

« Écoute, je t'aime bien, mais laisse-moi faire mon métier. Crois-moi, ça a à voir. Les autorités, elles s'en battent les couilles des ONG et associations musulmanes. Je te garantis qu'ils ne feront pas dans le détail. ONG ou pas. Si tu vas en Syrie aujourd'hui, on considère que t'es pas clair, et ça, ton frère, il le sait, sinon il serait venu lui-même. »

J'ai pas compris ce qu'il voulait dire. Est-ce qu'il savait que mon frère était en France ?

« Et moi, je risque quoi ?

— Toi ?

— Bah ouais, moi.

— T'as quelque chose à te reprocher ?

— Non.

— Le seul truc, c'est s'il revient et que tu l'aides ici.

— Comment ça ?

— Tu seras désigné comme complice.

— De ?

— Complicité de terrorisme.

— Mais je te dis que mon frère a rien fait, qu'il est dans l'humanitaire. »

Il a soupiré.

« La Taqqiyah, tu connais ? »

La Taqqiyah, ils en ont parlé dans l'émission « Du grain à moudre » à la radio. Ce sont ceux qui rentrent en France, et qui font genre ils ont abandonné le djihad. Habillés comme M. Tout-le-Monde, alcool, drogues et parfois filles, et deux semaines après, on les retrouve éparpillés façon puzzle. Explosés dans un métro ou une salle de concert. Une nouvelle sorte d'espions bizarres.

«Oui, je connais la Taqqiyah. Quel rapport?

— Le rapport, c'est le nombre de types qui rentrent et qui montrent patte blanche en disant que tout va bien, et un jour ils explosent.

— T'es un ouf, toi. Qui t'a parlé qu'il était rentré? Il m'a appelé, je crois de Turquie, et il m'a dit qu'il voulait rentrer. Il est dans l'humanitaire wesh.

— Écoute, moi je dis ça pour toi. Je vais pas tout réexpliquer. La question, c'est pas de dire s'il a fait ou pas fait. Il est parti en Syrie? Oui. Donc, on le considère comme terroriste. S'il rentre et que tu l'aides, peu importe pourquoi, tu es complice. Dans ce pays, ils arrêtent même les gens qui logent les sans-papiers chez eux. Alors pour des terros…»

Son costard ne bougeait pas d'un millimètre, ni ses cheveux gominés, peu importe les dossiers, peu importe leur gravité, c'était une machine. On a continué à parler une dizaine de minutes, et après ça il s'est excusé en prétextant un rendez-vous. Sur le palier, il m'a serré la main avec un regard de Français. Un vrai regard de Français. Pas de Blanc. De Français. De celui qui a réussi, qui a passé le périph.

«La prochaine fois, je pourrai t'aider, ça sera pas gratuit, mais je te ferai un prix.»

Suffit pas de parler comme nous pour être de la famille. Chez nous, on oserait jamais lancer ce genre de vibes. Bien sûr que je lui aurais glissé un bifton.

20

Petit frère

Au printemps, Barbe blonde, notre émir, nous a trouvé une belle maison avec Leïla, ma femme. J'avais passé l'hiver précédent dans le baraquement avec les autres blédards. On avait qu'un poêle pour se chauffer, et l'hiver là-bas, contrairement à ce qu'on peut croire, c'est vraiment rude. Moins cinq, six degrés. La neige partout, à perte de vue, le vent glacé te fouette le visage, te tire des larmes et les pousse jusqu'aux oreilles. On a ni l'équipement ni les vêtements pour le supporter. Pendant les mois d'hiver, les combats se calment. Puis, dès le mois de mars, la chaleur revient, et les balles pleuvent.

Début avril, le cousin de l'émir m'a emmené dans une madafa près de la frontière. Un bâtiment où sont enfermées les femmes non mariées et celles dont les maris sont au combat. Une sorte de maison close, sans portes ni fenêtres, sale et infestée de rats, tenue par une vieille maquerelle qui fait la misère aux femmes. Tout est fait pour qu'elles soient écœurées et qu'elles aient envie de se marier. Les combattants viennent, papotent avec la vieille, qui fait l'entremetteuse. Sur son Smartphone, la vieille montre des photos des filles. Les moudjahidines font leur choix.

Moi, je voulais une maison et un steak. De préférence une belle escalope, mais ce que je voulais avant tout, c'était fuir mon baraquement. Parce que les hommes non mariés peuvent pas vivre seuls. Alors j'ai rencontré quelques filles à la madafa. Il y avait une pièce où on pouvait discuter. Elles attendaient toutes le prince charmant, ça se, voyait. Naïves, candides. Voilées de la tête aux pieds. En scred, la gouvernante de la madafa montrait des photos plus chaudes des filles. Pour donner envie. Au début, je voulais une bombe. Mais, à réfléchir, le plus important c'était qu'elle veuille pas d'enfant. Dieu m'a envoyé une veuve avec deux enfants. Une vieille chatte de trente-huit ans. Leïla. Dans la foulée, on a organisé le mariage. Les femmes de leur côté, les hommes du leur. Je rêvais d'une fête discrète, mais les gens ont afflué pour célébrer le mariage de leur médecin : moi. Quatre cents personnes et vingt agneaux. Plus que pour le mariage du fils de l'émir.

Depuis que Bedrettin était parti pour Mayadin, au sud-est du Cham, c'est moi qui gérais l'hôpital. Ça m'a fait bizarre. J'ai repensé à notre première rencontre à Strasbourg et à tout ce qu'on a vécu ensuite. Dans l'équipe, nous n'étions plus que six, les autres étaient morts lors d'un bombardement à Alep. Sans l'expérience ni le savoir-faire de Bedrettin, je faisais ce que je pouvais comme je pouvais. En un an, il m'avait appris à traiter les soins courants, et quelques gestes de chirurgie. En premier, s'occuper de ce qui peut faire risquer la mort et qui peut être soigné facilement. Les blessés graves, je les bricolais, avant leur transfert en pick-up à l'hôpital de

Raqqa. Là-bas aussi on manquait de personnel. On faisait venir en douce des chirurgiens de Damas, qu'on était obligés de payer une fortune pour que les types opèrent. Le prix du risque.

Depuis le départ de Bedrettin, je n'avais plus de contacts avec Islam & Peace. L'émir était devenu leur intermédiaire et, chaque mois, il me donnait une enveloppe de billets. Tout coûtait cher et l'inflation galopait à toute vitesse, à cause des étrangers qui arrivaient avec leurs dollars et leurs euros. Les Syriens ne pouvaient plus rien acheter. Chaque matin, j'allais dans ma villa, à l'hôpital, à la rencontre de mon armée de mutilés et de gueules cassées. C'était mon truc. Moi qui le gérais. On soignait, les gens repartaient heureux. Heureux de vivre, même amoindris. Parce que, quoi qu'il arrive, martyr ou non, le commun des mortels a peur de la mort. Tout le monde doute de l'après. Moi, c'est la vie qui me fait peur.

Le front était à trente kilomètres. De temps en temps, avec Barbe blonde, j'allais au front pour comprendre ce qui se passait. C'était moche. Parfois on gagnait du terrain, parfois on en perdait. Ça devenait un jeu. À la jumelle, on regardait les cheminées de fumée créées par les obus. Les nôtres tiraient jamais sur les villes et les villages. Pas comme le camp d'en face.

Un jour, le beau-frère de Barbe blonde est arrivé avec l'arcade en sang. La trace laissée par la bague de Barbe blonde qui l'avait giflé. Le beau-frère était responsable de la construction d'un tunnel dans le but de prendre l'ennemi à revers. Une équipe de prisonniers de guerre étaient sous ses ordres. Le jour de la gifle, il y avait eu un éboulement dans la construction. Cinq prisonniers étaient blessés, dont un gravement. Le beau-frère avait refusé de les emmener chez nous pour les soigner, car c'étaient des mécréants. Quand l'émir est arrivé sur le chantier, il a tapé une crise. Lui voulait juste que le tunnel soit vite terminé. Et pour le construire, il fallait des bras. Donc, si on les soignait pas, ce serait aux moudjahidines de creuser. Pendant ce temps-là, ils ne pourraient pas se battre.

Après la gifle, les prisonniers sont arrivés chez moi, très abîmés. Mains, bras, jambes écrasés, côtes cassées. Leurs pieds étaient couverts d'engelures, parce qu'on les obligeait à travailler pieds nus. On a nettoyé, bandé, pansé. Je sais pas pourquoi, mais j'ai eu un mauvais pressentiment. Le premier taulard qui était arrivé, le chef de la bande, m'avait fixé avec ses yeux bleus. Comme s'il voulait me buter. On les a remis sur pied. Puis Barbe blonde les a fait enfermer dans une maison qui servait de prison au nord d'Al-Bab, le temps de la convalescence. Une semaine plus tard, l'un d'eux a simulé un malaise. Quand le garde est entré, ils l'ont attaqué, ont pris sa Kalach et se sont enfuis à pied vers la frontière. Malheureusement pour eux, le beau-frère les a rattrapés. Et les a pendus en face de chez moi, près de la place principale d'Al-Bab, pour que tout le monde les voie. Le matin, le visage du type m'accrochait. Sa tête était bleue, sa langue pendait jusqu'au milieu de la poitrine, ça me foutait les jetons, et à toute la ville aussi.

Barbe blonde souhaitait prendre un village sur la ligne de front près d'Akhtarine. Des snipers cachés dans une tour bloquaient l'avancée des moudjahidines. Les chiites de Bachar avaient déjà killé presque vingt de nos combattants ces derniers mois. Le tunnel, dont était en charge le beau-frère de Barbe blonde, devait servir à éviter un no man's land très exposé aux tireurs d'élite. Impossible d'avancer pour les déloger sans risquer de se prendre une bastos. Au tout début, les snipers tiraient dans les jambes pour avertir. Mais avec l'entêtement de Barbe blonde à envoyer des Irakiens pour prendre la tour, les lunettes des fusils sont remontées vers les poitrines. Les nôtres tombaient comme des mouches. On nous apportait des mecs percés par du 12 mm, avec des trous de la taille d'une boule de pétanque. Souvent, à leur arrivée à l'hôpital, ils étaient inconscients ou sur le chemin de Dieu. Ou de l'enfer.

Al-Bab était un des points de passage des Français qui débarquaient en Syrie. Ils voulaient tous Raqqa. Mais souvent l'aventure se terminait à Deir ez-Zor. Le Stalingrad de la Syrie. Une boucherie. Les gars se battaient depuis deux ans contre les forces de Damas pour prendre la ville. Normalement, les nouvelles recrues faisaient un muaskar, un entraînement militaire de trois semaines. On les mettait en condition, on leur apprenait à tirer, à avoir des réflexes militaires, à respecter une chaîne de commandement. Mais à Deir ez-Zor, l'émir local était fou. Un Libyen qui détestait les Français. Il disait que c'étaient des sous-hommes, des singes, et il les envoyait au charbon après deux jours d'entraînement. C'est un Français qui m'a raconté. Yassin, un Rebeu de Lyon. Il en était revenu. Il voulait rentrer en France, alors il est parti à pied vers la frontière turque. Je sais pas ce qu'il est devenu. Et moi, j'ai fermé ma gueule parce que, s'ils l'arrêtaient, c'était au minimum la prison, mais en vrai plutôt une rafale de Kalach. C'était un gars de chez nous, un homme des quartiers. Un type bien. Le Cham, c'était pas fait pour lui, c'est tout. Ce qu'il racontait de Deir ez-Zor, ça faisait flipper.

Partout dans la ville, des snipers et des combattants se battaient au milieu de bâtiments démolis par les bombardements, les tirs de roquettes et les mitrailleuses des hélicoptères. Il m'a parlé d'un autre Français. Un babtou converti. Un dingue, une sorte de Rambo, genre courses de cinquante mètres, glissades en tirant une rafale de Kalachnikov. Il était au milieu de la poussière depuis quatre jours et Yassin était chargé de l'encadrer. Souvent les mecs parlaient pas bien arabe, ou sinon c'était l'arabe du Maghreb. Alors ils bossaient en anglais. Mais les Français et l'anglais… c'était la merde. Donc, bref… Les Français travaillaient entre eux et comprenaient les ordres de la hiérarchie avec quelques mots d'anglais et le langage des signes. Dans l'enfer Deir ez-Zor, l'escouade des deux Français avait pour mission de prendre un château d'eau. Ils étaient une dizaine, cachés derrière une butte. Le Français converti venait d'arriver, mais écoutait rien. Alors que tout le monde se planquait, lui, entre deux rafales du camp adverse, il sortait pour répliquer avec quelques balles, même s'il savait pas encore bien tirer. Un ouf. Pour prendre le bâtiment, le sergent a appelé le jeune Français et lui a dit qu'à son signal il faudrait qu'il coure vers l'entrée du bâtiment. Les autres le couvriraient. Au signal, les moudjahidines sont sortis et ont fait pleuvoir les balles sur les ennemis. L'autre a bondi comme un lapin. Il y avait trente mètres à franchir. Après une première bagnole explosée, il a contourné un trou d'obus et, alors qu'il allait entrer dans le château d'eau au milieu des rafales de Kalachnikov, une détonation unique a percé l'air. Immédiatement, il s'est mis à hurler, une balle de sniper l'avait frappé dans le bas du dos. Ça lui avait déchiré le ventre et la vessie. La merde avait giclé et s'était répandue partout dans son ventre, les intestins pendaient devant. Le mec a réussi à ramper jusqu'à une voiture. Yassin et les autres se cachaient à quelques mètres derrière une motte de terre. Le mec attendait à l'abri de la voiture qu'on vienne le chercher. Mais le sergent a ordonné de le laisser crever parce qu'il voulait pas perdre deux hommes de plus pour sauver un type qui savait pas se battre et qui allait rejoindre Dieu en martyr. Le mec a agonisé pendant trois jours, au milieu des bombes, des rafales, des bruits d'hélicoptères, à quelques pas de ses camarades. Les boys font les malins en France, mais la vérité du Cham, c'est ça. Tu marches ou tu crèves. Les hommes s'en battent les couilles de ta gueule, tu comptes qu'aux yeux de Dieu.

La veille des attentats du 13 novembre, Bedrettin m'a appelé. Tout allait bien pour lui à Mayadin. Il gérait un plus grand hôpital, quarante personnes. Il était le seul médecin et formait encore sur le tas avec ses livres. Plus tard, j'ai compris que lui s'en battait les couilles de l'islam et des djihadistes. Il était parti à Mayadin pour l'oseille. On lui avait proposé vingt mille dollars par mois. Fallait rien dire parce que les moudjahidines touchaient que cent dollars par mois. En fait, je crois que ce mec, c'était p'têt une sorte d'agent turc infiltré en Syrie. Il était trop bien pour la vérité. Trop bizarre. Et puis, il parlait jamais de lui. Y a un truc qui collait pas avec lui, mais impossible de dire quoi. Le lendemain du 13 novembre, Barbe blonde est venu me chercher. « Alors ? » il m'a demandé. Je savais pas quoi dire. Toute la nuit, j'avais suivi grâce à la télé par satellite les informations de Paris. J'avais pas peur car je savais que ni toi ni Papa étiez du genre à aller au Bataclan ou dans les quartiers de Français. Mais bon, au fond de moi, y avait toujours un risque que ça vous tombe dessus. Puis, à un moment, je me suis rappelé qu'on était allés faire un arbre de Noël avec l'association de Maman au Bataclan. On avait chacun eu une voiture téléguidée. Ça m'a fait bizarre. Je priais pour nos morts. Moi, j'étais venu pour combattre ce genre d'injustices, et là, des h'mar d'ici partaient faire en France la même chose que Bachar contre les innocents. Fallait faire semblant d'être content. J'avais envie de me buter. Pendant des jours, j'ai pensé à Paris. Sur Internet, je voyais tout le monde écrire « Je suis Paris ». Puis, j'ai ouvert les yeux et la vraie réalité, elle était devant moi. À mesure que je recevais des innocents à l'hôpital et que je constatais les conséquences des bombardements américains, des obus de Bachar et des attaques russes, j'y voyais plus clair. Le monde aurait dû écrire « Je suis Syrie ». Mais tout le monde s'en foutait parce qu'on était musulmans. Alors Paris, je me suis convaincu que c'était qu'une statistique et qu'il fallait pas que ça m'empêche de vivre.

21

Grand frère

On change jamais. Jamais, car à une autre époque, j'étais déjà aux commandes d'un bolide. Numéro 10 de mon équipe de foot. Le rôle du chauffeur, celui qui donne la direction et le *la*. Celui qui voit les trous dans la défense adverse, qui passe la balle là où elle est pas attendue. Derrière un volant et sur le terrain, l'important est de voir plus loin que les cinq mètres devant soi. Avoir une vision globale de l'environnement, et anticiper les dix prochaines secondes. On ne change jamais dans la vie. Jamais. Le foot, la voiture, la vie, c'est pas comme un jeu d'échecs. On a pas le temps, on prend des options, puis en un quart de seconde on fait un choix. Plus la vision est large, meilleur est le choix. On ne change jamais, parce que déjà, j'avais un destin d'attaquant. Je voulais m'en sortir seul contre tous. On ne change jamais, car déjà mon frère était numéro 6 de cette équipe. Sur le terrain, juste derrière moi. Un autre rôle. Maîtriser le jeu adverse, réparer les erreurs des attaquants, relancer la machine, donner le rythme. Lui aux percussions et moi soliste. On ne change jamais, toujours l'un à côté de l'autre.

Différents, jamais d'accord, mais jamais à se taper dessus. Merci, Maman, merci, Papa, merci, Jedda.

À l'époque, ni chichon ni tabac dans les poumons, mais déjà l'esprit vaporeux. Déjà à l'ouest. Mon frère était surclassé dans l'équipe supérieure. Un dimanche matin d'après match où le dar n'était pas là, on attendait le tram. Le frère m'avait livré la passe du but de la victoire. Sur un dégagement du gardien adverse, il avait sauté plus haut que l'attaquant de l'autre équipe et m'avait remis la balle de la tête. Deux joueurs m'entouraient. J'ai laissé passer la balle entre mes jambes pour effacer un premier défenseur. Puis, en me retournant, j'ai crocheté le second. J'étais à trente-cinq mètres du but environ. Comme d'habitude, nos deux attaquants étaient au bois, ni démarqués ni en position d'appel de balle, ils avaient pas anticipé mon dribble. Pensant que j'allais frapper, un défenseur adverse s'était recentré pour tenter de me contrer.

Dans le coin de mon champ de vision, au bord de mon œil, il y avait un point bleu qui cavalait. C'était mon frère. D'instinct, j'ai envoyé une pichenette dans sa direction. La balle s'est envolée et petit frère, dans un geste parfait, a réceptionné la passe. À ce stade, le but était déjà presque marqué, car cette combinaison, on l'avait saignée sur les graviers des Lilas. Quand l'un percutait la défense par les ailes, l'autre perçait par le centre en attendant une passe en retrait. Le ballon m'est arrivé légèrement trop appuyé, mais j'ai allongé la jambe et me suis penché en avant pour que ma frappe s'envole pas. C'est parti comme un missile dans le petit filet gauche. But ! On avait assuré la première place et, la saison suivante, on monterait en première division régionale.

Dans le vestiaire, les dix Maghrébins de l'équipe chantaient coup sur coup « We are the champions » puis « Ya rayah » de Rachid Taha. Ces mecs-là, c'étaient autant nos soc que des types dont on se méfiait. Ils voulaient pas comprendre qu'on était pas des Arabes comme eux. Nous, on avait aucun problème avec les babtous. Y en avait un dans l'équipe, et on était les seuls à lui parler. Mais eux, je sais pas pourquoi, ils s'étaient mis en tête de pas aimer les Blancs. Ni les Noirs, d'ailleurs.

Bref. Comme on était forts, y avait respect. Dans leur tête, y avait pas de case pour nous. Un autre délire. Eux disaient « Français », mais nous, avec le frère, on pouvait pas appeler « Français » les Blancs, parce qu'en fait on était à moitié blancs, bretons, et si on disait « Français » aux Français, nous on devenait quoi ? Des métèques ! Et ça, après le film *Racines,* c'était hors de question. L'esclavage, c'était fini. Puis, le daron nous avait trop répété à quel point c'était la merde en Syrie pour qu'on veuille pas être français.

Bref. Le monde est compliqué pour rien. Et en même temps, sans toutes ces histoires de merde, on s'ennuierait à la mort. Après le match, à l'arrêt de tram, assis sur un banc au milieu de notre Disneyland de béton, parmi les Picsou et les Donald, on se partageait une paire d'écouteurs branchés à notre seul Walkman cassette Sony. Troqué à un gitan de Montreuil, contre un VTT embarqué devant la piscine de Noisy-le-Sec à un khahlouch qui s'était arrêté pour pisser. Les Nike Airmax de mon frère étaient collées à mes Nike Requins, survêt Sergio Tacchini pour lui, Lacoste pour moi, et les rappeurs d'Arsenik dans nos oreilles, «Quelques gouttes suffisent». Ma tête se balançait en attendant le tramway.

Deux types immenses sont apparus. Comme des génies d'Aladdin. Un mètre quatre-vingt-dix chacun. Des mains énormes. Leurs ventres et leurs barbes aussi. Djellaba blanche pour l'un, kamis beige pour l'autre, un livre sous le bras. Au début, ils ont juste demandé comment ça allait et comment on s'appelait. Ça faisait quelque temps que des gars chelous avaient débarqué près de chez nous. Ils kiffaient trop la mosquée. Comme s'il y avait de l'or. Mon frère a commencé à bavarder avec eux de Dieu, de la religion, de prière et compagnie. Ils nous ont proposé d'aller à la mosquée pour découvrir, et on a répondu qu'on avait pas le temps. Alors le gars a répondu que, si Dieu avait dit la même chose, je n'existerais pas et que la moindre des choses, ce serait de prendre quelques minutes pour Lui et pas être ingrat. Argument choc, il avait raison, je pouvais que me taire.

Du coup, on les a suivis à la mosquée d'Aubervilliers. Chez Pharaon. L'imam égyptien. Pendant deux heures, ils nous ont parlé de nos origines, de Dieu, du Coran, d'Abraham, de Moïse, de Jésus, de Mahomet. J'avais un rat dans le ventre. Une dalle de bâtard. L'autre, mon frère, avait oublié la faim et la fatigue. Comme à l'école, curieux de tout, il empilait question sur question. À un moment, il a même contredit Kamel, le gars au kamis beige. Ma grand-mère lui avait appris quelques trucs sur la religion, et c'est vrai que ces deux-là avaient pas l'air de grands savants.

Moi je câblais sur le Kamel, j'étais sûr que c'était un babtou. Y avait pas que sa barbe rousse et sa truffe comme preuves, parce que les Kabyles et les Berbères peuvent être rouquins, mais sa manière de parler et de tout justifier à outrance. Un Breton peut-être. Ou un gars du Nord. Bref, c'était le plus relou. Il parlait comme un dingue, une furie, sans marquer la moindre pause. Dans nos quartiers, ceux-là sont fichés «Blancs complexés». Tous leurs potes sont des Rebeus ou des Renois muslims et eux, par admiration, fascination, ou juste par volonté de vouloir adhérer à un truc, ils finissent par se convertir. Musulman on peut le devenir, mais Renoi ou Rebeu, c'est impossible. On peut pas changer les gènes. Et après, ils jouent aux premiers de la classe et font la morale à tout le monde sur ce que doit ou ne doit pas être la religion. Dans les médias, on parle peu de ceux-là, une minorité à l'origine de la majorité des problèmes. Bref.

À la fin, ils nous ont emmenés dans un grec que personne connaissait. «Ici, c'est 100 pour cent halal», a dit le rouquin. J'avais envie de répondre : «Parce que ailleurs, c'est 97 pour cent?» Mais bon, j'ai gardé ma vanne pour moi. Pas le moment de plomber l'ambiance, j'avais trop faim et le risque que le sandwich s'envole à cause d'une mauvaise blague était très élevé, vu l'antipathie du gars. Même pour la sauce, il nous a cassé les couilles. Ketchup, mayonnaise et toutes les autres, il les a décrétés haram. Seule la harissa était autorisée. Putain... J'aime bien la harissa, mais ça m'arrache le trou du cul, et après c'est la Palestine dans la cuvette pendant deux jours. On a killé le sandwich, et après on a filé en prétextant que notre daron allait s'inquiéter. Ils ont répété qu'il fallait qu'on revienne, qu'ils nous attendaient à la prière du vendredi, et qu'à midi ils servaient à manger du mouton. Mon frère m'a pas écouté. La semaine d'après, il y est allé. Pourtant, c'était pas faute de l'avoir prévenu que le mouton, c'est dangereux. La gastro l'a attaqué pendant deux jours. Rien qu'il vomissait et qu'il chiait. Sa bouche crachait comme un dragon souffle le feu, et son trou de balle, c'était un geyser. Mais ça l'a pas empêché d'y retourner.

À la mosquée d'Aubervilliers, ce jour-là, on aurait dit qu'il avait découvert l'origine du Big Bang. Il avait des yeux de drogué et ses mots s'enchaînaient à toute vitesse. Papa, ma grand-mère, la Syrie, le Coran, l'univers, l'infini.

« Tu crois qu'on est apparus comme ça ? T'as vu comme on est parfaits. Et regarde le rond-point, la statue au-dessus. Tu crois que c'est arrivé comment ? »

Il me montrait une statue en métal rouillé qui représentait un esclave se libérant de ses chaînes.

« Ce truc-là ? Là-bas ? Mais vas-y, casse-toi, ça a la couleur de la merde. Ouais, ouais, soi-disant Dieu, il a fait ça. N'importe quoi… C'est un manque de respect à Dieu de dire des conneries comme ça… Barre-toi ! Faut pas écouter ces vieux types. »

L'année suivante, au foot, ça a bien marché pour nous, coupes, médailles, on enchaînait les bons matchs. On rêvait du PSG. De carrières de footballeurs, comme celle des frères De Boer ou Baggio. Un dimanche matin dans la tribune, le recruteur du PSG responsable du 9-3 nous a fait un signe de la main. Samuel. Un Antillais. On a été convoqués tous les deux pour faire un essai. Dans la voiture pour aller aux tests, le daron répétait qu'on devenait pas un homme avec le football. Lui, il rêvait pour nous de métiers nobles. Médecin, avocat, ingénieur. Le petit avait envie de le défoncer. Moi, je regardais dehors, et je répondais : «D'accord, Papa.» La veille au soir, j'avais fait la plus grande découverte de ma vie. Mon premier joint. Stressé, j'étais descendu voir Moha, un grand du quartier, qui squattait en bas de mon immeuble. Il a soufflé sa boucane et m'a tendu son cône en me disant que Marie-Jeanne me mettrait bien. Mes pieds m'ont ramené à la maison sans l'aide de mon cerveau. Dans un sale coma nuageux, ça bougeait comme dans un manège. Papa m'a appelé, et j'ai fait semblant de dormir. Le petit m'a embrouillé quand il a compris que j'étais défoncé. À l'époque, on partageait la grande chambre, celle que Papa a reprise depuis. On voulait être tous les deux. On se levait ensemble. On dormait ensemble. On jouait ensemble. On vivait ensemble.

Sur le terrain d'entraînement du PSG, à Saint-Germain-en-Laye, le test a bien commencé. Y avait du monde. On s'était répété avec le frère de jouer simple, de pas broder, parce qu'il fallait nous démarquer. À part nous, y avait que des Blacks. Les recruteurs étaient sans le vouloir un peu racistes, persuadés que les Renois étaient physiquement plus solides. Tout le monde le disait. Mais nous, on avait l'expérience de la rue et du terrain, et on savait que c'était faux. Ils étaient comme tout le monde, la preuve : quand y avait une baston, les khahlouchs cognaient ni plus ni moins fort.

Sur le gazon, je bougeais bien. Contrôle, précision des passes, remise de balles. Mon frère était aussi dans le rythme, là où il fallait quand il fallait. Pas de grigris, ni de ratés. À un moment, seul face au but, après un coup de génie de mon frère, j'ai armé ma jambe pour tirer. Elle était comme déjà dans la lucarne gauche. Et moi, je me voyais déjà futur footballeur. À ce moment précis, ma vie a basculé. La vie, c'est une somme de si. Si l'assassin m'avait pas foncé dessus avec le pied en l'air, et m'avait pas percuté le genou, peut-être qu'aujourd'hui je serais pas dans la carlingue à longueur de journée. Un tacle de tueur, un truc honteux. Les crampons m'avaient déchiré la peau. La suite ? Mon frère débarque en courant et met une droite au type, qui tombe comme une mouche. Score final ? Deux disqualifiés et un blessé. Dans la voiture du retour de l'hôpital, Papa était content. Finis les rêves d'ado. Le vieux avait déjà tout prévu. Lire des livres. S'instruire. « On commencé ta formation politique, ton frère un peu jeune encore. »

Comme d'habitude, le père a commencé par faire bien. Syrie, religion, politique, démocratie, égalité. Tout ça, c'était nouveau pour moi. Les attentats du 11 Septembre avaient eu lieu et le vieux m'expliquait qu'on ne saurait jamais qui était derrière les attentats ni pourquoi. Et que les États-Unis utiliseraient cela pour partir en guerre. Ce qui est arrivé. Puis, dès que j'ai commencé à aller mieux, il en a eu marre et il a progressivement laissé tomber. Moi, comme un con, j'avais plus rien à faire. Je me suis buté à la console. Mon genou était en vrac, je pouvais à peine marcher. Un plâtre pendant quatre mois, puis encore deux mois de béquille. Le soir, mon frère m'entendait pleurer. Alors il me parlait, me disait qu'il fallait garder la foi. Pendant les vacances, pour passer le temps, je squattais avec mon pote Moha aux Barres-rouges, l'un des squares du quartier. Avec le oinj, j'oubliais les heures, les minutes, et la douleur. Je la laissais sur le banc, et je dribblais entre mes idées. Le reuf continuait le foot tout seul, mais ça marchait moins bien maintenant. Les autres étaient plus durs avec lui. Normal, j'étais pas là pour le protéger. Il a continué à traîner chez Pharaon. Il me racontait jamais, parce que j'étais déprimé et qu'il savait bien que je m'en battais les couilles de ces histoires de prophètes, d'anges et d'étoiles.

L'été d'après, je suis passé en première et, pour me remonter le moral et nous sortir du quartier, Papa nous a payé des vacances à Argelès-sur-Mer à côté de Perpignan. Pendant une semaine, on a squatté tous les trois dans un studio. Y avait un soleil de plomb, du sable fin, une mer de soie, et partout des chattes qui miaulaient pour nous. À longueur de journée, mes yeux faisaient l'essuie-glace d'un petit cul à l'autre. Avec des lunettes de soleil, on pouvait zieuter discretos. J'ai négocié pour qu'une blonde de dix-sept ans me mette de la crème dans le dos. La fille, c'était un canon. Mon frère en avait rien à faire. Depuis le début des vacances, c'était un zombie accroché à un livre. Un gros livre avec une jolie couverture. Alors que des beaux poissons surfaient sur le sable, lui était concentré, envoûté. Je lui ai demandé ce qu'il lisait. Il a pas répondu, il s'est redressé et m'a montré le livre. Le Saint Coran. «Regarde», il m'a dit en me montrant avec le doigt, «la page de gauche est en français et l'autre en arabe. En plus, ça m'aide à apprendre la langue du daron, et y a plein de trucs intéressants. Philosophiques».

Est-ce que c'était l'endroit pour lire le Coran? Mon frère avait toujours eu le don pour faire n'importe quoi, n'importe quand, n'importe où et n'importe comment. Bref.

22

Grand frère

La vie est bizarre. Bizarre, parce que tout était bien rangé et, d'un coup, le passé me rattrapait. Moi, j'aurais aimé être comme la nature. Tracer mon chemin quoi qu'il arrive. La nature, peu importe ce qu'on lui oppose, elle trouve toujours sa voie, elle se soucie pas du passé et ne craint pas l'avenir. Une rivière ? Vous pouvez construire un barrage, l'eau s'accumulera et en débordera. Un arbre ? Ses racines poussent jusqu'à faire craquer le bitume. Les vagues ? Elles emportent les châteaux de sable, creusent le littoral, sautent les digues avec la force des tsunamis. Le vent ? Il arrache les tuiles, provoque des tornades qui ravagent des régions entières. Mais bon, j'étais qu'un homme, un fils de la nature, et je devais me faire à l'idée que mon frère était rentré, et qu'il fallait gérer ma vie avec lui. Mais, dans sa tête, est-ce qu'il était vraiment rentré ?

Son histoire, elle était bizarre. Moi, je suis pas un spécialiste, mais Alep et tout ce coin-là, à la radio, on en parlait comme la zone où ils sont tous flingués du crâne. Je savais pas, rhey. De toute manière, c'est la famille, j'avais pas le choix. J'allais faire partie de la suite, sinon fallait le balancer à la flicaille. Mais ça, c'était impossible. Le daron en serait mort. Pas d'idée pour qu'on s'en sorte, moi j'étais juste chauffeur, dites-moi où aller et je conduirai la voiture. L'important, c'était demain, le futur. Peu importe ce qu'il y avait dans le rétroviseur. Le passé ne servait qu'à pleurer.

Une odeur de poulet rôti était suspendue dans l'air de l'appart. Dans la cuisine, un nouveau frère. Emballé dans un tablier, il agitait un couteau sur des oignons. Il « émincait », dirait un chef. On aurait cru son père : ringard et bizarre, versatile, qui passe du coq à l'âne, du cheval au chameau, sans vous laisser l'occasion de comprendre. En même temps, c'est ce qui le rendait unique. Insaisissable comme un poisson, énervant comme un chat. Un membre de mon crew, de mon clan, de mon sang. J'ai posé ma clope dans le cendrier. Les paroles de l'avocat tournaient en boucle dans ma tête. Et si les flics savaient ? Peut-être qu'ils écoutaient déjà mon téléphone. Peut-être qu'ils débarqueraient dans dix ou quinze minutes.

Petit frère était le cuisinier qui manquait à cet appartement. J'avais fait refaire la cuisine à mon emménagement. Des couteaux, des planches à découper, des casseroles, des poêles, une passoire… Par la fenêtre, je regardais la lumière des phares de voiture se faufiler entre les gouttes de pluie. Au loin un gyrophare. Une voiture de police. Elle se rapprochait. Puis s'arrêtait à quelques mètres de l'immeuble… Deux policiers en descendaient et avançaient vers mon immeuble. Ma main tremblait. Mon sang se refroidissait. La peur. Ça partait du ventre, ça remontait dans la poitrine et jusque dans les oreilles. Ils allaient nous serrer. Finis, baisés bêtement. Je les voyais entrer dans la cage d'escalier d'à côté. Putain. Ils s'étaient trompés. Fallait décoller. Vite… Tout de suite. On roulait jusqu'au bout du monde, on s'enterrait, on respirait plus jusqu'à ce qu'ils nous oublient.

L'autre était encore à ses légumes. Je me battais contre le destin et lui avec des couteaux et une casserole. Salopard. Il était revenu avec un coup de griffe sur la porte, «miaou, miaou», comme pour demander du lait. Il était en train de niquer ma vie. Peut-être qu'il avait rien fait, c'était peut-être la vérité. Mais ce qui comptait, c'était ce que les autres pensaient de lui. Quand il était parti, on aurait dit le fils de Ben Laden, n'importe quoi en bouche à longueur de journée, un cerveau aplati au fer à repasser. Peut-être que les regrets avaient frappé à la porte de sa conscience, que cela avait poussé ses pieds jusqu'à Paris, qu'il aurait voulu pleurer toutes les larmes du Tigre et de l'Euphrate pour s'excuser, mais qui allait le croire, où étaient les preuves? Pas de paradis, on irait tous en prison, à la queue derrière lui, notre histoire portée de journaux télé en journaux papier. Un calvaire. Il avait pas vu les manifs pour *Charlie,* les déclarations du Premier ministre, la déchéance de nationalité et tout le tralala. Monsieur faisait comme il avait envie. Fils de pute. Les flics étaient remontés dans la voiture et étaient repartis. Mon cœur était redescendu, mais les joues étaient toujours brûlantes à cause de l'adrénaline.

Mon frère avait dressé la table mieux encore que chez le vieux.

«On se croirait chez le daron un vendredi soir. Depuis quand tu cuisines, toi?

— J'ai appris. J'avais le temps…»

Il m'avait répondu avec le sourire d'un enfant qui ramène un «très bien» de l'école. Ce mec avait toujours eu un talent fou pour tout ce qui touche à l'esthétique et à la précision. Comme son père d'ailleurs. Les senteurs de la cuisine avaient embaumé tout l'appartement et faisaient tambouriner mon ventre. J'étais à la fenêtre à tirer sur ma blonde, et il découpait précisément le poulet rôti. Les beaux gestes, lents, précis, assurés. Du beau travail. Une fois, j'avais essayé et la vérité, c'est que c'est pas inné. Presque un boulot de chirurgien. Il a servi dans les assiettes sans un mot, comme un parfait soldat. Il s'est assis. J'ai éteint ma clope. Comme deux hommes ni morts, ni vivants, ni morts-vivants, mais mi-morts, mi-vivants, l'un en face de l'autre, les yeux en face des trous, les épaules parallèles, autour de ma petite table carrée, on attendait que l'un ou l'autre dégaine sa langue.

«Qu'est-ce qu'il a dit l'avocat aujourd'hui?»

Il a tiré le premier. J'avais ma réponse. J'ai pompé longtemps sur ma cigarette.

«C'est long.

— Qu'est-ce que tu lui as dit?

— Comme je t'avais dit. Mon frère est à l'étranger. Il voudrait rentrer en France, qu'est-ce qu'il risque?

— Mais tu lui as parlé de la Syrie, tout ça?

— Ouais.

— Et t'as dit quoi?

— Humanitaire, wesh! Tu crois que j'allais dire que t'étais au djihad?»

Sa bonne humeur s'est dissipée en un quart de seconde. Le mot magique qui transformait le sourire en inquiétude. L'ancien frère était de retour.

« T'aurais rien dû lui dire du tout. Et s'il balance ?

— T'es fou, toi, c'est le frère de Yann. T'es un malade, s'il nous arrive un truc, on va lui niquer sa mère. J'ai juste dit que quand t'es parti, les flics nous ont interrogés, Papa et moi, parce qu'ils pensaient que t'étais parti en Syrie. Et que maintenant, on veut pas d'histoires quand tu rentres.

— Mais t'as vraiment dit pour l'humanitaire ?

— Bah oui ! D'ailleurs, il m'a dit qu'il faut préparer des preuves. Il a aussi dit que, de toute manière, le seul fait d'aller en Syrie, aujourd'hui, c'est un motif pour être accusé de terrorisme et finir en cabane. »

Cette histoire d'avocat lui a foutu le cafard. Mais il croyait quoi ?

« Réfléchis wesh ! Tu peux pas rester en France.

— Tu veux que j'aille où ? »

J'avais envie de le défoncer.

« Mais sur la tête de Maman, tu réfléchis toujours après, toi ? Je sais pas, moi ! Trouve un plan !

— Quel plan ? Je peux parler à personne. Faut que tu m'aides à trouver un truc.

— Mais t'es un ouf, toi ! Tu reviens comme ça. Tu m'as mis dans la merde, tu comprends ça ? Dans la merde ! Si on t'attrape, je tombe aussi. Et je sais pas combien de temps on restera en cabane. »

Il m'a pas répondu. On est restés comme ça sans parler. Le poulet rôti refroidissait dans nos assiettes. J'avais plus faim.

« Tu me casses les couilles. Tu m'as toujours cassé les couilles. Pourquoi t'écoutes jamais ? Pourquoi t'as jamais écouté ! Espèce de… Qui t'a dit d'aller niquer ta mère en Syrie ?

— Ta gueule là ! Arrête de me prendre la tête avec la Syrie.

— Qui t'a dit d'aller en Syrie ? C'est moi ? Et maintenant, tu viens me casser les couilles pour que je te sauve. Déjà que j'ai galéré à sauver ma vie. Tu sais ce que c'est, ma vie : faire le bouffon dix heures par jour dans une berline japonaise à transporter des gens heureux dans la ville.

— Arrête de me soûler avec la Syrie ! Tout le monde fait des erreurs.

— Erreur ? T'es un ouf, toi ? Sur la tête de ma mère que t'es un ouf. Quelle erreur ? T'étais à la guerre, mon pote. T'étais contre Bachar chez les types qui détestent la France. T'as que des ennemis !

— Je me suis fait baiser. Tu comprends ça : bai-ser ! »

Je suis sorti sur le balcon pour griller une blonde et me calmer. Il a commencé à ranger la cuisine. Je mourais d'envie de lui crier dessus. Sans savoir pourquoi. J'avais la rage. La rage qu'il ait mis toute la famille dans la merde. Du balcon, j'ai chuchoté vers lui pour pas que les voisins entendent.

« Pourquoi tu vas pas voir Papa ? »

Il a rien répondu. Il continuait à débarrasser la table et nettoyer la cuisine.

« Hé ! je t'ai parlé là.

— Mais vas-y, lâche-moi. T'es un ingrat, un moche d'ingrat. Qui t'a sorti de la merde quand tu partais en couilles ? Qui t'a ramené de boîte quand t'étais déchiré et que tu vomissais partout ? Qui a endormi le daron quand tu prenais sa voiture pour tes bizness ? Hein, dis-moi ? Maintenant, fais pas le mec, genre, j'ai niqué ta vie.

— Mais ta gueule, putain ! Ferme ta putain de grosse gueule ! »

La porte-fenêtre du balcon était encore ouverte. Je l'ai refermée aussitôt pour pas que les voisins entendent.

« Bon, vas-y. Tu sais quoi ? Laisse tomber. Je me casse. Je pars.

— Tu pars où ?

— Je sais pas, je me casse.

— Et tu vas aller où ? Tu vas te faire serrer en vitesse.

— Je me débrouillerai. T'inquiète pas pour moi.

— Bah ! vas-y, casse-toi alors ! Avec ta merde, tes conneries et ta Syrie. »

Ça a sonné plusieurs fois à la porte. Je suis allé ouvrir. C'était la vieille voisine d'en dessous.

« C'est vous qui criez comme ça ? Non, mais ça va pas la tête ? Il est dix heures du soir. »

J'avais envie de lui écraser la tête contre la porte. Qu'est-ce qu'elle venait faire chier, cette vieille chouette ?

« Désolé, madame, je me suis endormi sur le canapé. Et en me retournant, j'ai dû appuyer sur le bouton de la télécommande. »

Je sais pas si elle m'a cru, elle est retournée chez elle sans me souhaiter bonne nuit.

Mon frère est parti dans sa chambre. Je suis entré. Il était allongé et avait ouvert un livre. Un frère de mirage. La dernière fois que je l'avais vu un livre à la main, c'étaient ses livres de cours quand il était en infirmerie.

« Je pars demain matin, OK ? Je te laisse tranquille.

— OK. Bonne nuit. »

Plus envie de lui parler, à ce fils de chien. J'ai pas calculé et je suis parti dans ma chambre. J'aurais peut-être rien dû dire à l'avocat, mais dans la vie on fait pas toujours comme on veut, souvent comme on peut, et je vais faire comme je peux pour que mon frère vive mieux. Suis retourné dans le salon prendre la boîte du *Pont de la rivière Kwaï*. Rouler un carton, effriter l'herbe entre l'index et le pouce, lécher une cigarette, en décoller le papier, faire tomber le tabac dans la paume, avec l'index le mélanger avec la verte, sortir une feuille, poser le carton roulé, rouler la feuille avec des doigts musclés et habiles, du bout de la langue lécher la feuille, coller, encore rouler, cette fois le bout de la feuille, la cramer, allumer, tirer fort, laisser monter là-haut, chaud dans la poitrine, la tête qui ralentit, souffler la fumée et s'envoler. En allumant la télé, je suis tombé sur un documentaire sur Palmyre. Une merveille, une cité antique au milieu de la Syrie. Chez nous, là-bas, c'est beau. Toujours debout après deux millénaires. Les cinglés l'ont pétée. Rien compris à la vie. Peut-être qu'on ira un jour avec le vieux. Tous les trois. Dans le désert. Là-haut, ça bulle, les méninges qui tournent, la bouche qui colle, les yeux qui rapetissent. Je sais pas pourquoi, on dirait que j'ai déjà vu ces images. Palmyre. Quelqu'un m'a montré, mais je me rappelle pas. Peut-être le vieux. L'image change. Celle-là, grave, je suis sûr que j'ai déjà vu ce bâtiment. Les colonnes debout. Mais où ? Je confonds, non ? Un mélange entre le Tchad et Rome, non ?

L'ange Gabriel est descendu et est venu me caresser la tête. Et moi, la main sous l'oreiller, je me suis endormi en pensant à Maman. Parce qu'elle était là, la douce mère, celle qui apparaissait quand je montais au jardin d'Éden pour cramer la pelouse. Pas morte, toujours là, dans la tête, dans la poitrine.

23

Grand frère

« Allô ?

— Oui, j'écoute. C'est le chauffeur. J'arrive pas à vous localiser. Je viens vous chercher où ? C'est à Nanterre ou à Courbevoie ?

— Euh, je sais pas. Attendez, je regarde par ma fenêtre… »

Je venais d'être missionné pour une course dans le quartier d'affaires de la Défense.

« Vous voyez le grand pouce ? À côté de la Grande Arche ?

— J'arrive. »

Sous le quartier de la Défense, les souterrains sont une sorte de labyrinthe avec des parkings, des quais de livraison, des stations de taxis, et même un supermarché et un restaurant. Faut pas se tromper : en prenant une mauvaise voie, on peut finir sur l'autoroute. La prochaine sortie est à plus de trente kilomètres. Le pouce dont parlait le ien-ien, c'était une sculpture gigantesque de plus de dix mètres de haut.

« Allô ? C'est le chauffeur. Je suis arrivé.

— Ah! Déjà. Pardon. Je vais avoir cinq minutes de retard. Vous pouvez m'attendre? »

J'ai tapé « Pouce la Défense » sur mon Smartphone. Il m'a répondu « Œuvre d'art du sculpteur César ». Douze mètres de haut. Dix-huit tonnes. On l'avait posé en 1994 sur le parvis au milieu des tours. Il était 12 h 30, et les culs serrés en costume piétinaient le pavé, impatients de se remplir le bide. Tout le monde s'en battait les couilles de ce gros pouce. Je suis descendu de mon bolide pour le voir de plus près. Les grains de la peau, les rides, l'ongle, la courbe du doigt, et même les sillons digitaux. Du grand art, zobbi. Le Smartphone m'a raconté en trois minutes tout un tas d'anecdotes. En fait, c'était pas le seul pouce. Il en faisait plein, le César. Et de toutes les tailles, pour les enfoncer dans le c… de ceux qui en avaient les moyens. Parmi eux, l'administration publique, qui avait pompé assez d'oseille avec les impôts pour nous payer un pouce en bronze. Bon, après, je sais pas combien ça avait coûté, mais un pouce comme celui d'un empereur romain, genre César, sculpté par un rhey qui s'appelle César, c'était vraiment un délire.

Partout, à la Défense, ils avaient posé des œuvres d'art. Un soir de défonce, je m'étais promené avec grand Moha. On avait volé un guide du quartier à la Fnac et on matait les œuvres en se racontant n'importe quoi. Il y en avait pour des millions d'euros. Les artistes, c'étaient nos rheys. Aussi frappés du crâne que nous. On s'est tapé des barres de rire. Les décideurs avaient mis des œuvres d'art au milieu des tours, convaincus que c'était bien pour les gens. Mais tout le monde s'en cognait, et personne ne comprenait rien. On aurait dit des décorations. Pour comprendre, fallait prendre le temps et s'intéresser. Sinon, l'art pour l'art, tout le monde s'en balance. L'art, il faut déjà que ça vous mette un uppercut au premier coup d'œil. Puis, quand vous analysez, vous découvrez tous les détails. Et là, vous concluez au chef-d'œuvre.

« Allô ? C'est le chauffeur. Vous êtes où ?

— Cinq minutes encore. Je dois finir un reporting. »

Reporting ! Qu'il aille niquer sa mère, celui-là. J'ai pas que ça à faire, moi. Je perds des courses en attendant. Un type est posé à côté du pouce. Il tient un paquet dans ses mains. Cheveux bouclés, costume bleu marine, chemise blanche et barbe blonde. Comme une tête de blédard syrien avec de gros sourcils, mais bien habillé. Les militaires faisaient la ronde. Faisaient flipper ces cons avec leur Famas. Et si l'un d'eux pétait un plomb et se mettait à aligner tout le monde ? Putain de merde, je suis encore un peu défoncé de la veille. Faudrait que j'écrive tout ça, ça ferait de belles histoires. Et si le mec à la barbe blonde d'un coup se faisait sauter ? Il a peut-être une ceinture d'explosifs sous son costume. Le pouce décollerait pour s'enfoncer cette fois dans le cul du ciel. Il fait mec rangé, mais c'est peut-être un terro. Comme a dit l'avocat, « Taqqiyah ». On sait jamais. Un autre homme l'a rejoint. Plus jeune. Plus jaune. Il salue vite fait l'homme à la barbe blonde. Ils sont allés s'asseoir sur le banc à côté. Et ont commencé à discuter. Sa mère, le plus jeune avait l'air au bout de sa vie. J'étais loin, mais je voyais les grosses poches sous ses yeux. Qu'est-ce qu'ils pouvaient bien se raconter ?

«C'est bien. Tu as bien assimilé ce que je t'ai appris.»

Le plus jeune essayait de cacher son sourire.

«La meilleure manière d'être discret, c'est de se retrouver au milieu de tout le monde. À cette heure, les gens mangent, se promènent, discutent. Et nous aussi, on discute comme eux. L'art de la dissimulation, c'est pas de se cacher, c'est d'être invisible. Et pour être invisible, il faut prendre la couleur de l'environnement. Comme un caméléon. T'as déjà mangé du porc?

— Non.

— Bon, bah! tu vas goûter aujourd'hui. Tiens, prends un sandwich, et discute pas.»

Le plus jeune avait l'air surpris. Au moment de croquer, il a regardé vers le ciel. Peut-être que la foudre allait lui tomber dessus. Il a croqué, le bâtard. C'est bon, il a mordu dans le sandwich. Fils de pute. Il venait de manger du porc. Il avait l'air de kiffer. Le péché, c'est toujours loin et près à la fois. Juste à une bouchée de l'enfer.

«C'est pas mal, non?»

Le plus jeune continuait de croquer, en faisant mine d'être dégoûté.

«La fête, c'est dans cinq jours. Mercredi prochain. Note dans ta tête et nulle part ailleurs, et tu expliques la même chose à ton équipe.»

L'homme à la barbe blonde continuait de parler.

«L'artificier, qu'il reste discret, sinon c'est fini. Et avec quoi vous achetez les produits? Attention aux cartes bleues, et pas trop d'espèces non plus.

— En fait, y a pas besoin. On a une autre solution.»

La main de l'homme aux cheveux bouclés a écrasé le sachet du sandwich. Il est resté silencieux et a fermé les yeux un court instant avant de marmonner des trucs incompréhensibles en arabe.

«Soyez prudents.»

Deux daronnes habillées en tailleur et talons aiguilles sont passées en dandinant du cul devant eux. L'homme à la barbe blonde leur a souri en faisant un clin d'œil.

«Dans cinq jours. Mercredi. Note dans ta tête et nulle part ailleurs.»

Mon client est alors arrivé, les deux types ont disparu de mes pensées.

«C'est vous le chauffeur? Bonjour. M. Granet. Désolé du retard.»

Putain, j'étais fou. J'étais parti en vrille sur les deux mecs assis sur le banc. Abusé. C'était pas bien. Fallait vraiment qu'un jour j'arrête le bédo.

24

Grand frère

Encore une sirène. Quelle heure il était ? Il faisait jour. J'avais comme l'impression d'avoir dormi trois ans. Les labos de Hollande produisaient du gazon toujours plus puissant. Un jour, mon cerveau finirait shité. J'étais bleu. Fatigué. Au bout de ma vie. Le cerveau lourd. Les yeux qui piquaient. J'ai poussé la porte de la chambre de mon frère. Zobbi n'était toujours pas réveillé. À côté de son lit, par terre, y avait le livre qu'il lisait l'autre soir, *1984,* George Orwell.

Après quelques minutes d'hésitation, je me suis mis la pression pour prendre le costume. Fallait faire entrer de la caillasse, parce que depuis que le petit était revenu le moteur tournait pas, et le frigo se vidait à vitesse grand V. J'étais en train de me raser quand j'ai entendu l'autre pisser.

« Alors t'es pas parti ? »

Il a attendu deux secondes avant de me répondre. Les deux secondes où on hésite entre crier sur l'autre ou suivre sa blague. Il m'a répondu en rigolant :

« Non, j'ai appelé les flics pour te dénoncer. »

Je savais pas ce qu'il avait fait de ses journées ni de ses nuits. Quatre jours déjà qu'il était là. Le soir, il me demandait mon ordinateur et le matin, je le retrouvais posé sur la table du salon. À mon retour de l'armée, j'étais comme lui, bloqué, incapable de me mettre en mouvement. Ça rend dingue. Après l'accident au Tchad, le médecin m'avait prescrit des cachetons, soi-disant pour guérir. À longueur de journée, j'observais le noir et le sang se déverser autour de moi. Comme un zombie, je passais de la télé à l'ordi, d'un film à une série. Seuls répits : les pauses toilette et cuisine. Poser une mine ou manger un steak, ça cassait la routine. Au début, le daron m'a laissé tranquille. Les mois défilaient et rien ne changeait. Par la fenêtre, je voyais les gens du tierquar, la famille de toujours, vivre leurs vies, et moi, assis là dans la pénombre, je me bouffais la mienne. Un jour, je suis descendu. Grand Moha était toujours là, avec son joint, sa face de gitan, ses dents qui jouent à cache-cache et son cerveau shité. J'ai lâché les pilules pour reprendre le pilon et, petit à petit, j'ai récupéré ma place dans le terter : terrain de foot, centre commercial, chicha, kebab. Conclusion : Marie-Jeanne a redonné un souffle à ma vie.

Sous la douche, à mesure que l'eau froide coulait sur ma tête, je me suis dit que c'était à moi de trouver la solution pour mon frère. Lui, malgré son courage et ses études, il en était incapable. Y paraît que c'était un cerveau. Peut-être pour griffonner sur des copies doubles, ou soigner des gens. Mais pour toutes les choses pratiques, c'est encore et toujours moi qui trouvais. Comme avait dit l'avocat, il pouvait pas rester ici. Fallait inventer un truc pour disparaître vite.

Mais où ? À qui demander ? Et comment faire ? Fallait que je trouve un plan, un endroit, que je l'installe, que je règle mes affaires ici, pour ensuite le rejoindre. Avec le daron, et si possible la vieille.

À 9 h 15, j'ai posé mes mains sur le volant. Pour reprendre mes habitudes, j'ai roulé vers Belleville, dans mon bistrot, pas loin de la mosquée des salaf. Au comptoir, le serveur m'a servi mon kif du matin : café allongé, croissant, un verre de jus d'orange et le journal. Je descendais les gros titres : les derniers sondages avant les élections, la guerre en Syrie, des attentats en Turquie, un scandale sanitaire. Je suis passé aux informations locales. 1. C'est pratique. 2. C'est plus important. 3. Ça détend. À la page consacrée à Paris Rive Gauche, sur la colonne de droite, le premier titre indiquait «Cambriolage à l'hôpital Pompidou».

Un type avait banané des produits chimiques dans la réserve médicamenteuse de l'hôpital. La police et le service de sécurité n'avaient signalé aucune infraction. Malgré les contrôles renforcés, quelqu'un avait pu entrer et sortir sans souci. L'article ne donnait aucune indication sur la nature de ce qui avait été volé. Ça devait être important, car le préfet avait demandé une présence militaire nuit et jour.

J'ai sorti la tête du journal quand j'ai entendu la voix de la télévision annoncer un débat sur les VTC. Une plate-forme fermait… à cause de la concurrence. «Qu'ils aillent se faire foutre !» a craché un vieil homme assis au comptoir. Sûrement un chauffeur de taxi. À sa gueule, j'aurais parié cent euros qu'il était kabyle. On était dans le XIe arrondissement. Une zone que se disputent les bobos, les Rebeus et les Chinois. Concurrence territoriale entre les ateliers de confection, les vendeurs de nems et de rouleaux de printemps, les grossistes en fringues, les magasins bio, les salons de thé de barbus blancs et les cafés de barbus bronzés, les écoles Montessori, les réparateurs de vélos, les restaurants de couscous, les vendeurs de légumes, les cafés d'alcooliques tenus par des Kabyles, les librairies musulmanes, les vendeurs de baskets pas chères et imitées de marques connues, les vendeurs de baskets très très chères pas imitées mais de marques inconnues, les épiciers qui vendent de tout et de rien, de la crème fraîche aux cigarettes à l'unité. Et, évidemment, les mosquées.

En réalité, il y a aucune concurrence, tout le monde cohabite et se mélange. Un peu. Les bobos dictent ce qu'ils veulent s'enfiler au traiteur chinois, qui achète ses légumes chez le primeur algérien, qui retrouve les bobos au café kabyle, chez les bons «métèques». À 14 heures, on sirote un café au comptoir avec Miloud ou Heikel, venus des hauts plateaux de Kabylie, et le soir, ça trinque au vin rouge avec Morad l'Oranais, ou Moha le Tlemcénien, et ça refait la vie. Certains Chinois aussi vont au café, les plus ouverts, ou les alcooliques, pour gratter des jeux, jouer au loto, aux courses ou au rami. Dans les ateliers de confection, la magie fait que les Maghrébins et les Chinois arrivent à se comprendre dans une sorte de créole propre au XIe arrondissement. Cette même langue est à l'origine de conflits quand les serviettes attendues par le Rebeu sont rectangulaires au lieu d'être carrées.

Le long des trottoirs, des femmes asiatiques font les cent pas. On les appelle les marcheuses. À longueur de journée, elles bavardent entre elles. Au premier regard, elles vous sourient, et vous comprenez tout de suite leur métier. Depuis l'interdiction du racolage passif, les gardiennes du bas de Belleville se déplacent sans cesse pour pas que les keufs sortent le carnet de PV, et attendent qu'un client les interpelle. La suite, c'est dans un appartement, une cage d'escalier, ou dans l'arrière-boutique d'un salon de massage. On dit qu'elles sont les moins chères de Paris, et que la totale, c'est-à-dire la fellation plus un coït vaginal, c'est trente euros. Pour vingt euros de plus, vous pouvez même leur casser les fesses. Jamais eu l'occasion de confirmer la rumeur. Trop sale.

Au milieu de tout ce monde, il y a des mosquées et des hommes, jeunes ou moins jeunes, avec leurs barbes qui se dandinent jusqu'au nombril, leurs kamis portés par-dessus un jogging, et à leurs pieds des tatanes ou des Nike Air. Les godasses que les dealers de shit portaient à la fin des années 90. Souvent, ils se promènent à vélo, pas par sympathie écolo-bobo, mais parce que selon eux le moteur serait haram. Après tout, pourquoi pas ? Les écolos disent bien : « La nature est un cadeau, et nous n'avons qu'une seule Terre, protégeons-la », les barbus du quartier de Belleville disent : « La nature est un cadeau de Dieu, l'homme est fait pour vivre dans la nature et pas dans le péché. Protégez tout cela. Et déplacez-vous à vélo. » Cette mode du deux-roues doit embêter les services de police, et je suis sûr que les statistiques sur les contrôles au faciès en témoignent. Comment différencier un barbu musulman à vélo d'un hipster en fixie ? Le problème est sérieux. L'autre jour, au café, y a un gars du clan des bobos qui m'a dit que les hipsters se sont plaints des nombreux contrôles. La préfecture les a entendus. Les métèques, toutes religions confondues, ils s'en plaignent depuis cinquante ans, et personne ne les entend. Triste République.

Les flics ont dû suspendre les contrôles et les statistiques ont faibli. L'un des officiers de la brigade du XIXe a trouvé une solution, il a recensé les marques de vélo, et se fie à ce critère pour juger de la situation d'une personne. Les hipsters achètent des vélos neufs, chers et sans vitesse chez des marchands de vélos. Grosse arnaque. Les barbus achètent des vieux vélos pas entretenus, souvent Peugeot et pliables, à des particuliers sur Internet. Depuis cette découverte, les contrôles ont repris avec succès. Après le délit de sale gueule, le délit de mauvaise bécane. Et demain, les manifs qui vont avec. Imaginez un cortège, avec à sa tête un barbu en djellaba, une pancarte dans les mains : «Non à la stigmatisation des vélos pliants Pigeot», tel un bon Français qui adore râler. Qui dira alors qu'il n'est pas intégré ?

J'ai quitté le café, et l'application m'a missionné pour prendre un type dans le Sentier. Le quartier historique des Juifs maghrébins, les Séfarades. Le daron m'a toujours dit qu'ils étaient autant maghrébins que juifs. Bref. Un type est monté rue d'Aboukir. Dans le rétroviseur, j'ai deviné à sa tête que c'était un employé d'une entreprise de la Silicon Sentier. Depuis quelques années, le quartier est devenu La Mecque des start-up françaises. Pas cher et au milieu de la ville. Le mecton avait la mine d'un gadjo qui venait de perdre la Coupe du monde. Yeux cernés, regard vide, sourcils tombants. Comme la truffe de Domenech quand Zidane a mis le coup de boule à Materazzi. Bref. Il est monté avec un gros carton rempli de feuilles, de stylos et de dossiers. Sûrement qu'il venait de se faire virer. Le pauvre, dès le matin. Il m'a demandé d'allumer la radio. «La station que vous voulez, du moment qu'il y a la radio.» Le genre de client qui aime chasser le silence. Moi aussi, ça me fait ça quand j'ai pas envie de penser. Je me branche sur un truc, genre Radio Caraïbes, Radio Mozart, peu importe, du moment que je débranche là-haut et que je me concentre sur la route.

Sur France Info, après le flash, le présentateur a reparlé de la plate-forme de VTC qui fermait. J'ai augmenté le son. Depuis le matin, on en savait un peu plus, le patron avait tenu une conférence de presse qui était rediffusée :

«Aujourd'hui, comme on dit dans l'économie de l'Internet "winner takes all", il n'y a pas de place pour deux plates-formes. Notre principal concurrent capte 60 % des courses, et le marché est saturé. Trop de chauffeurs, trop de plates-formes et le nombre de clients n'augmente plus, il diminue même depuis que certains retournent vers les taxis. Notre seul moyen de survivre était la publicité et la communication, mais aujourd'hui nous n'avons plus les moyens d'investir.»

On parlait des nouvelles start-up comme de l'avenir de l'économie et, par effet domino, de l'avenir de l'humanité. Alors cette faillite, c'était un événement. Les élites de notre pays, le ministre de l'Économie en chef, votaient massivement pour ces nouvelles entreprises et faisaient adhérer tous les chiens de la casse comme moi.

Le gars derrière m'a demandé d'éteindre la radio.

«Je travaillais pour cette boîte… Vous comprenez, j'ai pas trop envie d'en entendre parler.»

Qu'il aille se faire enculer, celui-là, avec sa tête de chien battu. Il a signé pour servir une boîte qui envoie rouler dix heures par jour des mecs perdus qui savent pas quoi faire d'autre dans la vie. On leur met le volant d'une belle berline entre les mains, puis ils ramassent la caillasse. Un tiers pour la plate-forme, un tiers pour le patron, le dernier tiers pour les chauffeurs. Et sur ce dernier tiers, l'État palpe 20 pour cent. À la fin, le chauffeur ne touche que 25 pour cent de ce qu'il gagne. Le mec à l'arrière de la carlingue, avec sa gueule de pute en fin de parcours, il a cautionné cela. Il a jamais réfléchi, il s'est pas dit : «Mais en fait, on est train d'exploiter des mecs.» Non, il s'est même dit que c'était super parce que c'était moderne. Mais moi, je la mets à quatre pattes leur modernité. Je suis sûr qu'on vivait mieux à l'époque des prophètes. Oui les maladies, oui les guerres, oui la servitude, mais au pire, il suffisait de se tirer dans un coin perdu et de cultiver un lopin de terre pour pas être dépendant de chiens qui vous bouffent votre espace de vie.

«Vous faites ça depuis longtemps ?»

J'ai ravalé mon venin.

«Presque trois ans. Et vous ?

— Pareil. Vous devriez arrêter. Parce qu'à la fin, on va tous se faire…

— Se faire quoi ?

— Enculer.»

La fin de la carlingue et du costume, ça me renverrait sous les cimes de béton, à semer du chichon, pour compter les biftons. Lui, la caisse de chômage le paierait quelques mois. Il ferait un voyage dans un pays exotique avec sa meuf, puis il reviendrait frais, sans cernes et bronzé, il enverrait deux ou trois CV, alerterait son réseau, puis en 2-4-6 se rassiérait derrière un écran pour enculer d'autres miséreux. Plus le temps passe, plus je deviens comme le vieux, un enfoiré de « com-mu-niste ». Parce que j'ai cru au rêve américain. Gagner son steak à la loyale. Mais ça s'était vite canné. La seule vérité, c'est qu'une fois le loyer de l'appartement payé, j'ai à peine de quoi sortir ma zouz.

Il a sauté de ma voiture vers Marx-Dormoy. Comme un agent immobilier, il avait essayé de me vendre son quartier pendant dix minutes. Un vrai truc de babtous d'aller vivre dans un quartier de camés et de vous raconter qu'ils aiment la mixité. Bref, j'aurais voulu le tchiper comme les voisins maliens de mon daron, mais la vérité, c'est qu'il avait déjà tout compris en voyant mon regard dans le rétroviseur. Moi, si j'étais riche, j'irais dans les beaux quartiers, là où y a de belles avenues, de beaux immeubles, de belles zouz et de belles bagnoles. Mais eux frères, ils fuient ça, ils rêvent de la vie de clodo, gueule de clodo, haleine de clodo, dégaine de clodo, quartier de clodo, soirée de clodo. C'est bizarre, le luxe n'existe plus qu'en rêve, on ne sait plus qui est qui, ni qui est quoi. Dans le français de chez nous, on dit que l'époque est à la haess.

25

Petit frère

Le matin, avant la prise de la tour, ils sont venus me chercher à la clinique. J'ai à peine eu le temps de finir une césarienne qu'ils m'ont embarqué dans un pick-up. Le tunnel était fini. Trois cents mètres de long à six mètres de profondeur. Une vingtaine de combattants étaient réunis à l'entrée du tunnel. Le beau-frère de Barbe blonde avait finalement réussi à finir la construction, avec ce qu'il restait de prisonniers. À cause du soleil, la cicatrice sur sa tempe avait laissé une trace. Le souvenir de la bague de Barbe blonde. Le beau-frère a donné le signal et nous sommes partis un par un. J'ai clôturé le cortège. En descendant l'échelle, j'ai levé la tête pour regarder le ciel une dernière fois. Il y avait à peine de quoi passer les épaules. Les mecs étaient armés jusqu'aux dents. En plus d'un fusil, certains portaient des lance-roquettes ou des mitrailleuses lourdes. L'air manquait, ça sentait le pet renfermé, la cave, on étouffait. « Dans la vie, y a ceux qui portent le flingue et ceux qui creusent, toi tu creuses », la phrase du *Bon, la Brute et le Truand,* frérot, elle résonnait dans mes oreilles.

Les prisonniers avaient creusé comme des chiens, pieds et mains nus, pour qu'on aille faire la guerre. Sur les murs, on voyait les traces de leurs mains ensanglantées. Tous ceux qui étaient avec moi voulaient faire la guerre. Peut-être qu'ils avaient jamais connu la paix. L'homme devant moi portait un gilet noir rempli d'explosifs. Il avançait difficilement en se tenant aux parois humides du tunnel. J'avais entendu que ça pesait très lourd. Son surnom, c'était Abou Johnny. Oui, je sais, c'est bizarre. Mais y a une logique. C'était pas parce c'était un converti, mais parce qu'il était très blond, avec les cheveux lisses, ça lui donnait un air d'Américain. D'habitude, ici, les cheveux des blonds sont frisés, voire crépus, mais lui, il les avait comme les bruns. Les yeux très bleus, la peau blanche comme la neige, une tête d'ange sur les vitraux d'une église de chez nous. Avec un jean et une casquette, on aurait pu le caser chez Google. Impossible de deviner qu'il était syrien, encore moins qu'il était djihadiste. Comme quoi... Le Cham m'a dit : « Fils, les hommes sont tous égaux. » C'en était la preuve. C'étaient les lois des hommes qui nous rendaient inégaux. Ce rhey, même s'il était fou, il aurait jamais subi aucun racisme en France avec sa tête. Mais Papa, frérot, avec sa moustache, sa couleur Nesquick, il a été forcé de troquer son doctorat pour une plaque de taxi et une carlingue. Et toi, frère... et toi...

Bref. Ce mec, c'était un tapé dans la tête. Deux semaines avant, j'avais fait accoucher sa femme. Elle était aussi folle que lui. À peine le temps de couper le cordon ombilical et de laver l'enfant qu'elle m'a demandé de la prendre en photo avec l'enfant dans ses bras et une Kalachnikov posée à côté. La sœur a posté la photo sur Facebook pour « montrer à la Oumma la générosité d'Allah envers ses fidèles », elle a dit. Que Dieu nous garde de la folie.

Le tunnel débouchait derrière une butte. Elle nous protégeait des snipers installés dans la tour. Barbe blonde, notre émir, ressassait son plan depuis six mois. La butte était un élément indispensable à sa réussite. Derrière la butte, après une descente de cent mètres, il y avait le village. Et de l'autre côté du village, la tour surveillait les environs. Les maisons avaient été abandonnées par les habitants. Le lieu ne servait que de point d'appui militaire et de poste d'observation aux hommes de Bachar.

Pour nous protéger des snipers, ils avaient installé la nuit précédente de grands boucliers en tôle. Ça allait permettre aux moudjahidines de se déplacer facilement pendant l'attaque. Depuis un an, nos combattants s'empalaient contre les balles des tireurs d'élite et finissaient chez nous, à l'hôpital. Ça en devenait routinier. Au début, ils tiraient dans les jambes, parce qu'un blessé, c'est plus compliqué à gérer qu'un mort. Ça immobilise un lit, et ça oblige à le soigner. Les quatre derniers étaient arrivés accompagnés d'une balle dans le thorax, la respiration sifflante, les yeux vides. Comme chaque fois, on avait pas pu faire grand-chose, l'émir Barbe blonde en devenait dingue. Il était déter à prendre la tour aujourd'hui. Puis à avancer jusqu'à la rivière pour sécuriser le village. Quitte à sacrifier des hommes, autant que ce soit efficace.

Abou Johnny a discuté longuement avec le beau-frère de Barbe blonde, le chef du tunnel. Ils élaboraient un plan. Au loin, rien ne bougeait dans la tour. À travers les maquis, je trouvais qu'elle ressemblait à la tour de télévision du fort de Romainville. Je sais pas ce que je foutais ni comment j'étais arrivé là. Plus de deux ans embourbé dans ce désert. Sans formation, à me prendre pour un médecin. Parti avec une ONG pour finir infirmier sous les ordres de

Barbe blonde dans une opération militaire. Ma première. Au bout d'une heure, Abou Johnny et le beau-frère ont eu l'air d'accord. Ils ont échangé une poignée de main, puis se sont pris dans les bras. Un peu comme les couples sur les quais de gare les dimanches soir. C'était paisible. Abou Johnny s'est mis à genoux pour ses prières. Nous, on attendait à côté. Les hommes étaient calmes. Aujourd'hui, ni hélicoptères, ni balles, ni obus, ni mortiers à signaler. Ça faisait du bien mais ça allait pas durer.

Le jeune homme s'est relevé de sa prière et a sorti un petit miroir de sa poche pour se recoiffer. Puis il a rejoint ses hommes et les a pris dans ses bras, un par un. Ça faisait deux ans qu'il les guidait dans les collines du nord d'Alep. La fidélité des soldats au jeune homme était sûrement plus grande que celle qu'ils avaient pour Barbe blonde. On parlait de lui comme d'une sorte de Rambo. Il avait peur de la mort que pour les conséquences qu'elle pourrait avoir sur ses hommes. C'est ce qui lui permettait de prendre pour lui-même des risques inconsidérés. Aucune visite à l'hôpital. Pas une blessure. Pas même une cheville foulée. Alors que c'était la première cause de consultation des moudjahidines. Omar, un des plus jeunes, s'est mis à pleurer. Abou Johnny l'a pris dans ses bras, lui a tapé dans le dos avant de lui dire « à bientôt ». Kalachs en bandoulière, paumes de mains vers le ciel, tous murmuraient des prières.

Puis, comme dans un spectacle, chacun a pris sa place. Un premier groupe est parti vers le maquis de buissons, pour y installer un sniper et une mitrailleuse. Ils ont commencé à ouvrir le feu sur la tour à intervalles de dix secondes. Pas de riposte. J'avais entendu dire que, quand l'ennemi ne répond pas, ça sent mauvais. Puis quatre ou cinq types sont partis se cacher dans une maison et installer un autre sniper et une autre mitrailleuse. À leur tour, ils se sont mis à tirer. Toujours pas de réponse. Quand les derniers gars cachés derrière la tôle se sont mis à arroser la tour, Abou Johnny m'a fait un clin d'œil, il m'a serré la main et m'a embrassé sur le front : « Merci mon frère. Tu m'as donné un fils. Tu as fait ta place auprès d'Allah. » Il a marché accroupi et, quand il a passé la protection en tôle, il s'est couché au sol. Sa Kalach collée au corps, il s'est laissé rouler dans la pente jusqu'à la première maison du village. La première fois que j'assistais à une opération militaire, et ça n'avait rien à voir avec les films. J'avais le cœur qui tremblait. Par sécurité, on m'avait donné un fusil, mais je savais pas m'en servir. Barbe blonde insistait depuis mon arrivée pour que j'aille faire mon muaskar. Je trouvais toujours une bonne raison à l'hôpital pour esquiver. En réalité, il y avait tellement de travail que je pouvais pas faire autrement. Pour couvrir Abou Johnny, les mecs embusqués ont tiré à feu nourri, le tout accompagné d'« Allahou Akbar » à répétition. La tour a commencé à répondre. Toutes les quatre à cinq secondes, une balle de sniper s'écrasait à côté de nous. Souvent dans la tôle. Heureusement, elle avait été triplée et renforcée avec du bois. Aucune chance que les balles traversent.

Pendant ce temps, Abou Johnny a descendu la pente et est entré dans le village. De là où j'étais, je le voyais avancer de mur en mur, accroupi, Kalach à la main, gilet d'explosifs sur le dos. Puis il s'est trouvé hors de notre champ de vision. Impossible de décaler la tête pour le regarder sans risquer de se faire exploser le crâne. Comme un métronome, les balles nous rappelaient de ne pas sortir. Ça a duré dix ou quinze minutes. Personne ne savait ce qu'il faisait, et le succès de l'opération dépendait de lui. Les moudjahidines essayaient de rester calmes, certains paniquaient, quand les balles frôlaient leurs oreilles.

«Allahou Akbar! Allahou Akbar! Allahou Akbar!» Ils appelaient à l'aide, et la vérité, c'est qu'ils devaient vraiment croire en la victoire pour se battre avec un tel courage. Soudain, on a entendu un cri. Un des types du maquis à gauche a crié qu'Omar le jeune avait été touché au cou, et qu'il fallait venir tout de suite pour le soigner. J'ai rampé jusqu'au matos, puis je suis revenu prendre une couverture. «Trop tard! a hurlé le mec. Ne viens pas, il est sur le chemin d'Allah.» En face, les hommes de Bachar ne tiraient plus à la Dragunov depuis longtemps. Les Iraniens leur avaient fourni une copie d'un fusil autrichien, le Steyr. Je le voyais dans les blessures. On pouvait plus réparer grand-chose.

Soudain, plusieurs rafales de Kalachnikov venant du village sont venues casser l'attente. Puis aucun bruit, pendant deux minutes. Tout le monde tremblait. Moi, j'étais couché au sol, et j'ai rampé jusqu'au bord de la tôle pour essayer de voir ce qu'il se passait. C'était trop loin, y avait presque deux cents mètres. Si un mec de Bachar me voyait, il pouvait me dégommer d'une seule balle, mais à ce moment précis, l'adrénaline me donnait la sensation que rien ne pouvait m'arriver. Les autres étaient comme moi. J'avais l'impression de vivre. Autant que lors d'une césarienne. Après six mois de préparation, on arrivait au bout de l'opération. Tout pouvait encore basculer assez facilement. J'imaginais l'autre dans la tour, encerclé par les fous de Bachar, les milices chiites, bandeau rouge autour de la tête, crier eux aussi «Allahou Akbar» mais pour d'autres raisons. Un «Allahou Akbar» plus puissant est venu de chez nous. Et juste après, on a entendu une détonation terrible. Un nuage de poussière s'est levé au-dessus de la tour.

« Allahou Akbar ! Allahou Akbar ! Allahou Akbar ! » Ils se sont précipités vers le village, fusils dans les mains. Je savais pas quoi faire. Ça détalait de partout, les moudjahidines sautaient dans la pente en direction du village. Je me suis levé, j'ai pris le matos et la Kalach pour me jeter dans la pente. Je me suis laissé rouler comme une pédale jusqu'en bas. En boule, le visage en sang, j'ai attendu que les tirs s'arrêtent. On avait gagné.

Quand on est rentrés le soir, Barbe blonde, notre émir, avait fait égorger dix agneaux pour les moudjahidines. Le sourire jusqu'aux oreilles. Un enfant heureux. Il a fait un grand discours. Son fils, un gamin de treize ans, est monté sur l'estrade pour réciter des versets du Coran et nous enjoindre de continuer la lutte. J'avais envie de rentrer à la maison. Une demi-heure plus tard, j'ai prétexté que je devais passer à la clinique pour rendre visite aux patients. J'aurais dû le faire, mais j'étais trop fatigué. À la maison, Leïla a soigné mes plaies aux mains et au visage. Puis j'ai essayé de dormir. Mais ça sifflait encore autour de moi. La première fois que je vivais la guerre. Je me suis rappelé les gens à Paris dans la salle de concert.

Le lendemain matin, à la clinique, la césarienne de la veille avait mal tourné. La femme avait 41 de fièvre. Son mari est venu me crier dessus. C'était un combattant blessé, il a menacé de m'égorger si sa femme mourait. Je comprenais pas ce qu'elle avait. Elle se plaignait d'avoir très mal à la cicatrice, pourtant j'avais fait comme d'habitude. Avant de partir pour Mayadin, Bedrettin m'avait dit que ça arriverait parce qu'on était pas spécialistes, qu'on avait pas le matériel. Forcément, il y avait des choses qu'on maîtrisait pas. Dans la précipitation, j'ai décidé de la rouvrir. On avait laissé une compresse. Quand je l'ai retirée, une marée de sang a envahi l'intérieur de la femme. Je me suis mis à trembler, l'infirmier m'a secoué, mais il a vu que je bloquais. Du coup, il a posé d'autres compresses. Sans succès. J'avais dû déchirer un truc qui s'était coagulé avec la compresse. En la retirant, le saignement était reparti. Entre-temps, ça s'était infecté. Comparé à Bedrettin, je faisais du travail de boucher. La fille a perdu connaissance. Barbe blonde nous a filé un pick-up et un chauffeur, et on a foncé vers Raqqa. Là-bas, il y avait de quoi l'opérer. À l'arrière du pick-up, je contrôlais son pouls toutes les minutes. On en avait pour deux heures. Dix kilomètres après la sortie du village, le pouls n'était plus là. L'infirmier a voulu lui faire un massage cardiaque. Ça servait à rien, elle avait perdu trop de sang. Le pick-up est revenu chargé d'une morte. Je savais pas comment l'annoncer. J'étais déjà assommé par la veille et l'enterrement d'Abou Johnny. Le mari s'est pointé à la clinique avec un couteau. Le chauffeur de Barbe blonde l'a menacé avec une Kalach, puis, comme il se calmait pas, ils l'ont emmené à la prison d'Al-Bab. Une ancienne citerne à eau de l'époque romaine profonde d'une vingtaine de mètres. Ils la refermaient avec une pierre en forme de roue, comme une énorme plaque d'égout. Tout ça avait presque deux mille ans, et c'était diablement efficace.

Dans les jours qui ont suivi, l'émir voyait bien que ça allait pas. Il était intelligent. Comme un vrai manager, il savait gérer les troupes. Il m'a proposé de me donner plus de moyens pour l'hôpital, de me laisser quelques jours de repos. Mais la vérité, c'est que j'en pouvais plus. Puis un jour, à la fin de l'hiver, alors qu'on marchait dans un champ de pistachiers, je lui ai posé la main sur l'épaule. « Je vais aller en France. »

26

Grand frère

Où est-ce qu'on irait avec mon frère ? Je suis pas Tom Cruise, c'était mission impossible. Fallait fuir, et vite. Avant que ça parte en vrille. J'étais pas loin du 120, le restaurant de Mehmet. J'ai poussé sur la pédale pour rendre visite à ma deuxième famille, suite à la faillite de la plate-forme. Chez Mehmet, peu importe l'heure, il y avait toujours du passage. Parce que les chauffeurs travaillaient H24 et ils pouvaient avoir la dalle à tout moment. Pour ça que Mehmet le Turc faisait tourner le bifteck en permanence. Six cents à sept cents sandwichs par jour. Lui, c'était un compteur de liasses. Et la cerise sur le ghetto, c'est que c'était 100 pour cent légal.

On était vendredi, il était à peine midi, le 120 était déjà blindé. Après l'annonce de la fermeture de la plate-forme, de textos en coups de fil, toutes les voitures noires avaient roulé vers le 120, le QG de la révolte. Au milieu du restaurant, entouré des chauffeurs, y avait Hassen, le président du syndicat des VTC. Ce gars-là, il a toujours été politisé : association de quartier, association antiraciste, manifestation, meeting politique, carte au parti socialiste, et même élu au conseil municipal de Drancy. Un jour, il a câblé que la politique ça ramène pas un radis, alors, à son tour, il a pris le costume et le volant. Pendant un an, il est resté calme, il charbonnait et faisait entrer les liasses. Puis ses vices l'ont rattrapé, et il a créé le syndicat.

Au début, on s'en foutait de son truc. Normal, on gagnait bien. Le ventre plein, on pleure moins. Mais le vent de l'oseille a tourné, et depuis quelque temps le compte en banque tirait la langue. Dans la vie, tout est une question de survie. Pour garder son steak, il faut avoir un avantage par rapport aux autres. Soit être le plus discret, soit avoir un diplôme ou une compétence. Dans mon cas, y avait rien pour protéger ce job. Suffisait de s'acheter un starco, un téléphone, de passer un petit diplôme et de prendre le volant. Si t'as pas de flouze, tu te trouves un patron et tu roules pour lui. Si t'en as, tu passes une berline sous ton contrôle, un mois de formation pour l'autorisation de rouler, te voilà sur les routes à user la gomme de tes pneus. Et faire blanchir tes cheveux pour de la caillasse. Forcément, tous les morts de faim se sont engouffrés dans le secteur. L'exemple ultime, c'est les rheys sortis de tôle. Le bracelet électronique, ça empêche pas de pousser la pédale. C'est le seul job possible même, pas besoin de CV. La plate-forme en a rien à foutre de ton passé.

Petit à petit, avec plus de chauffeurs et autant de clients, on avait moins de courses, donc moins de blé à se partager. Surtout que les iencli commandent et paient sur la plate-forme. Donc, on dépend d'une appli de téléphone et d'un algorithme. Certains chauflards tournent mieux que d'autres. La machine leur attribue plus de courses. Pourquoi? No sé. Un truc chelou entre la note moyenne donnée par les clients, la rapidité des courses et le nombre d'heures passées au volant. À mesure que la vie se durcissait, Hassen est devenu notre Che Guevara. C'est lui qui allait négocier avec les plates-formes. Parce que nous, on savait pas parler comme il fallait. On y allait avec nos émotions, alors que lui c'était un politique. Un joueur d'échecs.

Au centre de la colère, Hassen expliquait aux collègues qu'il fallait attendre, et que l'autre plate-forme devrait vite récupérer la clientèle.

«Et si les gens en ont marre et qu'ils retournent vers les taxis?

— Deux choses, mon frère. D'abord, on a une avance technologique. Pour le client, c'est plus pratique. Un clic et pas besoin d'espèces. Après, c'est comme d'hab, frère, obligé d'assurer le meilleur service pour rester dans le game, c'est comme ça qu'on les a bouffés.

— Et les LOTI, frère, c'est à cause d'eux que les clients sont partis. Ils travaillent comme des singes. Que des cassos de quartier. Des salariés qui prennent le chèque à la fin du mois, alors que nous on veut construire un truc collectif. Ils conduisent n'importe comment, savent pas parler français. Ils niquent la marque et la profession. Sur le Coran de La Mecque, si y a un LOTI qui ouvre sa gueule, je l'éclate direct. J'ai une famille à nourrir, moi, un crédit pour la maison, pour la voiture.»

Certains ont souri discrètement, d'autres ont acquiescé. Les LOTI, c'est les chauffeurs qui travaillent pour un patron qui fournit tout, la voiture, l'essence, le téléphone. Plus qu'à conduire. Mais c'est un autre délire. Les LOTI, c'est les chauffeurs les plus éclatés de la vie. Des types qui peuvent rien faire d'autre. Du genre bracelets électroniques.

Un autre type a pris la parole.

« Vas-y, toi, parle pas mal, nous on fait le taf, comme il faut. Oui, y a des LOTI qui font de la merde, mais c'est une minorité, et nous on veut pas subir pour eux. Le problème, frère, c'est les plates-formes, ils en ont rien à foutre de nous, on est de la merde. Au lieu de critiquer les Français tout le temps, réfléchissez un peu, notre problème c'est pas les babtous, c'est les fils de pute qui gèrent les plates-formes. Faut niquer les plates-formes, frères. Si le gouvernement faisait la plate-forme, je suis sûr que la commission serait plus faible. C'est sûr.

— Qu'est-ce tu racontes ? Tu crois qu'on prendrait le volant si les babtous nous laissaient une place pour faire autre chose ? »

La parole tournait de chauffeur en chauffeur. Chacun avait son opinion sur la fermeture de la plate-forme. Moi, je savais pas quoi dire. Quoi qu'il en soit, à court terme, ils allaient tous se tourner vers le concurrent, et la clientèle ferait pareil. Certains roulaient déjà pour les deux plates-formes, mais ça obligeait à une gymnastique permanente dans son téléphone, parce qu'on pouvait être missionné en même temps pour deux clients. Et quand on déclinait une course, la note baissait.

Dans les prochains mois, l'oseille diminuerait encore. Avant, on faisait des journées à 300, voire 350 euros, frère, avec deux jours de repos par semaine, on facturait 7 000 à 8 000 par mois. Après tu enlevais les 1 600 euros de commission pour la plate-forme, 700 euros de TVA, 500 euros pour le crédit de la voiture, 600 euros d'essence, 200 euros d'assurance, et il restait à la fin entre 3 000 et 4 000 euros.

Le coup de poignard, ça a été la baisse des tarifs pour faire plaisir aux clients. On a subi directement. La plate-forme aurait pu choisir de baisser sa commission. Mais non, fallait faire toujours plus d'euros sur le dos des crève-la-dalle. C'est notre faute, on est une sorte d'armée de morts de faim qui sautent sur le moindre nonos jusqu'à ce qu'il soit rongé. Ah! les fils de pute! Derrière leurs ordinateurs, ils ont le bon rôle! Ils ont créé le logiciel, et nous, étant donné qu'on connaît rien, comme des chiens, on tourne dans la ville pour remplir le frigo. Maintenant que les courses paient moins, ceux qui veulent continuer à bien gagner empilent les heures. Les 35 heures? Entre chauffeurs, c'est devenu une vanne. Une journée à 200 euros te fait miauler comme un chat devant sa gamelle pleine. À la finale, certains triment 50 à 70 heures pour 1 500 à 2 000 euros avec un crédit sur les dorsaux.

Comme beaucoup, j'ai fraudé le fisc. Pas le choix. Le concept, c'est de pas déclarer tout ce qu'on facture pour payer moins de charges. Faut ce qu'il faut. Aucun gars n'est tombé pour le moment. Heureusement que j'ai payé la voiture avec l'oseille qui restait de mon ancienne vie, wallah. En attendant, ça m'a soûlé cette histoire. Les problèmes, c'est comme les cafards. Ils arrivent tous en même temps. Impossible à éradiquer. La seule solution, c'est de déménager.

J'allais repartir du 120 quand Le Gwen m'a appelé. Ça me fout toujours un frisson quand l'écran de mon téléphone affiche son nom et qu'il y a du monde autour de moi. Surtout des types que je connais de longue date. J'ai décroché pour lui dire que je rappelais dans cinq minutes. J'ai salué tout le monde, je suis monté dans la voiture et j'ai roulé vers le stade Bauer à Saint-Ouen pour m'éloigner. On sait jamais, si quelqu'un m'entendait. Je l'ai rappelé.

« Tu passes me voir pour ton permis ? C'est important, viens vite. »

Je l'avais zappée, cette histoire de points et de permis. Si je faisais pas gaffe, j'allais plus pouvoir rouler. Enfin, si, parce qu'en vrai on est jamais contrôlé. La réglementation ça rend dingue. On va tous finir comme le ministre qui a pas payé ses impôts, « phobie administrative », wallah ! J'ai autre chose à faire que d'aller passer le code, sa mère la sheitana. Pourquoi ça tombe toujours sur moi, ma parole ?

« Il faut que je vienne quand ?

— Dès que possible ! Demain ?

— OK, je vous redis. »

Le reste de la journée, j'ai tourné pour chasser le ien-ien, ça montait, ça descendait, et je distribuais des bonjours comme la machine à tickets de la préfecture. Comme on était vendredi, j'ai roulé vers la gare du Nord. Les Anglais débarquent à Paris pour le week-end. De bonnes courses en perspective. L'algorithme affecte les voitures à proximité. Faut rester pas loin de la gare, sans être trop proche sinon les taxis vous font la misère. À la radio, c'était journée spéciale VTC. D'un côté, y avait la fermeture de la plate-forme et de l'autre le conflit avec les taxis. Le ministre de l'Économie intervenait à la radio sur le sujet. Même si c'est un ancien banquier, c'est un type bien, qui a compris ce que voulaient les jeunes. Le journaliste essayait de le coincer en parlant de la condition des taxis depuis l'arrivée d'Uber, mais le ministre était plus malin, il embrayait sur la situation des jeunes de banlieue, avec des arguments philosophiques : l'égalité d'accès au travail, l'intégration par le boulot, la mixité sociale et ce genre de ketru de types qui pensent faire le bien en parlotant. Le journaliste avait le micro entre les jambes. Il s'est mis à bafouiller et à devenir agressif. Le ministre dominait la situation par son calme. Respect ! Parce que d'habitude c'est l'inverse. Normal, il avait choisi le camp de la vérité, et disait tout haut ce que tout le monde pense tout bas : face à la concurrence des VTC, les taxis s'étaient mis à se comporter comme des mafieux. Agression, caillassage. À tous les coups, mon père devait écouter en l'insultant. Le débat, la discussion, la modération, c'est étranger à sa nature. Le daron, c'est un type qui ne doute jamais. Selon lui, il a toujours raison. Et dans cette histoire il est persuadé qu'il faut interdire les chauffeurs de VTC.

En attendant, nous, les jeunes en galère, on avait pris le costard et le volant, et on squattait plus dans les halls. Le ministre proposait des solutions pour nous, et c'était le premier depuis longtemps wallah ! Parce que les autres, les cons, qu'ils soient taxis, patrons, politiques, ou de manière générale tous ceux qui se lèvent le matin pour charbonner, faire deux gamins et voter avec leurs pieds tous les cinq ans, ils ont passé leur temps à nous taper sur la tête dès qu'on a bougé un orteil pour essayer de nous en sortir. Quand on perce par le sport ou la musique, ils nous applaudissent comme des singes au cirque. Puis y a ceux de chez nous, qui ont essayé d'aller dans leur monde. Obligés de fermer leur gueule pour survivre, et oublier d'où ils viennent. Le monde des cons, c'est terrible. Je suis pas un intellectuel, mais j'ai remarqué un truc. Les racines d'un arbre, ça pousse où y a de la place. S'il a l'eau et le soleil, il aura l'énergie nécessaire pour pousser, donner des fleurs et des feuilles, et ses racines iront où elles pourront. Les plantes en pot ? Elles grandissent jamais, résistent à rien, et il faut s'en occuper beaucoup plus. C'est pas pour rien que le rap est né en banlieue, le terreau y est propice. Les lois existent, mais on fait abstraction de certaines règles pour élargir notre champ des possibles. On s'interdit rien, et on explore le monde. Forcément, ça crée des choses, du bon comme du moins bon, mais ça crée. En trente ans, les rappeurs sont devenus les premiers vendeurs de disques dans ce pays. À une époque où on dit que les jeunes ne lisent plus, ce sont les seuls qui écrivent.

Un couple d'Anglais est monté à la gare du Nord. Au poignet de l'homme, une Rolex. Il s'était réservé un hôtel dans une banlieue pourrie, à Clichy. Incompréhensible. En remontant vers le périphérique, j'ai lâché quelques mots en anglais pour engager la conversation. Par rapport au taxi, on bénéficie de la sympathie des clients. D'une, les conversations sont plus agréables. De deux, de temps en temps on peut mettre une petite douille, c'est sans douleur, et ça remplit les caisses. Mon tarif du jour, ça a été quelques portes de périph supplémentaires. Moi, je mets que des petites carottes et qu'aux touristes. Non, parce que les autres, ça les fait voter FN. Faut bien donner l'exemple.

L'Anglais, sa montre et sa grosse meuf sont descendus. J'ai augmenté le volume de la radio. Un représentant d'un syndicat de taxis avait pris la parole. Sa voix portait la rage cumulée de tous les chauffeurs qui perdent chaque jour un peu plus de chiffre d'affaires. Le ministre, paisible, laissait passer les missiles. Le représentant a annoncé un grand rassemblement le mercredi suivant pour bloquer la place de la Nation et la porte de Vincennes. La dernière fois, à République, ça avait été la merde. Mon père y serait à coup sûr le mercredi, je le connaissais comme ma poche : depuis le départ de mon frère, c'était sa dernière raison de vivre.

Un couple d'étudiants est monté à Levallois-Perret. Ils allaient à l'aéroport. À peine installé, le mec m'a dit qu'ils étaient pressés et déjà en retard pour leur avion. Ça voulait dire : «Est-ce que tu peux rouler plus vite mon pote ?» J'ai répondu : «Je fais le maximum pour vous faire arriver à l'heure», la phrase magique qui rassure le client. En réalité, je voulais lui répondre que c'était pas mon problème et qu'ils avaient qu'à commander une voiture plus tôt, parce que je voulais pas risquer de me faire arrêter pour excès de vitesse. Mais bon, tributaire de la note qu'ils allaient me donner après la course, j'ai tenu ma langue en laisse.

Dans le rétroviseur, j'ai vu la main du gars posée sur la cuisse de la fille. Elle descendait pour en caresser l'intérieur, avant d'escalader doucement vers la braguette. La fille l'a repoussé discrètement en lui soufflant quelques mots à l'oreille. Le mec avait trop faim et ça le calmait pas. Cette fois, il a posé ses lèvres derrière la joue de la zouz, et sa main s'est de nouveau jetée vers la braguette. Puis elle est remontée sous le chemisier, vers la poitrine. Je voyais le sourire gêné de la schlague dans le rétro, mais elle insistait pas plus que ça pour que l'autre arrête. Pour laisser filer un parfum d'ambiguïté dans l'air ? Pour me rendre jaloux ? Peut-être qu'elle m'avait kiffé ?

Peut-être que la fille était tordue, mais le type l'était encore plus. Au fond, ces deux cons n'avaient honte de rien. Se chauffer dans le wagon de luxe d'un crève-la-dalle qui les promène. Bien sûr, faut de tout pour faire un monde. On est pas des ayatollahs. Mais wallah, faut pas non plus dépasser les bornes. Pas une question de morale, mais les zouz et le sexe, ce sont des denrées rares. Alors s'afficher devant tout le monde, c'est ostentatoire. Ça crée du désir, de la frustration. Après, de la réaction et de la violence.

Mon téléphone a sonné. C'était mon père. J'ai décroché avec mon kit mains libres à l'oreille pour pas lâcher le volant. Le vieux s'est plaint que je venais pas au dîner de ce soir. C'est vrai que c'était un rituel qu'on ratait presque jamais. J'ai répondu que j'étais débordé par la vie. Il a proposé : «Mais je peux t'aider.» J'ai failli répondre : «Viens nous sauver, Papa», mais mon frère avait décidé de faire sans lui pour le moment, et fallait pas ajouter une autre couche de problème.

En m'entendant discuter avec mon dar, le type à l'arrière de la voiture a stoppé net sa danse du ventre. Dans le rétro, ses sourcils froncés me notifiaient « espèce de voyou ». Lui, il pouvait caresser la fille devant moi, parce que c'était le client. Moi, j'étais le fournisseur, esclave de sa thune pendant le temps de la course, alors je devais respecter les règles. Pas le choix, j'ai raccroché. Inutile de faire le mariole pour des broutilles. C'est ce qui est terrible avec les lois de l'oseille, on est obligé de s'y plier, sinon la caillasse s'enfuit avec ceux qui l'ont. La tête de cul à l'arrière a dit quelques trucs à voix basse à la fille, avant de croiser les bras, et de plonger son regard fâché sur la route.

Les deux connards sont descendus à Roissy. Le type est parti sans dire au revoir. La fille a ponctué ses adieux avec un regard d'excuse. C'est sûr qu'elle m'a kiffé.

Quand j'étais marmot, on venait souvent à l'aéroport avec mon père, pour prendre des clients et encaisser de belles courses. Chez les chauffeurs de taxi, on dit de Roissy que c'est Guantanamo. Pour prendre un client, c'est trois heures de queue. À patienter dans sa tôle. Une prison. Comme notre appart était à Bobigny, à mi-chemin entre la capitale et l'aéroport, tous les matins, le daron prenait le volant en se posant la question suivante : descendre à la mine, à Paris, ou monter à Guantanamo ?

J'ai garé la voiture au parking pour faire un tour dans l'aéroport, et je me suis installé dans un café du hall des départs. Comme d'habitude, ça fourmillait : valises qui roulent, hôtesses pressées, annonces au microphone, chariots à bagages qui couinent, militaires en ronde, et toutes sortes de voyageurs : hommes, femmes, vieux, jeunes, pauvres, riches, toutes religions, ethnies, nationalités confondues, la tour de Babel, ou l'arche de Noé. En face de moi, les destinations des vols au départ clignotaient sur un grand panneau lumineux : Tokyo, Istanbul, New York, Rome, Los Angeles, Singapour, Islamabad, Moscou, New Delhi, Dakar, Rio, Montréal, Mexico, Bangkok, Kinshasa, Boston, Buenos Aires, Saint-Pétersbourg. Avec mon frère, on aurait pu aller aux quatre coins du monde. Lui n'avait rien à perdre, et moi pas grand-chose. La voiture ? Je pouvais la revendre ou faire un coup d'assurance. L'appart, c'était juste une location. Mon job et la grosse ? J'en retrouverais d'autres. Petit frère était recherché, et il faudrait trouver une solution pour quitter le pays sans passer par une douane française. Il fallait préparer un plan pour se retourner.

Sur le tableau lumineux, Porto et Lisbonne me faisaient de l'œil. Mes yeux sautaient de l'une à l'autre, et dans ma tête ça s'est mis à ronronner. Les idées se sont accélérées, et y avait comme l'ombre d'une solution, autour de laquelle je tournais sans réussir à lui mettre la main dessus. D'un coup, comme quand Tintin dit « eurêka », tous les câbles se sont connectés, et ça m'est venu. Le Portugal ! Je me souviens de cet été chez Mickaël. Magnifique, sur la vie de ma mère. On était restés un mois avec sa famille et ses cousines. Tout le monde m'aimait. J'étais français, et un peu syrien, mais là-bas on s'en fout. Le Portugal, c'était la belle vie. C'est là qu'il fallait aller le temps de se mettre au vert et de trouver un plan pour fuir ailleurs. Peut-être au Brésil ! Au pays de la samba, mon frère serait pas recherché et il pourrait circuler tranquillement. Voilà le plan. Simple, rapide. Sans complication prévue. Un plan d'enfer. Fallait sauter dedans au plus vite.

Il restait la question du daron et de la vieille. Pour ma grand-mère, Dieu la préserve, elle allait bientôt monter au ciel, c'était mieux pour elle et pour nous. Et le vieux, quand il apprendrait dans quelle merde mon frère nous avait fourrés, il faudrait juste qu'il enterre sa mère, vende sa plaque et nous suive. Là-bas, on lui ferait des petits-enfants. Ça l'occuperait.

27

Petit frère

En Syrie, le soir, je regardais la télévision pour suivre les combats. La seule chaîne qui fonctionnait, c'était celle des Kurdes. L'image sautait beaucoup. En guise d'antenne, j'avais enfoncé une fourchette derrière la télé. Tous les soirs à 20 heures, avant le journal télévisé en kurde, les martyrs de la journée étaient présentés. Pas que des Kurdes, mais aussi des Arabes, des chrétiens, des Chaldéens, des Assyriens, des Turkmènes. Tout le melting-pot de la Syrie. La voix off ponctuait le défilé par « Shehid Namirin », ça voulait dire « Les martyrs ne meurent pas », je comprenais grâce aux sous-titres en arabe. Un soir, j'avais vu le portrait d'un homme que j'avais rencontré. Danyal, un modeste berger venu à la clinique pour qu'on soigne son cheval. J'avais refusé. Il avait insisté. Il avait payé un chauffeur et amené le canasson à l'arrière d'un fourgon. L'animal lui servait à aller chercher de l'eau au puits. Il avait trois gosses. Ça m'a fait pitié, et je me suis occupé du sabot blessé du cheval. C'était un clou qui s'était enfoncé. Je l'ai extrait à la pince, j'ai désinfecté et bandé le pied de l'animal.

C'était un Assyrien. Un peuple de Mésopotamie présent dans la région depuis trois millénaires, assis sur les frontières entre la Turquie, l'Irak, la Syrie et l'Iran. Des chrétiens qui parlent une langue descendant de l'araméen. J'ai lu sur Internet que les Turcs les avaient massacrés il y a cent ans, comme les Arméniens. Il m'avait raconté l'histoire de son village natal en Turquie. Quand les derniers Ottomans leur menaient la guerre, les hommes s'étaient rassemblés dans l'église. Elle datait de l'Empire romain. Mille sept cents ans. Le siège avait duré quarante jours. L'église n'était pas tombée. Sur les murs, il restait encore des balles ottomanes coincées entre les pierres. Comme tout ce que ces gens construisaient, c'était du solide. Que des constructions en pierre. Bien taillées. Rectangulaires. Parfaitement géométriques. Un peuple de bâtisseurs.

Je sais pas ce qui a fait basculer ce modeste berger dans la guerre. C'est le genre de type qu'on retrouvait à Kobané. Ils lâchaient rien. Pas un centimètre de terrain. Ils avaient résisté depuis presque trois mille ans à tous les envahisseurs : Babylone, les Hittites, les Romains, les Seldjoudkides, les Ottomans, les mamelouks, les Anglais. Les Kurdes étaient en train de construire un petit État en Syrie et ils y laissaient une place aux Arabes et aux Assyriens dans les instances dirigeantes. Le jour où j'ai vu son portrait à la télévision, j'ai essayé de m'imaginer toute sa vie jusqu'à sa mort. Ce en quoi il avait cru. Pourquoi ce paysan avait rejoint les combattants kurdes ?

À la maison, le fils de Leïla était malade depuis un mois. Pas grand-chose, une bronchiolite de printemps, mais les médicaments manquaient. Le petit pleurait sans arrêt. On vivait dans une maison assyrienne. Avec des murs épais. Malgré ça, on l'entendait en permanence. L'autre fils me parlait jamais. Quand je rentrais du travail le soir, Leïla lui disait d'aller embrasser son père. Il restait les bras croisés à bouder, comme un enfant gâté de chez nous. Un jour, elle l'a forcé en lui tirant l'oreille. C'en était à deux doigts de la lui arracher. Le petit s'est rebellé, a attrapé une chaussure et l'a fait voltiger vers ma tête en criant : « C'est pas mon père ! » Elle l'a matraqué de coups. Je suis monté sur le toit pour pas avoir à entendre. C'était pas mon gosse. Et je voulais pas me battre avec elle. J'ai allumé une clope. Même si c'était interdit. Ici, pas le droit de fumer. Pas le droit de faire ceci. Pas le droit de cela. Pas de films. Pas de musique. Les hommes avaient peur de tout. Des autres hommes, des femmes, des amis, des ennemis, du soleil, de Dieu. Alors ils priaient. Des prières, des morts et pas de rires.

Les clopes arrivaient en contrebande de Turquie et étaient vendues à des prix de brigand. Si un garde me voyait, il pouvait tirer. Fallait bien vivre. Je fumais une clope par jour. Le soir sur mon toit. On était en Terre sainte, la terre de la Bible, depuis la nuit des temps, ici, le monde se déchirait pour Dieu. Je regardais vers le nord. Derrière moi, la plaine se prolongeait jusqu'au Caire. Trois mille kilomètres. Devant moi, à cent kilomètres, c'était la Turquie. La liberté. Si près, si loin. C'était comme si Maman m'appelait. Mais on sortait pas du Cham sans raison. Certains avaient essayé : fin de vie en marchant sur une mine. D'autres sont tombés, douchés par une rafale de Kalachnikov. Il y a aussi les pauvres qui ont été rattrapés par une Jeep. Décapités ou pendus sur la place du marché, pour l'exemple. Et il y a les rares qui passaient… et qui revenaient. Souvent les Turcs les renvoyaient. Enfin, ils les déposaient à un check point, et ils étaient récupérés. Direction la place du marché, la corde ou le sabre au cou. On ne partait pas du Cham, on y restait jusqu'à la nuit des temps, on priait, on se battait, on faisait des enfants. C'était pas une guerre, c'était une révolution, tu marchais avec ou tu crevais. La frontière était si près, si loin. La liberté aussi.

28

Grand frère

« Portugal ?

— Comment ça, Portugal ?

— Por-tu-gal ! T'es chaud pour le Portugal ?

— Qu'est-ce que tu veux que je fasse au Portugal ?

— T'es infirmier, sale guignol, tu peux trouver du travail partout !

— Non, mais ça, je sais. Mais je vais où, chez qui au Portugal ?

— Voilà, j'ai un plan. Tu vas chez Mickaël, mon shrab.

— C'est qui lui ?

— Tu sais, Mickaël, le Portos.

— Celui avec qui t'es tombé ?

— Ouais !

— Tu lui en as parlé ?

— Non. Mais il m'a déjà proposé. Y aura aucun problème. Il a une maison à lui. J'ai juste à lui dire que j'ai un cousin qui veut aller se mettre au vert, et il dira rien.

— Et s'il balance après ?

— T'inquiète. On est tombés ensemble, et j'ai encore des dossiers sur lui. Solidarité du ter-ter.

« — C'est comment chez lui ?

— Y a rien. Un village. Que des vieux. La mer. Le soleil. Des champs et des collines. »

Il réfléchissait en dessinant avec son doigt dans les miettes de pain.

« C'est des catholiques à fond là-bas. Faudra pas qu'ils sachent pour la Syrie, tout ça, sinon, c'est la merde.

— Et toi, t'es quoi ?

— Comment ça, moi ?

— Toi, t'es un putain de catholique de ta grand-mère.

— Qu'est-ce que tu racontes ?

— Moi, je sais quand c'est que t'es devenu à fond dans la religion, tu fais semblant d'oublier parce que t'as honte. Mais en vrai, t'es un Jésus de ta grand-mère. Breton ! »

Il a rigolé.

« N'importe quoi. »

Petit frère m'a demandé une cigarette, il a ouvert la fenêtre et l'a allumée. Sa poitrine s'est gonflée à la première taffe, il m'a demandé :

« Et toi ?

— Moi ? Je règle mes affaires et je te rejoins.

— Non, mais toi, là-bas, tu fais quoi ?

— Je sais pas, je verrai. J'ai la voiture, et un peu d'oseille de côté. Pas beaucoup, mais on pourra se refaire, ou partir ailleurs.

— Où ?

— Au Brésil, frère. »

Là, ses yeux ont brillé comme un enfant devant une barbe à papa. Puis il est reparti dans ses pensées.

« Et Papa, et la vieille ? »

29

Grand frère

On était dimanche soir. Mon frère était revenu depuis une semaine. Et déjà, fallait qu'il reparte. Moi, ça m'avait tué. Parce que au fond, tout ça, c'était pas vraiment de sa faute. C'était un bon gars, un peu naïf, la tête dans les nuages. Il savait pas ce qu'il faisait. Mais on vivait pas tout seul sur terre, et les autres voudraient plus jamais de lui. Fallait disparaître. Partir.

«Combien de temps ça prend, le Portugal?

— Vingt heures en voiture, à peu près. Prépare ta valise, on part dès demain. Je vais appeler Mickaël pour récupérer la clé. Faut pas traîner ici.

— Demain? C'est trop tôt.

— T'es un ouf, toi! Tu veux faire quoi ici?»

Il a levé les yeux vers le plafond et a pris une grande inspiration.

«Donne-moi une cigarette.»

Après la première bouffée, il m'a répondu :

«Pas avant mercredi. Attends, je viens juste de rentrer, laisse-moi le temps de souffler.

— Mercredi?

— C'est dans trois jours.

— Et Papa ? »

Il a soupiré.

« Faut que j'aille voir Grand-Mère avant.

— Demain, c'est lundi et c'est pas possible. C'est le seul jour où on peut pas rendre de visite. On ira mardi.

— Juste la veille du départ ?

— Pas le choix. Fallait y penser avant. Et le daron ?

— Laisse tomber, ça va rajouter des problèmes. »

J'ai lâché l'affaire.

Le lundi, j'ai tourné pour mailler encore un peu. Faire des euros avant de prendre le large. Mon frère est parti se promener toute la journée. « Faut que je dise adieu à ma vie d'ici. » J'ai rien osé lui dire, fallait bien qu'il kiffe un peu, parce que ce monde, il le reverrait peut-être jamais plus. C'était pas prudent, mais avec la casquette et le vélo que je lui avais prêtés, impossible qu'il se fasse repérer. Plus jeune, c'est comme ça que je transportais la verte.

Le mardi, on est allés rendre visite à notre grand-mère. La vieille créchait dans une résidence à l'ouest de Paname. L'opposé de chez nous. Dans une banlieue cotée, à l'entrée d'une forêt avec des arbres très hauts et très vieux. C'était un ancien manoir transformé en établissement d'accueil. Très chic, pour notre vieille qui débarquait d'Alep à moitié en ruine. Ça coûtait bonbon, mais le daron voulait le max pour l'ancienne, et il l'avait mise là-bas pour qu'elle soit bien. La première fois que quelqu'un de la famille a eu le droit au luxe. Finir sa vie en cinq étoiles, c'était bizarre. Normal, ça venait de mon père.

En entrant dans une maison de retraite, on se demande si les vieux ont encore un odorat. Pas sûr, sinon tous auraient déjà fui. Dès que vous passez les portes, un parfum indéfinissable vous enrhume. Ça sent ni le sale ni le mal, mais un mélange de camphre, de sueur, de vieilles croûtes, de peaux mortes, d'ongles pourris, d'haleine fétide, de couches pleines et de produits désinfectants. Et même après un an de visites, on s'y fait pas.

À l'accueil, on a dit que le reuf était un cousin. Pas le choix, le principal risque, c'était que le daron l'apprenne, sinon on en avait rien à foutre du personnel de la maison de retraite, et à moins que les h'nouch cachent un micro dans les couches des vieux, personne ici pourrait savoir que c'était mon frère. La fille de l'accueil lui a demandé une pièce d'identité. Je me suis dit que ça allait être dead. Il a fouillé dans ses poches et a présenté une carte de l'hôpital Pompidou. J'ai sorti mes yeux pour lui dire : « Qu'est-ce que tu fous putain ? » La fille a commencé à écrire sur le registre des visiteurs, et j'ai vu que le nom inscrit sur la carte était pas le sien. Il m'a souri, ça voulait dire : « T'inquiète. »

La chambre de la vieille était au deuxième étage. Après un escalier de fer, au bout d'un couloir étroit et obscur, derrière une porte entrouverte, la scène était irréelle. Un très vieux monsieur, grand, visage rougi, large d'épaules, élégant, était debout devant le miroir de la chambre de ma grand-mère, le doigt en l'air, et parlait à son double dans la glace :

Sur mes cahiers d'écolier
Sur mon pupitre et les arbres
Sur le sable sur la neige
J'ÉCRIS TON NOM !

Ça sonnait comme à l'école primaire, mais impossible de me rappeler ce que c'était.

« "Liberté", a soufflé mon frère, c'est "Liberté", Paul Éluard wesh, tu te rappelles pas quand Papa te cassait la tête pour que tu l'apprennes ? »

Le vieux s'est retourné.

« Foutez le camp, je n'irai pas en Allemagne.

— Pardon ?

— Je vous ai dit que je n'irai pas en Allemagne. J'ai une famille.

— Pardon, monsieur. Je comprends pas ce que vous voulez dire. Nous, on cherche notre grand-mère, et ici c'est sa chambre. »

Il continuait son délire en menaçant son double dans la glace.

« Reste là, Paul, pourquoi tu pars ? Tu as peur du colonel Tixier. On va libérer la France, mais aide-moi à lui faire comprendre qu'on ne chassera pas le Boche en allant travailler chez lui. »

Mon frère m'a chuchoté à l'oreille : « Je crois qu'il est canné de la tête. Ça doit être un Alzheimer. »

« Répondez-moi, Tixier ! »

Soudain, le vieux a mis un coup de poing dans la glace. Elle s'est brisée en étoile. Le vieux bandit avait le cerveau pété mais encore du punch. Sa main était pleine de sang.

« Collabo ! Traître !

— Monsieur, bougez pas. Je vais chercher de l'aide. Reste avec lui.

— Vas-y, mon Polo. On va se le farcir le Tixier. C'est un nazi ! »

À l'accueil, l'assistant de vie a levé doucement les yeux vers moi. Je lui ai répété que le vieux avait brisé le miroir, ça avait pas l'air de le perturber.

« Encore lui… j'arrive. »

Le soignant se déplaçait comme un mec blasé de tout et même de lui.

« Il a la maladie d'Alzheimer. Comme il peut marcher, on l'a transféré dans la chambre 204 et, pour le confort de votre grand-mère, on l'a descendue à la chambre 18, au rez-de-chaussée. Comme ça, on peut la sortir facilement. »

Sol vinyle gris, mur blanc satin et portes qui se succèdent, ça ressemblait à un poulailler pour humains. Porte 18, on est entrés sans faire toc toc toc. Tout doucement, on s'est assis sur la banquette à côté de son lit. Le même rituel depuis quatre ans. La guerre avait définitivement gâté la doyenne. Plus de mots, pas une expression sur le visage. Juste des yeux qui bougeaient, observaient le monde autour d'elle. Je savais pas ce qui la maintenait en vie. C'était quoi, sa raison de vivre ? Moi, je crois pas qu'on vit juste pour vivre. Sans raison, on disparaît. Donc, si la vieille vivait, c'est que forcément, au fond d'elle, y avait encore quelque chose qui la faisait espérer.

Côte à côte, on la regardait sans bruit. Le tremblement à côté de ma cuisse, c'était le genou de mon frère. Les mains liées entre les jambes, l'air triste aussi. Du coin de l'œil, j'essayais de voir l'état de ses yeux. Larmes ou pas ? Je crois que, si je l'avais vu pleurer, je me serais effondré à mon tour. Sa mère la kahba, notre vieille était dans ce putain de lit, allongée dans ses draps blancs, la tête tournée vers la fenêtre, le regard dehors, à attendre la mort. De la fenêtre, on voyait un cerisier japonais. Il dépassait le premier étage. Peut-être qu'ils avaient le même âge ? J'ai pris sa main. Et immédiatement, elle a reconnu le grain de ma peau. Ses doigts se sont resserrés sur les miens. Sa main paysanne, douce sur le dessus et dure sur la paume, cette peau, je la connaissais depuis toujours. Dans les muscles de ses doigts, on sentait les milliers d'heures passées à pétrir de la pâte, éplucher des légumes, cuisiner, coudre, faire le ménage, bêcher, piquer, planter, récolter, aimer et battre ses enfants.

« Jedda, c'est moi », a dit mon frère.

Sa main a lâché la mienne. Doucement, elle s'est tournée vers lui. D'abord, il y a eu un premier miracle, un sourire. Puis ses paupières, ses lèvres, son menton se sont animés, ses yeux se sont mouillés, et doucement, tout doucement, le long du visage et du nez, j'ai vu des larmes. Elle était bien vivante. Elle pensait encore. Alzheimer, elle aussi, mais il restait quelque chose. Je lui avais rendu cinquante ou cent visites, rapporté des coupes de fraises, des boules de vanille, des bonbons, lui avais lavé et massé les pieds, brossé les cheveux, raconté mon quotidien, ma vie, pour stimuler sa mémoire, son cerveau, mais rien. Jusque-là on pensait que, là-haut, tout était resté à Alep. Elle a toussé et a montré son verre d'eau, j'ai fait signe à mon frère de s'en occuper. Il s'est approché délicatement, lui a caressé le front, puis l'a embrassé, avant de prendre le verre d'eau et de la faire boire. La vie est un équilibre, hier c'est elle qui nous avait élevés, torchés, nourris, éduqués, et là je voyais l'autre dingo soigner la vieille. Elle buvait à petites gorgées. On lui avait dit que pour vivre il fallait boire, parce que les vieux ne sentent plus quand ils ont soif. Alors, pour s'accrocher à la vie, ses lèvres agrippaient le verre comme des ventouses. Comme si on allait le lui voler. Elle a toussé de nouveau, puis a mis la bouche en cœur pour faire un bisou, mon frère s'est approché, et elle a posé ses lèvres minces sur sa joue rasée de près.

« Tu... portes... plus... la... barbe... ? »

Sa voix venait du fin fond de ses poumons. Une voix chevrotante, comme un courant d'air. Une question en arabe, à laquelle mon frère a répondu par un sourire. Elle lui a fait signe de s'approcher. Mon frère a tendu l'oreille. Pendant les cinq minutes qui ont suivi, j'ai perçu des bribes d'arabe, sans être capable de distinguer ce qu'elle lui disait. Quand elle a fini, elle lui a indiqué de se rasseoir, et sans aucun regard pour moi elle a tourné la tête vers le cerisier japonais. Il était 11 h 59. Les aides-soignants viendraient d'une minute à l'autre pour la nourrir. Elle était tombée il y avait quelques mois et, depuis, elle ne marchait plus. Alors elle restait alitée. Parfois le personnel la mettait sur un fauteuil pour la promener dans le parc. Mais souvent, elle refusait de se faire manipuler. Question de pudeur sûrement.

Mon téléphone a sonné. C'était Le Gwen. Je suis sorti de la chambre et j'ai décroché en chuchotant, la main devant la bouche de peur que mon frère entende.

« Allô !

— Allô ! T'es où ? Tu fais quoi ? Tu m'as pas rappelé. Pourquoi t'es pas venu samedi ? Faut que tu passes me voir, très vite. Superurgent.

— Super comment ?

— Du genre maxi urgent. Pourquoi tu chuchotes ?

— Je suis parti voir ma… »

Quelle connerie putain… si un jour il vient consulter les caméras, et le registre à l'entrée, il va voir que j'étais pas seul. Et va remonter jusqu'à nous…

« T'es où ?

— Je suis au cinéma.

— Viens dès que tu peux. Si tu peux après.

— OK, je fais mon possible. »

Merde. De toute manière, on part bientôt. Dans la chambre, une assistante de vie était en train de faire manger ma grand-mère.

« C'était qui ?

— Rien, un pote.

— Pourquoi tu lui as dit que t'étais au cinéma ?

— Pour pas qu'il me casse la tête.

— Je t'ai entendu chuchoter, wesh. T'es un agent secret ou quoi ?

— T'es un ouf, toi. C'est pour pas déranger les vieux. »

L'assistante poussait les cuillères vers les lèvres usées de notre vieille. Comme un petit enfant, elle souriait en mangeant. Bouchée après bouchée, ses paupières tombaient, elle arrivait pas à garder les yeux ouverts.

« Ça les fatigue beaucoup de manger. Elle va bientôt s'endormir. »

La vieille a pas rouvert les yeux. Et on est repartis. Dans la voiture, mon frère était dans sa bulle, mais définitivement revenu parmi nous. Remis sur des rails par un tour de magie que seule ma grand-mère maîtrisait. Pas un son, pas de mots, pas de voix, il avait le regard plongé dans le paysage, un léger sourire aux lèvres. Qu'est-ce qu'elle lui avait dit pour qu'en quelques minutes il grandisse de plusieurs années ? Après le départ du petit frère, mon père avait bassiné sa daronne. Il lui reprochait de nous avoir appris l'islam quand on était enfants. Ce que le vieux n'a pas compris, c'est qu'au fond mon frère est pas devenu passionné de l'islam à cause de la vieille ou de la mort de Maman. Rien à voir. C'est un mystique, et sa première crise mystique, c'était en Bretagne, chez l'autre grand-mère, Mamie Malo. De toute façon, valait mieux que quelqu'un à la maison nous apprenne parce que, sinon, on aurait appris dans la rue avec la pression du ghetto. Et on voit bien où finissent ceux qui apprennent dans la rue.

J'avais quinze ans, et mon frère treize. On était allés rendre visite à la grand-mère maternelle. La Bretonne. On la voyait pas souvent, c'était pas facile de l'aimer vraiment, parce qu'elle était trop différente par rapport à nous. Nous, on était de Bobigny, on jouait au foot dans la rue, on volait des vélos et des scooters, et nos insultes suprêmes, c'étaient «ta mère la pute» et «sale Français». L'été, on était chez elle à Saint-Malo, et fallait faire comme si l'air de rien, parce qu'on pouvait pas rendre triste la daronne de notre mère. Elle était gentille et elle nous aimait. Tous les Noëls et les anniversaires, elle envoyait une carte et des cadeaux. Un jour d'été, à Saint-Malo, on était avec elle chez un marchand de journaux. Arrivé à la caisse, mon frère a posé un magazine en plus du journal de ma grand-mère et de mon magazine de football : *Le Monde des Religions – Dieu, le cosmos, et l'infini.* Je m'en souviens parce que ça coûtait au moins trente francs. La grand-mère avait payé sans rechigner parce que c'était de la lecture, alors que la veille j'avais dû lui faire un sketch pour une paire de tongs brésiliennes à vingt francs. Bref. Pendant des jours, mon frère était comme hypnotisé. Je voyais ses pupilles descendre frénétiquement les lignes du cahier les unes après les autres. À la plage, au café, à la maison, dans la voiture. Il a bouffé son magazine peut-être cinq ou six fois, jusqu'à l'apprendre par cœur. Face à la mer, il restait muet, le regard à l'horizon, il observait le mouvement des vagues.

« T'as vu la meuf là-bas ?

— Putain, c'est grand.

— De quoi tu me parles ?

— L'univers.

— T'es un fou. Regarde toutes les meufs là. Les petites Anglaises, tout ça. Qu'est-ce tu me parles des étoiles, sale guignol. »

Un week-end, on est partis dans le village d'origine de la grand-mère pour passer le reste des vacances. Un bled entre Brest et Saint-Brieuc. Deux cents habitants, une crêperie et un curé. Et le curé, c'était l'ami d'enfance de notre vieille. P'têt même qu'ils avaient eu une affaire ensemble. C'était un vieux pas trop vieux, sympa, le visage rond, qui soufflait les mots comme s'ils allaient tomber de sa bouche s'il les poussait trop fort. En entrant dans la cour de l'église, le premier truc qu'on a repéré, c'était un grand télescope japonais. À y repenser, il devait sacrément galérer dans le trou du cul de la Bretagne pour s'acheter un télescope. Il nous disait qu'ici les étoiles se voyaient beaucoup mieux qu'à Paris. Du doigt, il désignait l'étoile du Berger.

« C'est Vénus. Il ne l'a pas posée là par hasard.

— Qui ça, Il ?

— L'Éternel, mon fils. Chaque chose a une mission. Il n'y a pas de hasard.

— Même moi ?

— Oui, mon fils. Faire le bien, c'est notre première mission. »

À cet instant précis, j'ai vu les yeux du petit se transformer. Vitreux, comme lorsqu'il lisait son magazine. Le soir, la vieille nous a laissés aller voir les étoiles avec le curé. Mon frère a posé des milliers de questions. Il parlait du temps, de l'infini, surtout, il insistait auprès du vieux pour obtenir des réponses, et tant bien que mal le curé parlait des apôtres, de Jésus, de l'Évangile. Le petit continuait :

« Mais je comprends pas. Si Dieu peut tout, est-ce qu'Il peut créer un monde où il peut rien ? »

Le curé lui répondait avec son sourire de paysan éclairé avant de répondre qu'il n'était pas Dieu pour avoir réponse à tout.

« Et est-ce que le Big Bang, c'est vraiment Dieu ? Parce que si c'est lui, il y avait quoi avant ? »

Mes paupières tombaient. Je suis parti le premier. Le petit m'a rejoint à la maison une demi-heure après. J'arrivais pas à dormir, je pensais à ma mère. Lui, de la fenêtre, continuait à regarder les étoiles :

« Je sais pas pourquoi on est là, au fond. Ça veut rien dire. Pourquoi Dieu, Il nous a créés ?

— Chais pas wesh, tu me soûles avec tes questions bizarres, vas-y, dors là.

— En fait, Dieu on L'a trouvé depuis longtemps, c'est l'infini. Et c'est partout, tu peux pas te rendre compte de ce que c'est l'infini.

— Et ta gueule, elle est infinie ?

— Vas-y, écoute cinq minutes. Tu vois l'espace, si t'arrives au bout et s'il y a un mur. Bah, si tu montes en haut du mur, et que tu regardes, y aura autre chose. Si tu sautes de l'autre côté, que tu avances, tu vas tomber sur un nouveau mur. Tu pourras monter encore dessus, tu en verras un autre plus loin et ainsi de suite. Y a pas de fin. C'est sans fin, l'univers. Infini. »

J'avoue qu'il m'a surpris. J'ai commencé à réfléchir à son histoire de mur, au fait que l'espace soit infini, et ça m'a fait mal à la tête. J'étais dans mes draps et j'ai eu l'impression de tomber dans l'espace, comme si je chutais d'un immeuble et que ma mort était imminente. Sauf que c'était sans fin. Mon cœur battait fort, je m'accrochais à ma couette, mais impossible de ralentir. Puis, progressivement, je me suis arrêté devant une sorte d'étoile jaune, rouge et bleue, une espèce de boule d'énergie. Je crois que j'étais au début de l'univers. Quand je me rappelle cette histoire, je me dis que c'est pas la ganja qui m'a rendu débile, mais que je l'étais déjà, et que la verte a tout amplifié. Plus tard dans la nuit, peut-être vers 5 heures du matin, je me suis réveillé au chant du coq. La lampe de chevet de mon frère était encore allumée. J'arrivais à peine à ouvrir l'œil, mais dans la bribe d'image qui parvenait à ma cornée, je le voyais lire un livre.

« Wesh, pourquoi tu dors pas ?

— Laisse-moi tranquille, je lis.

— Genre tu fais comme Papa maintenant avec tes livres. Bouffon…

— Vas-y, dors là, laisse-moi tranquille. »

Et je suis reparti dans mon monde, la tête sur l'oreiller, et sur les nuages. Avec Maman. Cette nuit, elle m'a dit de prendre soin du petit, parce qu'il savait pas ce qu'il faisait, qu'il était trop jeune et trop curieux de tout. Soif du monde, des gens, des livres, des choses. Puis elle est repartie, avec sa clope à la main. Elle s'est envolée par le balcon. Et j'ai vu le daron pleurer dans le salon.

Le matin, un des rayons du soleil m'a gratté l'œil et je me suis réveillé. L'horloge indiquait 10 h 15. Le petit dormait sur le dos avec le livre posé sur le visage, la Bible Chouraqui. Peut-être que c'était le curé qui lui avait donné ? C'est le premier truc que je lui ai demandé, quand il est descendu dans la cuisine pour le petit déjeuner. Il était presque midi.

« Il me l'a prêté. »

Le reste des vacances, il m'a soûlé. Il passait son temps à aller voir le curé pour lui poser des questions. Le vieux devait être content d'avoir recruté un nouveau fidèle, parce qu'y avait plus grand monde en France qui s'aventurait sur la route de Jésus. Mon frère a enchaîné en lisant le Nouveau Testament, il en parlait avec le vieux pendant des heures. Au début, j'allais avec lui, mais j'ai vite lâché l'affaire, je sais pas, c'était pas de notre âge. Le petit, ça le passionnait, il retenait tout, chaque passage, chaque histoire, les prophètes, Jésus, Dieu, Abraham, les légendes, les tribus, les apôtres, les baptêmes, les saints. Dieu était partout. Dans le cœur de chaque homme, et dans chaque chose de la vie. Les plantes, les animaux, la mer, les vagues. La suite des vacances, ça a été de la merde. J'étais tout seul, parce que l'autre planait, il voulait rien faire. Du coup, je travaillais au potager avec ma grand-mère, et j'attendais patiemment la fin de l'été, que le daron vienne nous chercher, qu'on rentre à Bobigny, que l'école et le foot reprennent, qu'on retrouve la famille, les nôtres, dans le quartier, avant que l'autre se transforme en superman catholique.

30

Grand frère

Après la maison de retraite, j'ai déposé le petit à l'appartement. Je savais plus quoi penser : le retour de mon frère, ma grand-mère qui reparlait, j'aurais pu en sourire, mais rien n'est gratuit dans la vie, et même les miracles ont un prix. La facture de toute cette merde, c'était l'effondrement de mon monde. La seule voie, c'était la fuite. Je voulais lever le camp le plus vite possible, l'emmener au Portugal, puis revenir, mettre calmement un point final à ma vie d'ici : fermer proprement mon activité, vendre mes meubles, vider l'appartement, peut-être me séparer de la voiture, récupérer ce qu'on me devait à gauche, à droite, faire la fête avec Mehmet et les autres jusqu'au matin. Sans leur dire que je partais, pour pas éveiller les soupçons.

Le Gwen m'attendait. J'ai laissé la voiture au parking et j'ai descendu l'arrondissement à pied. Au premier étage, il m'a accueilli dans un nuage de fumée de tabac, avec des cernes bleutés et de nouvelles rides.

« C'était bien, le cinéma ? »

J'avoue qu'il m'a surpris. Je débarquais comme de la TNT, et j'avais oublié ce que je lui avais raconté au téléphone.

«Ouais.

— T'étais avec qui?

— Ma meuf.

— Ta grand-mère?

— Comment ça? J'étais avec ma meuf.

— Mais je croyais que tu t'en foutais de la grosse.

— Non, c'est sérieux.

— Ah…»

Il a soupiré.

«T'as rien à me dire?»

Silence. Au départ, le doute, c'est une petite goutte d'eau.

«Genre?

— Genre, ce que tu faisais cet après-midi?

— Comment ça?

— T'étais où cet après-midi?

— Au cinéma.

— Et t'as vu quoi?

— Bah… le truc là… le film avec…»

Impossible de me rappeler ce qui passait en ce moment au cinéma. Il a répondu à ma place.

«*Menteur Menteur*? Avec Jim Carrey?»

J'ai pas pu m'empêcher de sourire, parce qu'il voulait jouer au dur, mais ça faisait pitié. Lui comme moi, on passait notre temps à mentir. Ce jour-là, il avait pas envie de rigoler. Il a écrasé son poing sur la table.

«Pourquoi tu mens?»

Le doute, c'est un robinet qui fuit. Goutte après goutte, le doute fait son nid dans le sol, creuse son chemin dans la terre.

«Pourquoi tu veux que je mente? Je suis allé voir *Mad Max.*»

Il a allumé une troisième cigarette.

«Bon, écoute. Arrête tes mythos. J'ai fait pister ton portable. A priori, t'étais à la maison de retraite de ta grand-mère. D'ailleurs, y avait un autre téléphone sur place, un numéro à ton nom aussi.»

Le doute, c'est intime. C'est au plus profond de vous, une bougie qu'on allume au bord du grand livre qu'est votre cerveau. Le doute, ça commence par une flamme qui brûle le coin d'une page.

«J'étais avec un pote.

— Pourquoi tu mens? T'étais avec qui?

— Avec Mehmet.»

J'aurais pas dû mentir. Parce qu'il pouvait vérifier en demandant à pister le téléphone de Mehmet.

«Il a pas son resto à faire tourner?

— On est allés prier pour ma vieille.

— Et pourquoi il a un téléphone à ton nom?

— Je lui ai donné une puce.

— Pourquoi?

— Comme ça, il en avait besoin en urgence parce qu'il a perdu son téléphone, le temps de recevoir une nouvelle ligne, je l'ai dépanné.

— Ah ouais, t'es comme ça, toi?

— Hé, c'est mon pote depuis la maternelle. Du calme.»

Ce bâtard de Le Gwen, il était bizarre aujourd'hui. Je savais pas s'il savait. S'il me pistait, sûrement que oui. Il passait du coq à l'âne, mais maîtrisait la situation. Lui, il est capable de prêcher le faux pour tirer de vous la vérité, il agite des drapeaux pour vous faire

251

sortir de la niche et vous presser comme un citron. Parfois ferme et autoritaire, parfois tendre et rieur. La difficulté, c'était de savoir quand il jouait au flic ou quand il était lui-même. À la fin, quoi qu'il arrive, il vous passait au mixer, vous finissiez en smoothie. Il avait fait pareil quand je m'étais fait serrer. C'était un as.

« Ton frère, il travaillait pas à l'hôpital Pompidou ?

— Si. Et ?

— Bah, mon pote, j'ai un gros problème. Un gros gros problème. Un très gros problème avec ton frère.

— Comment ça ? »

J'ai eu chaud de ouf. Ça partait des joues, irradiait dans les oreilles et ça perlait dans mon dos. Je me suis concentré. Sa mère la kahba, j'étais sur une poutre en équilibre, et la tornade Le Gwen soufflait. Juste un mauvais moment à passer. Sûr qu'y avait un type qui avait dû voir mon frère et balancer. Sûr qu'il nous suivait. Mais fallait fermer sa gueule jusqu'au bout. Sans preuves, ce qu'il disait ne vaut rien, parole d'avocat.

« De quoi tu parles ? »

Dans la cité, tout bon voyou nie aussi bien qu'un mari volage. Nier, c'est ni oui ni non, nier c'est le néant, ça rend dingues les keufs.

« Je vais pas tourner autour du pot. Y a eu un cambriolage à l'hôpital Pompidou.

— Ouais, j'ai vu dans *Le Parisien*.

— Ah bon ? Et pourquoi ça t'a intéressé ? »

Il voulait pas lâcher le morceau. Moi non plus. Le mien était plus gros. Enfin, pas sûr.

« Je lis le journal tous les matins.

— Pour ?

— Hé là… lâche-moi, qu'est-ce tu veux ? Prends des vacances wesh ! Moi je suis venu pour mon permis. »

D'un coup, il a crié.

« On s'en bat les couilles de ton permis et de ta vie de merde. Putain, arrête de te foutre de ma gueule. Ton frère ! Ton frère, merde ! »

Le doute, c'est une vague noire qui envahit vos certitudes, elle les submerge, pour finalement prendre les rênes de votre esprit.

« Quoi, mon frère ? »

J'ai joué au con. Quand le doute monte sur le trône, il reste toujours quelques résistants pour lutter. Il faut les laisser en vie, car le doute peut être une erreur de jugement. Dans ce cas, vos soldats doivent reprendre le pouvoir très vite, pour dissiper le doute.

« Le cambriolage à l'hôpital Pompidou, on a trouvé des empreintes. Celles de ton frère. »

Le doute, c'est une ombre qui tourne autour de vous, une idée qui vole au-dessus de votre tête et qui vous murmure à l'oreille.

« C'est normal, il travaillait là-bas.

— Tu me prends pour un con ? C'était y a trois ans, ça a eu le temps de s'effacer depuis. Et y a un autre gros problème, c'est ce qui a été volé. De l'acétone, de la soude, du potassium, du chlore, et en quantité importante. L'accès à la réserve est sécurisé par une porte blindée et par contrôle de badge. La nuit où y a eu le vol, y a une seule personne qui est entrée, avec un badge qui est pas au nom de ton frère. Mais tu vois, la dernière fois que ce badge a été utilisé dans l'hôpital, c'était il y a trois ans. Avant que ton frère parte. »

Où était la vérité ? Est-ce qu'il disait vrai ? Est-ce qu'il mentait ? Peut-être que quelqu'un avait balancé et qu'il était en train de me sonder ? Fils de pute de Le Gwen. Qu'est-ce je faisais maintenant ? J'ai nié en bloc, et j'ai protégé mon pré carré comme un chien méchant. Aboyé négativement à chacune de ses questions. Non, je sais rien. Non, j'ai pas vu mon frère. Non, à la gare j'ai rêvé. Non, rien, rien de rien, non, je ne regrette rien. Ni de l'avoir caché ni de l'aider à partir.

31

Petit frère

À Raqqa, la vie était plus dure qu'à Al-Bab. Chez nous, c'était pas l'État islamique qui gérait, mais l'organisation de Barbe blonde. De temps en temps, fallait mettre les pieds à la capitale pour acheter des médicaments, du matériel, ou rendre visite à des patients transférés à l'hôpital général. Dans les derniers mois, les Russes avaient commencé à bombarder Raqqa, il y avait plus de pont pour traverser l'Euphrate. Fallait faire un détour d'une heure par le nord pour y accéder. Un bordel. La moitié de la ville était détruite et désertée. Et dans l'autre moitié, dans les quartiers riches, les membres de l'État islamique s'étaient installés dans les maisons abandonnées.

J'aimais bien passer dans le quartier français. Ça me faisait du bien d'entendre ma langue. Y avait toujours des gamins qui jouaient au foot dans la rue. Les enfants des gars de chez nous. Ils vivaient leur rêve. Construire un État. Vivre en Terre sainte. Les Français, on les reconnaissait direct. Survêt. Nike aux pieds. Maillot de foot. Kamis par-dessus. Les lunettes de soleil et tout. Toujours du style. Je m'arrêtais pour les saluer. Quand on bavardait, ils me demandaient chaque fois ce que je foutais à

Al-Bab. Moi j'esquivais la question. Ils restaient qu'entre eux. Normal, ils savaient pas très bien parler arabe, donc pour s'intégrer c'était pas le top. Puis, en réalité, ils snobaient les Syriens. La vérité, ceux qui étaient restés au Cham, c'étaient les plus blédards, ceux qui avaient pas les moyens de partir, ni voiture, ni argent, ni famille à l'étranger. Et vraiment, ils étaient très pauvres, ils faisaient pitié, pas de dents, des vêtements en loques. Nos Français leur parlaient mal, en cachette ils les insultaient, les traitaient de paysans, d'ignorants. Des mecs de quartiers qui se comportaient comme des colons. Bref.

Le type qui nous fournissait les médicaments et les explosifs pour fabriquer les obus s'appelait Abou Fatima. Chaque fois qu'on lui rendait visite, j'avais le droit à ses sermons. « Rase ta moustache, laisse pousser ta barbe. C'est un ordre du Prophète. » Ma barbe était assez longue pour qu'en France on me catalogue de djihadiste. Mais à Raqqa, c'était trop court et osé. Je voulais pas raser la moustache comme les salafistes. Ça faisait une grosse mâchoire. « Par Dieu le glorieux, si tu ne la rases pas, pas de médicaments pour toi ni d'explosifs. Tu verras avec ton émir. » Alors, ce jour-là, on l'a rasée sur place. Ça me faisait une tête bizarre. Une tête de camion. J'avais pris le look de combattant, restait plus qu'à apprendre à tirer pour finir la conversion. On est repartis avec le pick-up rempli vers Al-Bab. Sur la route, les combattants et les habitants des villes reprises par l'armée de Bachar affluaient vers Raqqa. Bientôt, la place allait manquer.

Après la prise de la tour, je me suis décidé à faire mon muaskar. Mon entraînement militaire. Je voulais être artificier. Alors pendant des semaines, après le travail, j'allais à l'entrepôt à côté de la salle de mariage pour me former.

Une immense halle où une dizaine de personnes travaillaient à fournir aux combattants des obus, des roquettes et des bombes. Cinq ouvriers forgerons s'occupaient à produire des munitions vides. Ça faisait un boucan d'enfer. Marteaux, perceuses, ponceuses, ils façonnaient de belles ogives à longueur de journée. Et de toutes tailles. Pour les plus grosses, ils utilisaient des bonbonnes à gaz vides. Moi je m'occupais des mélanges de poudre qui allaient servir de charge explosive. Les formules étaient détaillées dans un manuel en anglais, français et arabe. Souvent du nitrate d'ammonium, plus des boulons, des écrous, des vis et des clous.

Barbe blonde, l'émir, avait créé cet atelier pour ne plus avoir à acheter les munitions dans les ateliers d'Alep. Depuis le début de la guerre, plusieurs petites entreprises avaient transformé leur production pour l'orienter vers les armes lourdes. Le type qui dirigeait la nôtre s'appelait Yasser. Un moustachu à la peau très mate, on aurait dit un Pakistanais. Lui avait le droit de se raser la barbe, personne ne l'emmerdait, parce que sans lui plus de munitions. Son bras gauche se terminait par un moignon bandé. C'était moi et Bedrettin qui l'avions opéré. Il lui manquait une main. Enfin, un demi-bras. À cause d'une de ses propres grenades. Elles avaient le défaut d'exploser au-dessus de trente-cinq degrés. Et c'est ce qui lui était arrivé lors d'une démonstration à des combattants. Depuis, on les stockait dans des frigos, et quand les moudjahidines partaient au front, ils les transportaient dans des glacières.

Yasser dirigeait toute la production. C'était l'ancien chef d'atelier d'une usine à l'est d'Alep. Barbe blonde l'avait fait venir contre un meilleur salaire. Puis il avait fait buter son ancien patron pour être sûr qu'il reste, et ils avaient récupéré tous les outils. La fabrication se concentrait sur du 82 mm et du 120 mm. Comme ce qu'utilisaient les hommes de Bachar en face, sauf que, pour eux, ça venait de Russie ou de Corée du Nord. Après l'école, des enfants venaient nous aider. Ils allaient dans les décharges et ramassaient l'aluminium. En échange, on leur donnait du pain pour leur famille. Ils nous aidaient aussi à remplir les ogives. Les gamins apportaient des seaux remplis de poudre qu'on versait avec une louche dans les obus et qu'on tassait avec une tige, avant de visser une tête en haut de l'ogive. On travaillait à même le sol, au milieu des munitions vides et d'une pyramide de poudre.

Yasser m'avait aussi appris à fabriquer des bombes. C'était un peu comme de la chirurgie, mais en plus facile. Petit à petit, j'ai eu la responsabilité de préparer les drones explosifs. Des appareils chinois qu'on achetait en Turquie. La portée était entre trois cents et cinq cents mètres selon la météo. Sur l'appareil, on pouvait scotcher jusqu'à trois cent cinquante grammes d'explosifs. Pas exceptionnel, mais suffisant pour blesser, voire tuer des ennemis ou rendre un blindé inopérant. On les pilotait avec des tablettes ou des télécommandes. Techniquement, il y avait trois parties. Une mèche électronique. Un explosif d'amorçage et la charge principale. Presque toutes les bombes fonctionnent comme ça. Yasser s'amusait à imaginer des variantes du système d'allumage, avec des montres, des réveils, des ressorts. J'ai aussi appris à créer des bombes humaines. C'était presque le plus facile. Surtout, on pouvait charger la veste explosive avec trois à cinq kilos de poudre, selon le type qui la portait.

Ça pouvait faire de très gros dégâts. J'ai tout appris. Tout ce qu'il fallait pour être autonome.

Dans ma tête, j'ai monté le plan en entier. Je suis retourné voir Barbe blonde et je lui ai dit que je voulais venger la Syrie. Les musulmans. Mourir en martyr pour monter auprès de Dieu. Mourir pour les miens. Il a essayé de me convaincre que c'était mieux pour moi de soigner. Mais j'étais déterminé. Alors il m'a dit oui. La vie prenait une autre tournure. Inattendue. Pendant un mois, j'ai révisé. Ce que j'allais faire. Quand j'allais le faire. Comment j'allais me procurer les munitions. Je me sentais coupable d'abandonner l'hôpital. Barbe blonde a fait venir un médecin pour me remplacer. Un type bien. Il m'a dit que j'avais fait de l'excellent boulot malgré ma formation courte. J'ai repensé à mes mentors : Naeem en France, Bedrettin en Syrie. À part l'émir, personne savait que j'allais partir. L'opération était risquée. Pour Barbe blonde aussi, car il devait montrer des résultats à sa hiérarchie.

Le plus dur, c'était Leïla. Je savais pas ce qu'elle allait devenir. Et y avait ses mioches. On est convenus avec Barbe blonde qu'il s'occuperait d'elle. Je voulais pas qu'elle retourne dans une madafa. En réalité, ici, c'était pas Raqqa, l'émir l'aurait pas obligée à se remarier, et elle aurait pu rester dans la maison. Je m'étais habitué à elle. Ça faisait du bien de vivre avec quelqu'un. Elle m'a appris à faire tout ce que Papa cuisinait. Fallait se faire une raison, et l'important, c'était ma mission en France. Mon projet. Trouver ma voie. Mon chemin. Ma route. Et le paradis.

32

Grand frère

J'avais laissé mon innocence pour morte à l'hôtel de police. Un uppercut dans la vérité. Crochet dans l'arcade, elle était tombée, sonnée. Sur le ring, l'arbitre avait commencé le décompte. «3, 4, 5…» Dans les tribunes, la foule hurlait victoire. «6, 7, 8, 9…» Un combat compliqué, dans lequel le passé me tournait autour, comme les mouches de la merde. Ou les abeilles des fleurs. Dépendait de quel angle on observait. Mon passé? Un tsunami. Une immense vague chargée de problèmes, de contraintes, d'erreurs, prête à démolir les maigres fondations de mon monde. Seule échappatoire, la fuite. Courir loin, s'alléger et lâcher ce qui compte pas ou trop peu. Une fois arrivé, faudra décoller la croûte terrestre, la secouer pour la dépoussiérer des problèmes et angoisses, et la faire échapper à la vague. Dérouler son nouvel espace de vie, comme un tapis syrien. Là, c'était sérieux, je parle pas de sauver ma serviette d'une vague à Saint-Malo. La vague, c'était peut-être dix ou quinze ans de cabane. Et dans ce monde au futur, avec le frère, on avait pas encore trouvé notre place. On était juste au début du chemin. Mais on allait la chercher. Quand je pensais au daron, qui s'était nachav du bled pour la France et qui l'a jamais revu depuis, la petite voix là-haut me susurrait : « Tu feras pareil. » Avec le frère. Obligé. La famille avant tout.

Quand j'ai poussé la porte de l'appartement, mon frère est sorti de sa chambre. L'air sérieux, il m'a demandé si j'allais bien. Avant, il aurait jamais fait ce genre de truc. Est-ce qu'il avait changé ou simplement vieilli ? Il avait fait quoi de sa journée ? J'y pensais même pas. Sa présence était comme un mirage, il était là, c'était déjà inouï, mais c'est comme s'il pouvait disparaître à tout moment. J'avais l'impression de tout savoir, mais en réalité je savais rien. Il m'avait raconté des trucs un peu vagues et moi, j'avais envie de lui faire confiance. Le Prophète avait dit : « Assiste ton frère, qu'il soit oppresseur ou opprimé. S'il est oppresseur, empêche son oppression, et de cette façon tu l'assisteras. » Mon frère c'étaient les deux : oppresseur et opprimé. Mais pas envie de réfléchir à tout ça. Je faisais et c'est tout. Je suis une copie de mon daron pour ça. Dès que les sentiments sont concernés, j'esquive, je pars, je me défile, je fuis, je file et je me planque. Ça évite les mauvaises surprises, les mauvais coups, les regards fuyants, la honte, les explications trop longues, les insomnies, et quoi qu'on en pense, c'est pas une mauvaise manière, car le temps soigne tout. Sur le balcon, je lui ai servi un verre d'eau gazeuse avec des feuilles de menthe, un truc de blédard. J'ai allumé une cigarette pour chasser la journée de ma tête et j'ai essayé de fixer son regard d'enfant innocent. Ça me foutait des barrages de larmes sous les paupières. La mémoire de notre enfance revenait et, là-haut, les souvenirs rebondissaient partout, à toute vitesse, et dans tous les sens. Y avait aucun doute à avoir. Aucun.

«C'est la merde!

— Oui, c'est la merde. Tu crois qu'en répétant la même chose comme le haut-parleur du métro, ça va changer quelque chose? Moi, j'ai prié des années pour cette putain de terre, et les hommes s'entre-tuent toujours, le paradis ne reste qu'une promesse.»

Il savait pas de quoi je parlais. De Le Gwen et tout ça. Impossible de lui répondre. C'était au-dessus de mes forces. Ma main tremblait et j'avais envie de pleurer. Il avait tout niqué. Tout. Moi, j'avais vesqui la prison, en aménageant un peu ma conscience. Lui, il avait décroché le gros lot, un casier de terroriste en herbe, et il revenait m'en faire profiter. Mon envie de parlementer s'était dissipée comme ma libido devant un travesti. J'ai profité du bruit d'un camion qui livrait la boucherie en bas de la maison pour sortir la tête du balcon et pas avoir à le regarder. Et s'il mentait aussi bien que moi? On était les fils du daron et, s'il y a une chose qu'il nous avait apprise avec brio, c'était de se fondre dans la masse. J'essayais de réfléchir à la manière dont cette situation se déroulerait dans une famille normale. L'un des vôtres rentre de Syrie, alors que la France entière déteste les djihadistes, les salafistes et tout ce qui s'en rapproche. Que ce même gars ne vous raconte rien, enfin qu'un petit bout de la vérité. Qu'il appelle pas son père, et qu'il se terre comme un rat chez son frère à longueur de journée, parce qu'il pense qu'il ira en prison si on le voit. Est-ce qu'il avait tué en Syrie? Depuis son retour, je cherchais dans ses yeux l'éclat du tueur. Les yeux mouillés et tristes, qu'est-ce que c'était ? Une femme et des enfants laissés là-bas ? La peur de l'avenir ? La mort de la mère ? Ou les centaines de gens qu'il avait tués, décapités ? Et y avait un keuf qui vous disait qu'on avait découvert ses empreintes dans la réserve d'un hôpital où avaient été carottés des produits pour fabriquer des explosifs. Mais je connaissais ce keuf comme si c'était mon père. Conclusion, c'était un mytho pour me tester et me tirer les vers du nez.

« Vous avez fait quoi avec Papa quand je suis parti ? »

Je regardais le défilé des voitures dans la rue. Le concerto de klaxons, les bruits de moteurs et les insultes sortant des habitacles encombraient mes oreilles. Le boucher en bas de l'immeuble portait à bout de bras ses carcasses de viande en pestant après son apprenti, ma deuxième cigarette fumée au bout de mon doigt, le ras-le-bol de la ville suintait et la fatigue d'une journée de boulot la suivait. Y avait dans l'atmosphère comme un air de nostalgie de l'époque où tout allait bien. Je suis revenu au frère qui attendait une réponse. Il s'était réhabitué à mes silences, à mon rythme, à ma manière de faire. Ainsi fonctionnent les rêveurs et les fumeurs de ganja.

« On t'a attendu, comme des chiens, pendant des jours, on pensait que t'étais mort. Papa a saigné les pages jaunes, il a appelé tous les hôpitaux, tous les commissariats, son réseau de chauffeurs de taxi. Et moi, je suis revenu sur les embrouilles à l'ancienne, mes histoires de verte, mes petits bizness et nos embrouilles. Je brûlais mes angoisses avec le pilon. Je voulais pas que tu meures. Mais que tu sois heureux. Que la vie aille bien. Puis on a reçu ton email. D'une adresse inconnue. Ton daron voulait te défoncer. Ce jour-là, il a crié encore plus fort que celui où Maman est morte. Et comme elle, j'étais sur le balcon à me buter avec des clopes. Le Mali, on y a pas cru. Dès le début, on savait que t'avais fui au bled. La nuit, le sommeil m'esquivait, je te voyais découper des têtes, chez nous, là-bas, à Palmyre. Tu sais que notre village, il s'appelle Tadmor ? C'est pas une blague. Tadmor en Syrie, c'est là-bas qu'est Palmyre. Heureusement que la vieille était rentrée. Puis je pensais aux cousins, j'espérais que tu ne tombes pas sur eux, même si c'étaient que des cousins en photo, c'est la famille quand même. Ça aurait buté Papa. La nuit, à la fenêtre et sous les étoiles, pour pas entendre le daron pleurer, je killais pilon sur pilon, comme avec grand Moha quand ma jambe était cassée. Pendant six mois, le vieux a tellement pleuré que j'avais oublié que son visage pouvait sourire. T'as pensé à ça avant de partir, sale con ? Moi, la seule chose dont je rêvais, c'était de te niquer ta race. T'attraper, te menotter, te bâillonner et te frapper, jusqu'au pardon. T'avais pas le droit ! Parce que t'avais des choses à perdre, toi, pas comme les autres cassos. Sur Internet, je regardais toutes les vidéos que je trouvais sur les chiens du désert. Les fils de pute. Les flics m'ont convoqué. Y a une poukave qui avait dû balancer. Dans le quartier, ça parlait beaucoup sur toi. J'avais pas encore ce taf. Je continuais mes affaires avec la bande à Moha, les mecs de Sevran, et Mickaël. Transporteur de verte, quelquefois, et de blanche. Fallait bien remplir la sacoche. Au moins, je pensais à autre chose, le temps passait. Les autres demandaient où t'étais, j'étais obligé de tomi. Malade, Bretagne, puis j'ai dit que t'avais été muté. Mais le mytho tenait pas parce que ton téléphone, il était HS. Et les gens revenaient vers moi pour me demander ton nouveau numéro... Par-ci, par-là, on entendait les murs parler du Cham. J'ai commencé à rôder derrière ton passé. D'abord chez Pharaon à la mosquée d'Aubervilliers, et auprès de Kamel. Les mecs se méfiaient de moi, c'était bizarre. Y avait un truc chelou, mais impossible de savoir quoi. Ils me disaient qu'ils avaient rien à voir avec ton départ. Pour en savoir plus, j'ai commencé à traîner avec eux. Et j'ai même fini par les apprécier. Pour beaucoup de trucs, ils avaient raison. La seule chose, c'est qu'ils allaient trop loin. Puis j'ai essayé de refaire ta vie, depuis le moment où je me suis cassé la jambe jusqu'à celui de ton départ. T'imagines, retracer dix ans d'une vie, comme dans un film. Image après image. D'abord tes amis de foot, puis du collège et du lycée, ceux du quartier puis de l'école d'infirmiers, et de la mosquée. J'ai tout fait sauf la Bretagne, parce que Mamie Malo est morte, et les autres, ça a jamais vraiment été la famille. Le prêtre, les étoiles, la Bible, le Coran, et toutes tes conneries. Fallait que tu compliques. Tu pouvais pas faire comme tout le monde. Te contenter de la prière du vendredi pour espérer mieux. Au quotidien faire le bien avec ton métier, respecter l'essentiel. »

Cette tête, c'était pas celle d'un type qui avait volé à l'hôpital Pompidou. Impossible. Il était presque pas sorti de la maison. Et où est-ce qu'il aurait tout stocké ? La vérité, c'était mon frère ou Le Gwen. La famille ou la justice. Je savais plus qui mentait. Moi, je voulais croire en la famille. Impossible que le petit mente, suffisait de regarder sa gueule pour comprendre. La tête dans les épaules, son menton tremblait et il claquait des dents. Il a baissé le regard pour pas que je le voie pleurer. Pommettes mouillées par les larmes de la honte, et essuyées avec le revers de la main. Les sentiments mentent jamais.

« Regarde-moi comme un homme. Fils de ton père. Et puis, un jour, y a eu la vidéo. On a vu ta tête entourée des barbus. Ta grosse tête de Français. Ça s'est mis à parler de toi, partout. La moitié de la cité me disait discrètement bsahtek et l'autre moitié nous esquivait. Je parle pas des vieux qui venaient nous faire la morale ou s'apitoyer sur notre sort. Les flics nous ont de nouveau convoqués avec Papa. Même si la police ne faisait qu'une enquête, pour le daron t'étais déjà coupable. Trop tard. C'était pire que de le poignarder. Retourner dans son bled pour aller faire la guerre. Il a désapé tous ses souvenirs pour trouver la raison de ton départ. Espèce de chien, va... Moi aussi, j'ai déconné mais j'ai jamais trahi la famille. Avec les mecs de Sevran, je continuais les livraisons. Promener de la verte à l'arrière de la voiture. Rouler vite, tôt le matin, quand les h'nouch et le monde dorment. À 4 h 30-5 heures. Quelques fois, on m'a pris en filat, mais tu me connais, j'ai vesqui en 3-5-7. Et un jour, c'est parti en vrille. L'autoroute était fermée pour travaux. Pas eu le temps de regarder la carte. J'ai pris la première sortie. On était au MIN à côté d'Orly. Ça fait plusieurs kilomètres, c'est grand comme une ville... Mickaël était dans une autre voiture derrière moi.

Lui était chargé, et moi j'ouvrais la route. Bref. On est entrés dans le MIN en pensant sortir par l'autre côté. Sauf qu'avec Vigipirate et compagnie, y avait des flics et des chiens. Ils nous ont arrêtés et les clebs ont reniflé la came. Bref. Je te passe les détails. Les bleus ont trouvé l'herbe. Papa a rien su, parce qu'à l'époque on louait un studio avec Mickaël, au cas où y aurait perquiz, pour éviter à la famille de se faire haggar. Par chance, cette fois-là, c'était Mickaël qui était chargé avec la came. Pendant des semaines, j'ai disparu. Le vieux a pensé qu'à mon tour j'avais pris la route de la mort. Puis je suis réapparu. J'aurais pu tomber, mais grâce à un flic j'ai évité la pénombre.

Maintenant, tu vas rester tranquille, assis là où t'es, et m'écouter. J'avais pas le choix. Tu m'entends, j'avais pas le choix. Pas d'autre choix que celui-là. C'est la route que j'ai choisie. Avec la zermi que tes potes avaient mis dans la France, la flicaille recrutait en masse. Chuis tombé sur un gars bien. Un gars de chez nous, un Breton. Le Gwen. Un type droit, qui sait ce qu'il veut. Il s'est débrouillé pour qu'on oublie mes histoires de pelouse. Mais rien n'est gratuit dans la vie. Je suis devenu sa pute sans jamais le sucer. J'ai mis mon déguisement de muslim, je suis allé m'asseoir à la mosquée. Sagement. En attendant que le vent se lève et fasse voler les rideaux, pour que je puisse voir derrière.

Toutes les semaines, y a un type qui te raconte qu'il y aura des attentats ou une attaque. Au final, y en a eu trois. Des moches de trucs. Le soir du Bataclan, j'ai cru que c'était fini pour nous. Qu'on allait tous repartir vers nos bleds. Blindés dans les bateaux et les avions.

Adieu la Sécu, les iPhones, la retraite, les centres commerciaux, le foot, l'école, les impôts, les routes propres, la voiture, et tout ce que nous offre ce pays. J'ai tremblé comme personne de la cité, sauf ceux qui ont comme moi du sang qui s'est enfui dans le désert.

Le Gwen m'a aidé comme un père. L'appart. Le boulot aussi. Il m'a évité le casier, mine de rien, ça m'a ouvert des portes. Je suis devenu comme un fantôme, frère. Maintenant, y a deux moi. Moi le chien de la casse avec son costume et dans sa carlingue à promener le ien-ien ; et moi la pute, les yeux et les oreilles grands ouverts. J'ai fini par comprendre que Le Gwen s'en battait les couilles de moi. Il voulait que je pute, et j'ai bien bossé pour qu'il me lâche pas. Soi-disant qu'ils seraient cléments si tu rentrais. Le jour où le frère de Malik de Bondy est réapparu, ils l'ont coffré fissa. Sans se poser de questions. Depuis, je me suis méfié d'eux. C'est pour ça que je t'ai dit de pas bouger. Oui, je poukave pour les bleus. Pas le choix, sinon je serais en zonz pour cinq ou dix piges. Mais pour toi, j'ai rien dit. Ils savent rien. On va partir ensemble. Pas le choix, t'façon, la France, les places sont trop chères. Portugal ou Amérique du Sud, Brésil. Brésil frère, à Rio, beaux gosses. »

Il a tout entendu et ses larmes ont séché. Dans son logiciel comme dans le mien, puter pour la flicaille, c'était pas une option de vie, mais un chemin interdit. Pire que le Cham. Presque au niveau de la pédophilie.

« Quand est-ce que t'es allé les voir pour la dernière fois ? »

J'ai hésité à lui répondre. Mais je sentais que je pouvais lui faire confiance.

«Cet après-midi.»

Sur le balcon, ma langue s'est emballée. Trop de mots. Juste quelques mots en trop. Un mot. Un seul mot suffit. Car un mot sera toujours plus puissant qu'une idée. Il en est le véhicule. Moi, j'en suis le chauffeur. Sans mot, les idées ne circulent pas. Et Dieu sait que les mots sont puissants, tellement que les idées doivent s'y soumettre. C'est dangereux, les mots. Quelques petites lettres collées les unes aux autres, ça peut vous envoyer en zonz, en enfer ou au paradis.

33

Grand frère

Seul un quartier de lune scintillait, sur le balcon, sous la nuit pleine d'étoiles, je voyais la plaine de béton peuplée d'immeubles et d'autoroutes. Les étoiles, qu'est-ce que c'est ? Pourquoi elles sont là ? Une larme s'est échappée. Merde. Elle a glissé le long de mon nez. Mon frère ne m'avait pas vu. Ouf.

Le souffle du vent, le tremblement des branches, c'était l'automne qui me parlait : « Je suis le dernier rempart contre l'hiver et je serai bientôt plus là, sois fort jusqu'au printemps. » Une seconde larme s'est échappée. Puis une troisième. Une quatrième. Bientôt, dix, vingt, trente.

Derrière moi, petit frère zappe de chaîne en chaîne. Il se lève pour pisser. C'est une émission littéraire. À l'écran, un présentateur aux cheveux mi-longs, costumé, beau, regard malicieux presque espiègle, distribuait les questions, les mercis et les sourires aux invités. Un livre en main, il accompagnait ses interventions en signant l'air de gestes précis. Puis il ouvrait le livre, posait ses lunettes sur son nez et reculait légèrement la tête pour faire la mise au point.

«*Mort à crédit* – Louis Ferdinand Céline», le titre et l'auteur du livre. «Nous voici encore seuls. Tout cela est si lent, si lourd, si triste… Bientôt, je serai vieux. Et ce sera enfin fini…» Le journaliste a poussé un soupir d'admiration. «Et ce sera enfin fini… et ce sera enfin fini…» Il n'a rien ajouté, et a questionné du regard les écrivains installés. Silence.

La sentence retentissait dans mes oreilles «Et ce sera enfin fini…» J'ai rallumé le joint. Mon cerveau a réécrit la phrase : «Bientôt, je serai mort, et ce sera enfin fini.» Derrière la rambarde, c'était le vide pendant six étages. Poser une main sur le rebord, passer une jambe dessus, puis l'autre. Se tenir droit, ferme, digne. Puis laisser filer. Sans dire au revoir. Tomber, tomber, tomber. Ce serait certainement mieux. D'en haut, petit frère verrait un cadavre écrasé au sol, la tête brisée, dans une mare de sang. La police arriverait dans les quinze minutes. Qu'est-ce qu'il ferait alors ? Rester pour moi et être livré à la police ou sauver sa peau ? J'avais raté ma vie, il avait raté la sienne. Peut-être qu'il avait choisi de réussir sa mort ?

34

Grand frère

Entre le doute et mon frère, je savais pas qui chasser. Ce que disait le keuf, c'était impossible. Adossé à la rambarde du balcon, mon frère était resté bouche bée. Savoir que je pute pour la volaille, ça l'avait soufflé. Il m'a dit que c'était bizarre de m'entendre avouer ça. Je savais pas si c'était une question ou une remarque. J'étais un peu un daron maintenant, et j'avais plus besoin de me justifier ou de jouer au type qui pissait plus loin que les autres. L'inquiétude avait posé son campement sur sa gueule. Il est revenu sur le sujet et m'a matraqué de questions. Pourquoi ? Quand ? Comment ? Quoi ? Et chaque fois, il voyait que je répondais sans avoir honte de ce que je faisais. Il a fini par accepter et a posé sa main sur mon épaule, comme pour me remercier. Ce soir, il était ailleurs. Il posait les questions sans écouter les réponses, là-haut, ça turbinait sur autre chose. Dans vingt-quatre heures, on serait sur la route du Portugal.

« À quoi tu penses ?

— Rien.

« — Arrête de mytho. Je vois bien là. T'écoutes rien de mes réponses. Le Portugal ?

— Non, même pas. »

Il m'a demandé si j'avais des photos de famille. J'avais qu'un album. Celui de la seule colonie de vacances où on était partis ensemble. Papa nous avait offert deux appareils jetables. La première photo, c'est moi qui l'avais prise sur le parking. Mon père et mon frère étaient côte à côte devant le car. Comme d'habitude, le daron avait l'air fâché, mais c'était son air méchant et heureux, et le petit, il souriait comme si Maman était toujours en vie. En tournant les pages, on s'est replongés dans nos souvenirs d'adolescence. La seule fois de ma vie où j'ai pêché, c'était pendant cette colonie. J'avais tout juste quatorze ans et mon frère douze. C'était un stage VTT et canoë, pas loin de Rennes, sur les bords de la Villaine, la rivière du coin. Le daron avait trouvé ce truc avec le syndicat des chauffeurs de taxi. Un après-midi, on était assis au bord de l'eau avec un des moniteurs et mon frère. Le type devait avoir vingt ans. Il tenait dans ses mains la seule canne à pêche de la colo. Il a rempli le seau de toutes sortes de poissons. Mais pas une fois il nous a fait essayer, il se contentait de mouliner pour les remonter en se vantant de ses prises. Pour faire office de canne, on a trouvé deux grosses branches et on a accroché des fils de pêche au bout. Et on a attendu. Pendant des heures. Je regardais le ciel et lui demandais de m'envoyer ne serait-ce qu'un petit poisson, pour que moi aussi je découvre la joie de pêcher. Rien. Déjà, à cette époque, je me demandais s'Il était dans notre camp ou dans celui des cons. Non, je dis ça parce que nous autres, les gens du camp de la Justice, on a l'impression de toujours trinquer plus. Tout ça pour dire qu'au bout de trois heures, j'avais la vessie pleine à craquer parce qu'on s'était sifflé une bouteille de Coca chacun. De peur de rater un poisson, je me retenais de pisser en surveillant la rivière. J'ai fini par craquer et j'ai trouvé un gros chêne qui faisait deux fois la taille de mon immeuble. Je m'en souviens encore car j'ai comparé la taille de mon zgeg à celle de l'arbre et je me suis dit qu'on était rien dans l'univers. Depuis, je garde cette image bizarre en tête quand je cogne entre deux cuisses. Je vois les meufs avec un tronc entre les jambes.

Au moment où j'ai commencé à pisser, mon frère a crié : «Vas-y viens, ça mord. Ramène-toi vite.» J'étais en train de viser les taches formées par l'écorce de l'arbre et malheureusement, quand je commence à pisser, j'arrive pas à m'arrêter. Tant bien que mal, j'ai tenté de bloquer le jet en me retenant, mais c'était inéluctable, ça repartait comme un geyser. L'autre me rappelait. Ma vessie était trop pleine. J'en avais même des douleurs au fur et à mesure qu'elle se vidait. J'ai pissé un ruisseau, un fleuve même. Ça a coulé entre mes jambes et ça allait droit vers la rivière. Un frisson de plaisir et de fierté s'est propagé au-dessus de mes oreilles, mais déjà je repensais au poisson et je suis reparti en courant vers la canne. J'ai galopé entre les tentes du camping. À peine le temps d'arriver que mon frère avait tiré la branche et remonté le poisson qui gesticulait au bout de la ligne. J'ai voulu l'attraper pour retirer l'hameçon, mais le salaud de poisson me glissait entre les mains. On l'a posé dans le seau, et mon frère a retiré l'hameçon. C'était un poisson-chat moche. J'étais content et déçu à la fois. Content parce que finalement on avait réussi. Mais déçu parce qu'en fait j'avais tout raté pour une histoire de pipi. Mon frère était l'homme le plus heureux du monde. Le poisson-chat, c'était son double. Son double parce qu'un poisson, on peut jamais l'attraper. Il vous glisse toujours des mains. Et un chat, parce que c'est un fils de p… qui vient se coller à vous quand il a faim ou qu'il veut des caresses, et qui décampe dès qu'il veut vivre sa vie.

On est arrivés au bout de l'album, et on est revenus en arrière sur quelques photos. À l'époque, on s'était fait quelques amis français. On a commencé à compter les Nicolas, François, Pierre, Paul et Alexandre. Comme deux cons, je crois que chacun a pensé à des trucs du genre : « Si j'avais écouté à l'école, si j'avais pas traîné dehors, si j'avais pas tiré sur mon joint, si j'avais passé moins de temps dans les mosquées, si j'avais écouté Papa, si la sortie de l'autoroute n'était pas fermée le jour où la police m'a attrapé, si j'étais pas allé en Syrie, si Maman n'était pas morte. » Des si et encore des si. La vie est une somme de si. Et puis y avait plus rien à dire. Enfin beaucoup, en fait, mais il fallait du courage, et moi, c'était pas mon truc. Et mon frère, c'était un guerrier. Il s'est mis à parler de l'enterrement de Maman, de la grand-mère bretonne et de la syrienne. Et petit à petit, on a déroulé le reste, tous nos souvenirs communs : les problèmes au mariage du cousin Ismaïl avec Assa la Renoi, de la disparition de Rainman le caïd du quartier, de Mehmet et du foot. L'heure tournait et y avait dans l'atmosphère comme une ambiance de fin de guerre et de début de paix. Bavardages, clopes sur le balcon, retour au salon, bavardages debout, clopes de nouveau, et encore clopes, et clope sur clope, et ma gencive saignait de nouveau.

Mon frère parlait, parlait, parlait, comme si on lui avait scotché la bouche depuis dix ans. Mais toujours le regard fuyant vers ses chaussures. En fait, on avait plus jamais parlé comme ça depuis l'adolescence, avant que chacun prenne sa route. Qu'est-ce que c'est, grandir ? Faire des choix, en tirer les conséquences ? Qu'est-ce que c'est, vieillir ? Comprendre que c'étaient que des choix. On prend une route, ou une autre, peu importe, à la fin on finit de la même façon, on tend la main aux anges. Pendant qu'il me parlait, moi j'étais loin dans mes pensées. Aussi loin que le pilon pouvait m'emmener. Il le fallait, parce qu'on faisait les beaux à parler, mais après la guerre, faudrait tout reconstruire. Le prof d'anglais disait : « Stop speaking and crying, just work. » Pour le « speaking », on savait qu'on irait au Portugal. J'avais dit à Mickaël qu'un de mes potes allait se mettre au vert chez lui. Il m'avait donné les clés, j'en avais fait un double pour mon frère. D'abord un aller-retour pour l'installer. Puis le temps de mettre tout à plat ici, je le rejoindrais. En espérant qu'il disparaisse pas.

« Et Papa ? »

De nouveau, pas de réponse. Je sais pas pourquoi il veut pas voir le père. Il restait que quelques heures, alors j'ai réessayé une dernière fois.

« Tu vas pas partir sans aller voir le daron ? »

Il m'a serré dans ses bras, et on est allés se coucher. Pour moi, c'était juste un aller-retour. Tous les problèmes allaient finir par se régler simplement. Il était rentré en clandestin et il repartait en clandestin. Un bref passage pour voir qu'ici la vie est bouchée et qu'il faut partir ailleurs. Moi, je faisais juste le chauffeur. L'autre voie possible, c'était de balancer le frère. Ça m'a traversé l'esprit. Est-ce que ce serait plus simple ? Dans cette nuit où tous les chats étaient gris, que la lune était haute, j'ai pesé avec Marie-Jeanne le pour et le contre de toute cette merde. Vendre le frère, c'est des années et des années de nuits sans sommeil, des amis qui vous détestent, et le daron qui me renie. Mon arrêt de mort. Parce que après qu'est-ce qu'il resterait ? La fierté d'avoir été honnête ? La carlingue et les dix heures par jour à suivre les ordres d'un téléphone ? Remplir son frigo, fourrer sa grosse, se mettre au vert l'été en Espagne ou l'hiver en Thaïlande, poser quelques prières à la mosquée histoire de se croire dans le camp du bien. Le seul choix, mon seul choix, notre seul choix, notre voie, c'était la route vers le Portugal. Prendre l'air et respirer, réfléchir, repartir et prendre une nouvelle route. Jusqu'à la mort. Tous les chemins mènent à la mort. Alors mieux valait choisir le plus confortable.

Dans le lit, les yeux fermés, là-haut dans ma tête, ça filait comme sur les tronçons de route sans radar. Trop vite. Impossible de saisir le fil d'une pensée. Et si la police débarquait dans la nuit pour une perquiz et nous trouvait ? Les bruits de la rue traversaient la fenêtre, fendaient l'obscurité de la chambre et venaient tamponner mes oreilles pour étouffer mon courage. La sueur, la sueur, la sueur. J'essayais de courir après mes angoisses pour les faire taire. Prises en chasse, elles m'esquivaient. Comme Mohamed Ali contre Frazier, huitième, neuvième, dixième round... Au onzième, j'ai compris. J'ai tout compris. Il fallait rester au-dessus de l'eau, sans faire de vagues, glisser à la surface comme sur la vie, pour ne pas couler. Puis un jour, si Dieu le voulait, y aurait la paix en France, et on pourrait revenir. Pour faire quoi ? Chais pas, mais c'était notre bled. Sert à rien de faire le bonhomme.

Les usines rouillées, les barres d'immeubles, les gueules cassées, les dents en moins, les soc en prison, les voitures volées, les courses de scooter, les barrettes d'afghan, les sachets de blanche, les barbus et leurs femmes scellées sous burqa, les imams sympas, les fils de chiens, les ambiances au grec, les odeurs d'oignon, d'huile et de harissa, les nuits qui ne portent jamais conseil, les michetonneuses et les vierges de la chatte mais pas du cul, celles qui se font recoudre l'hymen avant le mariage, et puis les salopes à bracelet orange «Police», badge bleu, blanc, rouge, les poukaves, les menteurs et les camés aux yeux éclatés, tout ça nous manquerait. Même avec une vie de rêve, au bord d'une plage, entourés de fesses bombées, de seins refaits et de peaux bronzées, cocktails, lunettes, liasses, sourires Colgate, villa, cocotiers et tongs aux pieds, miséreux ou pas, le passé reviendrait, et on voudrait le prendre dans nos bras, comme je rêvais de le faire avec Maman tous les matins avant de descendre à la mine.

Au douzième round, assommé, j'ai fermé les yeux. Dans le vaisseau, j'étais aux commandes, pendant que le petit regardait la carte. On était sortis de l'atmosphère. À droite, la lune nous disait à bientôt. Autour de nous, c'était grand, beau, infini, une toile noire, intense, avec les étoiles qui faisaient le job de scintiller mystérieusement. J'ai gazé vers Saturne, et on a garé la carlingue sur Titan. Pas de vie ici. Trop froid. Pas pour nous, il faudrait des millénaires pour qu'on s'y adapte. On a traversé l'espace en long, en large et en travers. J'ai rouvert les yeux en croyant entendre la porte de l'appartement claquer. Le soleil cognait sur mon visage. J'étais revenu sur terre, mes paupières collées, et j'avais à peine la force d'ouvrir l'œil. Il était 9 h 17. J'ai fait goutter le zgeg dans la cuvette. Et du café dans ma tasse. Sur le balcon, pieds sur la table, je me réveillais doucement avec la ville. On allait partir le soir pour rouler de nuit. Moins de circulation. Comme ça, on passerait la frontière espagnole au petit matin, à une heure où y aurait moins de contrôle. Parce que, le soir, y avait les jeunes qui allaient en boîte, et des contrôles d'alcootests.

Plus qu'une journée à tuer, je voulais pas traîner à la maison. Comme l'oseille ne rentrait plus et qu'il en faudrait dans quelque temps, je voulais travailler quelques heures ce matin pour payer au moins la route. Au cas où les flics me feraient chier, ce serait une sorte d'alibi. Je me suis douché, brossé, j'ai pris le costard, chemise blanche, cravate ajustée. Pas de blagues. Les gens de la vraie vie, qu'ils aient les yeux bleus, noirs, marron, verts, la peau blanche, noire ou jaune, diraient pas le contraire, dans la glace on voit pas un chauffeur, mais un homme qu'on a envie de respecter. J'ai glissé les pieds dans mes cirées noires, puis contrôle de la sacoche : papier OK, permis OK, mes clés… Où étaient-elles ? D'habitude, elles étaient soit dans la sacoche, soit dans le tiroir du meuble à l'entrée. Pas non plus dans le tiroir. J'avais dû les laisser sur ma voiture. Suis descendu au parking. Comme par hasard, j'ai pas trouvé ma voiture. Suis descendu au deuxième étage du parking au cas où, et j'ai fouillé chaque centimètre carré deux fois. La voiture avait disparu. C'est arrivé que, défoncé, je laisse la voiture dehors de peur de l'éclater dans le virage à l'entrée du parking. Je suis sorti dans la rue, j'ai tourné un peu, la mémoire me faisait pas défaut aujourd'hui, je me voyais rentrer ma tire, après la visite chez Le Gwen hier. Je suis remonté à l'appart. Mon frère s'était pas levé. C'était peut-être un type de chez nous qui avait endormi la voiture. Les embrouilles en sommeil se réveillent toujours. Ou quelqu'un de l'immeuble qui avait trouvé la clé sur la portière et embarqué la voiture. Comme par hasard, le jour où on partait au Portugal.

Je suis allé réveiller mon frère. Dans sa chambre, tout était rangé, le lit replié, sa valise avait disparu. Et lui aussi. Sur son lit, y avait un mot.

J'ai pris la voiture. Ne bouge pas jusqu'à ce que je t'appelle.

N'allume pas la télé. Rien. C'est très important. Si à 13 heures je t'ai pas appelé, va chez Mickaël.

T'inquiète.

Ton frère.

J'ai dégainé le phonetel. La voix du répondeur m'a dit qu'il était indisponible. À quoi servait le téléphone que je lui avais acheté ? Rien. Quinze, vingt, vingt-cinq appels. Rien. Que le répondeur. Parti, envolé le frère.

35

Grand frère

Le doute. C'est un type qui vous attrape par les épaules et vous secoue comme un distributeur automatique de boissons. Ce type, c'est vous. Le doute premier, c'est le doute sur soi, la peur de s'être trompé dont on peut donner ni la preuve ni la cause. Le doute, c'est une suite de questions sans réponses, qui s'entretiennent d'elles-mêmes et qui vous rongent jusqu'à l'os. Le doute est une épreuve ultime. Quand vous devez agir, il cogne dans la confiance, dans les vérités, dans les habitudes et les gestes du quotidien. Vous avancez l'esprit tremblant, dérangé, le doute mange votre liberté de penser et de mouvement. Le doute, c'est un sol instable, dangereux, glissant, mortel.

10 h 47. J'ai rappelé son numéro. Répondeur.

10 h 48. Répondeur.

10 h 49. Répondeur, je laisse un message.

« Wesh, t'es où là ? Rappelle-moi. »

10 h 55. Répondeur.

« Sale bâtard. Rappelle-moi. »

10 h 57. Répondeur.

«Tu fais flipper là. Si t'entends ce message, rappelle-moi vite.»

11 h 01. Répondeur.

Tourner en rond dans le salon, et relire son mot toutes les cinq minutes.

J'ai pris la voiture. Ne bouge pas jusqu'à ce que je t'appelle.

N'allume pas la télé. Rien. C'est très important. Si à 13 heures je t'ai pas appelé, va chez Mickaël.

T'inquiète.

Ton frère.

Il avait pris sa plus belle écriture. Les lettres étaient bien rondes. C'était soigné. Pas du travail de singe. Et c'en était encore plus énervant. J'ai fermé les yeux, je me suis allongé dans le canapé pour essayer de me calmer, parce que le doute me rongeait depuis hier, après la visite chez Le Gwen et cette histoire d'empreintes.

11 h 13.

J'ai allumé la télé, en zappant de chaîne en chaîne. Rien. J'étais en train de devenir fou.

11 h 21.

J'ai fini par appeler le daron.

«Allô? Ibni, ça va?

— Allô? Oui, et toi?

— Oui, ça va. Je vais à la manif des taxis.»

J'ai raccroché.

11 h 22.

Mon père a rappelé plusieurs fois. J'ai pas touché le téléphone. J'ai fini par lui envoyer un message lui disant que je le rappellerais. Il a répondu : «OK. Y a na problem ?»

11 h 25.

J'ai pris mon ordinateur pour consulter l'historique de navigation de mon frère. Rien. Il avait tout effacé…

11 h 28.

J'ai pris la boîte de DVD du *Pont de la rivière Kwaï* pour récupérer le tosma.

11 h 29.

J'ai commencé à effriter de la pelouse.

11 h 30.

J'ai léché une cigarette pour retirer une bande de papier et faire tomber le tabac dans la paume de ma main.

11 h 31.

Le tabac et la verte étaient mélangés. J'ai distillé ça dans une feuille.

11 h 32.

Le cône était roulé. J'ai allumé le pilon.

11 h 33.

J'ai décollé, mais j'étais encore dans l'atmosphère terrestre.

11 h 35.

Je continuais à tirer sur le tonton, la télécommande à la main, en sautant d'une chaîne à l'autre.

11 h 38.

Depuis trois minutes, j'étais bloqué sur une chaîne d'information continue. Un reportage sur les milieux islamistes et la Taqqiyah. L'art de la dissimulation. Je me suis mis à flipper. Putain, les empreintes.

11 h 40.

Ma poitrine s'est serrée. Ça défilait dans ma tête à toute vitesse. Il m'avait menti, ce bâtard. Pourquoi sa chambre était rangée ? Je me répétais que c'était parce qu'on partait le soir, mais j'arrivais pas à me convaincre.

11 h 42.

J'ai fouillé sa chambre. Soulevé le matelas. Fouillé dans l'armoire. Rien. Dans l'appartement. Rien. Aucun indice. J'ai crié en donnant un coup de pied dans l'armoire. La porte s'est fracturée.

11 h 43.

Une sirène de police. C'était pour moi ?

11 h 44.

La sirène s'est éloignée dans la ville.

11 h 45.

Je l'ai rappelé. Répondeur.

« T'es où ? Tu fais quoi ? Je suis en panique, là. Rappelle-moi vite. »

J'ai hurlé de rage dans la maison. Hurlé, parce qu'il m'avait baisé. C'était trop facile. Il était rentré comme ça, sans rien dire. Sans se justifier. Trop naïf. Ça fait dix ans qu'il est niqué du crâne. Moi, j'ai cru au loto. Que j'allais le retrouver sans séquelle. Pas besoin d'être une zouz pour croire au prince charmant.

36

Grand frère

Un fantôme. Enfui sans rien dire. Juste «t'inquiète». Et «t'inquiète», c'est justement ce qui me faisait m'inquiéter. À tourner en rond, je devenais dingue. Je tremblais. Je tutoyais le sombre. Qui appeler? Mehmet? Trop tard.

12 h 12. Je savais plus quoi faire.

Un par un, j'ai tout repris en boucle. Le bus duquel il était descendu et qui venait d'Allemagne, et ce que m'avait dit Mehmet. L'histoire du vol à Pompidou dans le journal. Et la fausse carte de l'hôpital qu'il avait donnée à la maison de retraite. Et les empreintes, sa mère! Les empreintes. Pourquoi j'ai pas cru Le Gwen, putain de merde! Taqqiyah! C'était sûr, Taqqiyah! J'ai pris le téléphone et j'ai appelé l'avocat.

«Je te l'avais dit, a ponctué l'avocat.

— Je fais quoi maintenant?

— Va voir les h'nouch. Tu racontes tout. Porte plainte pour la voiture. Il faut que tu te protèges. Sinon, t'es complice. Il faut que tu sois persuasif pour qu'il croie que tu ne savais rien.

— Mais je savais rien.

— Peut-être, mais c'est pas ça l'important. L'important, c'est pas la vérité, c'est de créer une vérité, la bonne vérité. Et cette vérité, c'est qu'ils soient persuadés que tu ne sais rien. Donc vas-y, maintenant.

— Et si j'y vais pas ?

— Barre-toi alors ! Loin, très loin, et disparais. Une bonne fois pour toutes. »

12 h 19. Partir où ? Et comment ? Sans voiture. Et si mon frère disait la vérité ? Je savais pas, je savais plus. Disaient tous le contraire, mais qui le connaissait aussi bien que moi ? Le doute ! Dehors, il faisait beau. Je suis descendu et j'ai allumé ce qu'il me restait du pilon. Les gens se retournaient parce que ça devait puer la verte. Y avait une belle brune, façon quarante ans, avec des enfants en bas âge sur le trottoir d'en face. À côté, une voiture de police garée en double file, une fliquette et un poulet sortaient d'un kebab. Chais pas ce qu'ils se racontaient, mais ils avaient l'air heureux de discuter. J'ai marché comme un zgeg.

12 h 25. Mon frère avait écrit : « Si à 13 heures je t'ai pas appelé, va chez Mickaël. »

Ça voulait dire « va au Portugal » ?

Mes pieds avançaient seuls. L'un après l'autre, ils me tiraient dans la rue. Les mains dans les poches. Les feuilles des arbres viraient à l'orange, c'était le début de l'automne. Sur la droite, y avait l'hôpital Tenon. À gauche, de beaux immeubles. Les gens allaient et venaient, ils vivaient. On était dans un pays de liberté. J'avais mis longtemps à le comprendre. Et même si on avait pas eu la place dont on rêvait, fallait pas le détester. Trop facile. Je remontais l'avenue, les voitures défilaient. Au métro Pelleport, les taxis faisaient la queue à la station. Les pauvres galéraient.

Je me suis assis sur un banc et j'ai sorti mon téléphone pour me connecter à l'application de chauffeurs. Au bout de cinq minutes, j'étais missionné. J'ai annulé la course. Puis je me suis déconnecté. La fin d'un monde. Dans la rue, autour de moi, l'ambiance a changé en quelques minutes. Bizarre. Les gens marchaient vite, paniqués, s'arrêtaient pour consulter leur téléphone, puis ils repartaient le pas pressé, en regardant autour d'eux, inquiets, comme si le Mal courait dans les rues. On aurait dit le début d'une guerre. Ils rentraient dans les magasins en vitesse, dans les immeubles, dans les cafés, ou en sortaient pour aller ailleurs. En cinq minutes, les piétons et les voitures avaient presque disparu.

12 h 34. La rue s'était vidée, et j'étais toujours sur mon banc. Plus un chat dans les rues. Mon téléphone a vibré plusieurs fois. C'étaient des alertes informations.

« Alerte attentat : explosion d'une voiture à Paris. »
Le début de ma fin.

37

Petit frère

J'ai posé le pied en Allemagne il y a presque deux mois. Barbe blonde m'a filé un passeport syrien. Les trois autres sont arrivés ensemble deux semaines plus tard. Le temps de préparer notre arrivée à Paris. En fait, c'était pas très compliqué, mais il fallait être patient. Réfléchir au moment idéal, au jour idéal. Je suivais l'actualité par Internet. Étape après étape, je répétais mon plan. Où le faire ? Quand le faire ? Comment y aller ? Comment et où monter les explosifs ? Avec quels matériaux ? Où les prendre sans se faire repérer ? Un mois avant, tout était prêt. J'ai encore attendu le moment clé, et j'ai pris le car pour Paris. Les autres ont suivi quelques jours plus tard.

Le jour J, on est montés dans la voiture. On a roulé vers Paris. Il faisait beau. C'était parfait. Les gens déjeuneraient dehors. Idéal pour un carnage. Peut-être cent ou deux cents morts. Dans la voiture, j'osais même plus les regarder. J'avais mis un jean bleu, une chemise, une belle veste pour passer incognito, au cas où ça partirait en freestyle. J'ai démarré. Quand on est sortis du périphérique, on a emprunté la voie à côté de la Seine. Ça sentait la fin. J'essayais de maîtriser mes tremblements. Les quatre Kalachnikovs reposaient à l'arrière sous nos pieds. Je priais pour que la police nous arrête pas.

38

Grand frère

J'ai couru vers le café le plus proche. À la télévision, le présentateur donnait les premiers éléments. Une voiture avait explosé dans Paris. Pour le moment, la chaîne ne disposait d'aucune autre information. Les gens avaient trouvé refuge dans le café. Toutes les trente secondes, je regardais l'écran de mon téléphone. J'avais la nausée, des fourmis dans les pieds, et surtout j'avais chaud. Ma chemise était trempée au dos. Les premières images sont arrivées. Le présentateur parlait d'une voiture de marque japonaise et de couleur noire, sans savoir si pour le moment il y avait eu des victimes ou des passagers à son bord. Une journaliste était sur place, on avait pas d'images de direct, mais on l'entendait décrire la scène. J'ai manqué de m'évanouir parce que ma voiture était japonaise et de couleur noire. Pendant un instant, j'ai essayé de me rassurer parce que des voitures comme ça, il y en a plein, surtout chez les VTC. Mais le doute est revenu aussi vite et m'a bouffé en commençant par les tripes. Je suis allé me rincer le visage aux toilettes pour retrouver du calme et de la sérénité. La vie était finie, l'autre chien était mort. Plus d'avenir, rien, explosé, pas eu le temps de réfléchir s'il fallait pleurer ou non. Mon frère était en mille morceaux. J'ai relevé la tête de l'évier des chiottes, et dans le miroir mon double m'a parlé :

« J'ai peur de te perdre. »

J'ai reculé d'un pas. Tétanisé, j'ai craché. Le mollard s'est collé à la glace. Je délirais comme au Tchad.

La voix étouffée du présentateur de télévision s'infiltrait jusque dans les toilettes.

« Vraisemblablement, l'explosion aurait eu lieu près de la gare de Lyon. »

Mort, parti, adieu. Et mon père ? Une vie pour rien. Sa femme morte, moi, en fuite. L'autre en mille morceaux. On pourra même pas l'enterrer. Quand les journalistes allaient arriver chez le daron et que la folie médiatique allait sonner à sa porte, il les tuerait de rage. Et il irait en zonz. Race maudite. On est faits pour servir les autres et disparaître. Servons à rien. Inutiles. Finis à la pisse depuis la première génération. Ce pays nous donnait tout, et nous on a voulu le sodomiser. Au final, tout le monde a perdu.

12 h 41. Mon téléphone a vibré. Je regardais le type dans la glace. Il était vieux comme moi, beau comme moi, en costume, chemise blanche comme moi, sa peau devenue bleue comme moi, les cheveux tirés en arrière et attachés en catogan. Comme moi. Pourquoi le frère de ce type s'était fait exploser ? Et pourquoi ce type avait voulu croire au frère dès le début ? Cette fois, c'était trop. J'ai commencé à chialer comme une pisseuse. Le type dans la glace a toqué dans la vitre.

« Qu'est-ce tu fais là, sale pédale ? Fais le bon-homme. Chais pas moi, barre-toi ! Tu vas pas te faire serrer comme un zamel ? On t'appelle Pilote, non ? »

12 h 44. Mon téléphone vibrait de nouveau. J'es-sayais de réfléchir mais ça allait trop vite. Impossible de me concentrer. Quelqu'un a tapé à la porte des toi-lettes.

« Tout va bien ?

— Oui. Désolé, j'ai un petit problème. »

Je l'ai entendu rire.

12 h 46. Encore le téléphone. C'était parti, les appels allaient pleuvoir. Des journalistes ? Est-ce qu'ils avaient donné ma plaque d'immatriculation à la télé ? Fallait que je me barre.

12 h 47. Mon téléphone ne s'arrêtait plus. Il vibrait sans arrêt.

12 h 48. J'ai ouvert la porte des toilettes. Il y avait foule dans le café. Tous étaient hypnotisés par l'écran. Je me suis faufilé pour sortir du café. Le patron m'a interpellé.

« Monsieur, à la télé, y conseillent de pas bouger. »

J'ai répondu par un signe de tête.

12 h 50. Le téléphone vibrait encore et toujours.

12 h 51. Fallait que j'aille à Bobigny pour prendre la voiture du daron et me barrer. J'ai consulté mon téléphone. Dix-neuf appels en absence. De mon frère !

12 h 52. Le téléphone a encore vibré. C'était encore mon frère. Je devenais fou. Sur l'écran, c'était écrit « Petit frère ». C'était pas possible. J'ai décroché.

« Allô ? Putain, tu faisais quoi, c'est numéro 6, viens à la barre transversale. »

C'était lui, j'étais pas fou. C'était lui. Le 6, c'était son numéro dans l'équipe de foot. La barre transversale ? Le terrain de foot des Lilas.

« T'es aux Lilas ? »

Il a raccroché en me disant en arabe syrien de ne pas parler au téléphone, et m'a demandé de confirmer que j'avais compris.

39

Petit frère

Au niveau de la Cité de la mode, la grosse merde verte en face de Bercy, je suis descendu de la voiture sur le quai en prétextant que j'avais envie de pisser. Je me suis éloigné d'une vingtaine de mètres. Le téléphone était dans mon slip. En Syrie, j'avais appris comment mettre à feu une charge grâce à un téléphone. Je reliais un câble à la prise jack, et au moment où il sonnait, ça explosait. Y avait des moyens de retarder l'explosion. Par exemple, le signal électrique envoyé au téléphone lors de l'appel pouvait déclencher un minuteur. Pour le reste, c'est toujours pareil, une charge primaire qui prend feu et rend instable une charge secondaire. Au moment où j'ai saisi le téléphone, les trois autres dans la voiture sont redevenus des êtres humains. Avec un daron, une daronne, une famille et une vie. À côté de moi, la Seine coulait. J'ai eu envie de jeter le téléphone dans l'eau et de m'enfuir en courant. Peut-être qu'ils m'auraient fusillé. Et j'ai pensé à toi. À Papa. À Maman. À la grand-mère. Et à la vie. J'avais plus le choix. Fallait disparaître. C'était le seul moyen de leur échapper. Pas d'autre choix. Il fallait mourir avec eux. Les jours d'avant, des flashs m'apparaissaient, je les voyais enfants, qui jouaient avec leurs parents. Puis à l'école. Les rêves qu'ils ont eus. J'imaginais l'enterrement. Les familles brisées, détruites. Et tout ça, ça m'empêchait d'agir, ça me bloquait. Moi, j'étais pas né pour tuer. Moi, je soignais, je réparais la vie et les vivants. C'était moi ou eux. Et je pensais à toi, à nous. Avec tes histoires de Portugal, t'avais déjà signé pour qu'on parte. C'était peut-être qu'une idée mais, quoi qu'il arrive, je savais que tu le ferais. Et chaque fois que je pensais à tout ça, je me disais que ce serait qu'un moment à passer. Une épreuve. Que j'oublierais un jour. Que ça prendrait le temps qu'il faudrait mais qu'au bout du compte on se serait pas noyés. Ni le père. Ni toi. La vieille ? Je l'avais pas comptée dans les plans. Je l'avais oubliée. Passée à la trappe. Quoi qu'on en pense, elle était déjà morte dans son mouroir pour vieux.

Le téléphone était dans ma main. En appuyant sur le bouton « appeler », j'allais tuer trois hommes et disparaître aux yeux du monde. Mort sur le papier. Officiellement. J'aurais pu leur lancer un « Allez vous faire enculer » avant de les faire sauter, mais je les tuais pas que pour ça. C'était pour moi. Pour ma gueule, pour vivre en paix. Pour que Barbe blonde pense que j'étais mort, qu'il me recherche jamais, et que la France pense que j'étais en Syrie ou mort. Et puis, je reviendrais, peut-être dans trente ans, quand on aurait tout oublié. L'esprit, le cœur vide, vierge, dans mon pays. J'avais fait croire à Barbe blonde que je voulais faire sauter la France. Le seul moyen pour moi de partir de l'enfer du Cham. On peut pas partir autrement. Sinon, ils pensent que vous allez balancer et ils vous flinguent. Je les ai niqués. Mais il fallait les niquer jusqu'à l'os pour pas qu'ils me soupçonnent. Leur faire croire qu'on était morts. Qu'on avait merdé.

La voiture a explosé, et dans la flamme il y avait trois vies en moins et ma liberté retrouvée. J'étais derrière un grand poteau en béton. Bloqué devant la scène. Ç'aurait été facile de pleurer. Le plus dur, c'était pas d'appuyer, mais de vivre avec les morts dans la tête après. Ni le temps ni le choix. Le plus important, c'était moi et la famille. Je suis devenu un robot. J'ai couru sur les quais. Y avait personne, à part un vigile qui avait pas compris ce qu'il s'était passé. Puis tout s'est emmêlé dans ma tête. Je dégoulinais de sueur. Les sirènes me tournaient autour, partout, elles sillonnaient la ville. La panique avait embaumé l'air. Les gens la reniflaient, puis se cachaient. Et la poisse mon frère, la putain de poisse de sa race. Je suis arrivé au parking souterrain où j'avais garé ta voiture. En panique. Mes jambes tremblaient, j'avais couru comme un chien. Ça me brûlait dans la poitrine, un goût de sang me remontait dans la bouche. Et là, j'ai cru que j'allais mourir. Que c'était fini. Un fils de pute avait voulu descendre avec son 4×4 américain dans le parking, mais il avait pris la voie de sortie, et sa voiture trop haute s'était encastrée dans le plafond. Coincé frère. Y avait un camion de dépannage, des flics, les badauds, et tout le tralala. Dans la voiture, j'avais laissé ma valise, des papiers, enfin, tout ce qu'il fallait pour partir. Je savais pas comment, mais tout se connectait très vite dans ma tête. Si je laissais ta caisse avec tout ce qu'il y avait dedans, ils pouvaient remonter à toi, et à moi, très vite. Alors, je suis descendu dans le parking en scred. Les shtars, c'étaient des municipaux. L'air de rien, je suis passé devant eux et je suis reparti avec la valise, les papiers, les sacs. Au départ, je voulais revenir à la maison, te prendre et filer. Mais quand je suis arrivé, t'étais plus là. Alors, je t'ai appelé. Pas de réponse. Puis je me suis dit qu'il fallait pas attendre ici parce que les h'nouch pouvaient débarquer à tout moment. Et en quelques secondes, mon cerveau a trouvé une solution. Le terrain de foot.

40

Grand frère

Au terrain vague, le but sur lequel on avait fait nos gammes de footballeurs trônait toujours entre les barres d'immeubles. À partir du point de penalty, combien de fois on s'était entraînés à viser la barre transversale ? Pendant des heures, avec nos chaussures trouées, maillots puants de sueur sur les pas de nos idoles brésiliennes, Ronaldo, Romario, Bebeto. Les cirés en cuir dans la poussière, j'ai avancé à pas fermes, déter comme jamais. Y avait personne. La bouche en bec d'oiseau, j'ai sifflé comme à l'époque, quand la nuit, de retour, je l'appelais pour qu'il m'ouvre la porte. La réponse est venue d'un buisson. À travers les branches sont apparues ses boucles de dieu grec. Il a posé sa main sur mon avant-bras, a raclé sa gorge et il a craché quelques mots. Ceux qui comme dans un bon film renversent toute l'histoire.

« C'était pas ta voiture. »

De marbre. Je suis resté de marbre. Comme quand Maman est morte. Rire ou pleurer, crier, le déchirer, le frapper, l'étrangler, le tuer et me tuer. Je l'ai saisi par le col avant de l'insulter à voix étouffée. Les larmes, les nerfs, la rage, tout était là, et pourtant tout se retenait, parce que la famille et l'instinct de survie pesaient plus lourd que les problèmes. On nageait dans la même merde, lui comme moi. Si on tombait, ce serait ensemble. Pour en sortir, on devrait crawler comme les migrants à l'arrivée des gardes-côtes. Alors après les insultes, les questions, les palpitations du cœur, les tremblements des mains, et les rétines assassines, j'ai mis la colère à la niche. L'effort de paix, c'était à moi de le faire, la vie est ainsi, la paix ne s'apprécie qu'avec des combats qui saignent les cœurs. Recroquevillé comme un enfant battu, yeux de drogué, face de pou-kave, je tremblais autant que mon téléphone vibrait sous les appels de mon père. Tout ça, c'est pour le côté pitié, parce que dans ce silence, je voyais aussi une tête de bourreau. J'ai réussi à le calmer. C'était pas le moment de se chier dessus. On est partis chercher la voiture au parking souterrain. C'était à cinq cents mètres de la maison. Casquette sur la tête, mon frère longeait les murs. Le 4 × 4 et les municipaux étaient partis. La voie était libre.

41

Grand frère

Sur l'autoroute, comme deux zombies, regards entre les lignes blanches peintes sur le bitume, on mangeait les kilomètres avec l'appétit d'un Somalien dans une boucherie un soir de ramadan. Dans ma tête, ça allait et ça allait pas. Ça allait et ça revenait. La vie ou la mort ? Coup de volant, sortie de route, tonneaux, nos gueules en sang, et les problèmes s'arrêteraient. « Accident sur l'autoroute. Deux morts », lirait un rhey demain au café, dans la colonne de droite d'un journal ou sur son Smartphone. Impossible de penser le moment, car nos citrons étaient vides et nos neurones sous basse tension. Comme des robots, programmés pour survivre. Faire survivre les siens. Le petit, malgré les larmes, la peur, la mort, était dans le même état d'esprit. L'instinct fraternel, sinon, il serait pas là. Chacun avec la main dans le slip de l'autre, on se tenait les couilles avec la poigne d'un cow-boy. Avant que la lune se couche, on a arrêté la voiture. On était dans les Cévennes. La gueule cassée par les cernes et le cerveau par la fatigue, pas un mot encore, rien ne sortait de la bouche du frère. Il s'est étiré, a soufflé, a retenu ses larmes une dernière fois, et m'a demandé si on pouvait quitter l'autoroute. On est repartis et j'ai pris la première sortie. Sur le chemin de la campagne, il m'a fait signe de ralentir et de m'arrêter. Dans la nuit, sous la lumière de la lune, son visage était bleu. On était au bout du monde. Sa bouche s'est ouverte, il a commencé à tout me raconter. Depuis son départ en France, jusqu'à aujourd'hui. Ce type est fou. Complètement dingue. Anormal. Tapé de la tête. Mais c'est mon frère et il s'est sauvé. La vie, c'est dur, ça fait pitié de le dire, mais j'ai pas honte. Sinon, pourquoi on la préfère toujours à la mort ?

ÉPILOGUE

Grand frère

Je suis dans la carlingue, encore et toujours. Onze heures par jour. C'est pas un travail. C'est l'apprentissage de la meilleure manière pour faire passer le temps. Il y a les clients. Il y a la radio. Les émissions, les animateurs. Et puis, il y a la feuille. Les mots. Le cahier. Le stylo. Entre deux courses, je range la voiture au coin d'une rue, je bascule mon siège et je gratte. Parfois un mot, souvent quelques lignes, parfois plusieurs pages. C'est ce qui me nourrit. Je macule la feuille avec tout et n'importe quoi, n'importe comment. Comme ça vient. À vif. À cœur ouvert. Le plus important, c'est pas de bien faire, mais juste de faire. Parce qu'avec le temps ça se nourrit, ça s'améliore. Le bien demande du temps. Et un peu d'amour.

Mon frère s'appelle Hakim. Ça veut dire le juste, le sage, l'équitable ou le médecin. Celui qui œuvre pour le bien. Mais je crois qu'on en a pas la même définition. La vie continue. Malgré tout. Sans lui mais avec son esprit. Aucune idée de l'endroit où il se trouve. Peut-être au Cham. Peut-être au ciel. Peut-être ailleurs. Depuis le soir où j'ai rêvé de lui à la gare de

Bagnolet, mes nuits sont habitées par des tempêtes de pensées. Et si vous lisez ces lignes, ce n'est pas tant grâce à moi que grâce à la grande valse dansée par mes neurones emmenés par les vapeurs de la ganja. J'ai rêvé. Je suis fou, mais conscient de tout. Prendre le costard, attraper le volant, ça forme un homme. Guetteur des jours, gardien des nuits. L'esprit du monde qui vous souffle la marche de la vie dans les oreilles. On m'appelle Azad. C'est mon prénom. Chez nous, ça veut dire libre. Libre, je le suis. Pas dans la vie. Mais dans ma tête. L'esprit, c'est comme l'univers, il n'a pas de frontières, on peut l'agrandir sans cesse. Suffit d'inventer et de réinventer, et on peut se créer un monde avec pas grand-chose. Un cahier, un stylo, et un ordinateur.

Un jour, un type est monté à l'arrière. Cinquante-cinq, soixante ans, je dirais. Le crâne dégarni. Les tempes grises. Veste et pantalon dépareillés avec élégance. Une sorte de gentleman anglais, que l'on affranchirait au premier coup d'œil de n'importe quel crime. Le genre de type qui fait de mal à personne et du bien au monde. Une bonne course, il habitait loin dans les Hauts-de-Seine. Il était tard le soir. Il pleuvait, y avait encore comme une ambiance à la *Taxi Driver*. Je m'imaginais la vie du gars. Sa femme, ses enfants, son job, etc. Il avait l'air quilletran, ce type. Le genre de ien-ien qui vous casse pas la tête, qui dit : « Bonjour », « Merci », « Au revoir », « Bon courage » et avec le sourire. Parfait. Après quelques minutes, il a sorti un livre. Du rétro, impossible de lire le titre, il me manquait quelques centimètres en hauteur. Je sais pas s'il voyait les mouvements bizarres de rehaussement de tête que je faisais pour tenter de déchiffrer. C'était pas dans mes habitudes de poser des questions aux clients, mais cette fois, la curiosité me bouffait. «*Battling Siki,* a répondu l'homme, ça parle de boxe. Un livre que j'ai édité et que je relis parce que je dois en parler dans une émission de radio.» L'histoire du premier boxeur français à la peau noire. Originaire du Sénégal, c'était un génie de la boxe. Dans les années 20, dans un combat pour le championnat du monde, Siki met KO le champion en titre, Georges Carpentier, au sixième round. L'arbitre le disqualifie et lui refuse la victoire. La foule hurle pendant près de vingt minutes et met sous pression l'arbitre qui revient sur sa décision. Le boxeur émigre aux États-Unis, et mène une vie de strass et de paillettes, et puis, un soir, il est abattu de deux balles dans le dos. Comme l'histoire m'a intrigué, il m'a offert le livre.

Éditeur, je découvrais un métier. Le temps de la course, il m'a raconté son job, et je lui ai parlé du mien. La suite, c'est un concours de circonstances et un coup de foudre comme il en arrive parfois dans la vie. Un tsunami de bonnes vibes sur lequel faut essayer de poser sa planche, et surfer le plus loin possible. On a échangé nos cartes et, comme de nombreux vieux qui découvrent les réseaux sociaux, il m'a ajouté sur Facebook.

Quelques jours plus tard, un soir où ma tête était sur une planète gazeuse, entre Saturne et Jupiter, peut-être sur Titan ou Europe, la langue collante, les yeux petits, des mots résonnaient dans mes oreilles et j'ai bricolé un truc du fond de mes tripes.

« Mon frère, c'était mon rhey des bagarres de rue emmenées par la fougue adolescente où je faisais moins confiance à la solidité de mes poings qu'à la rapidité de mes jambes pour déguerpir, c'était les nuits trépidantes finissant le lendemain midi sans un sou en poche et les poumons pleins de tabac à mendier un cheeseburger à l'équipière du McDo du terminus de la ligne 5, c'était mes pieds rangés derrière le point de penalty porté par l'assurance d'un Che Guevara que la balle embrassera le filet, c'était le match héroïque du double Z contre le Brésil en 2006, les kilomètres parcourus en taxi basket, les heures passées sur les dalles commerçantes, devant le kebab du métro Pablo-Picasso à mégoter, mitonner, ragoter, radoter, magouiller, esquiver, rêver, mentir, imaginer. L'adrénaline des premières courses de scooters. Puis les victoires, et les euros rapportés par les courses de voiture. Mon frère, c'était celui qui m'ouvrait la porte quand la lune était haute, que mon cerveau était enrhumé et que le daron ronflait comme un orchestre. C'était l'homme qui me suivait partout tout le temps, marquage à la culotte, parce qu'il avait ni père ni mère, et je pensais être son seul repère. Derrière moi du commissariat au cinéma, avec une tête de moins et pas encore trois poils de moustache qui transpirent. Dans les soirées, ses yeux de jeune ado mort de faim en découvrant les zouzettes, et sa bite de cheval avec les premiers zouks. Moi jeune voyou commandeur, amateur de voitures et de belles zouz, un cône fumant entre les doigts, lui garçon sage et fidèle lieutenant, dans son livre, à lire et à relire l'histoire des prophètes, ses modèles. Mon frère, c'était un homme qui a trouvé sa voie en s'occupant de la vie des autres. Un cœur tendre, bousculé par la détresse du monde. Hier, il aurait prié pour l'abbé Pierre, aujourd'hui, c'est pour la Syrie et la Palestine, et après-demain, il aurait pu courir vers n'importe quelles larmes. Ainsi était mon frère. Ma couille disparue. Ma moitié. Mort ou vivant, il est avec moi, partout, tout le temps, à chaque instant, dans chaque geste, dans chaque mot. Il s'est pas trompé. Personne ne se trompe. Il a pris une route. Une simple route. Et il aurait pu en prendre une autre. C'était son choix. À la fin, il se retournera pour découvrir qu'elles mènent toutes à la tombe ou au ciel. Ma plus grande leçon d'humanité, c'est lui. »

Dans la foulée, le vieux m'a écrit. « Je sens une sève bouillonnante qui ne cherche qu'à s'exprimer. Tu veux faire un livre ? » Les yeux bleus, mouillés, doux, compréhensifs, c'était pas le regard d'un jbeb qui s'imaginait m'faire le cul. Mais celui d'un rêveur, d'un type qui pense qu'on peut encore changer le monde, éteindre les incendies qui vous brûlent les ailes et vos rêves. Le regard que j'aurais voulu que le dar porte sur moi le jour où j'ai raté mon bac, le jour où j'ai tout quitté pour l'armée, le jour où j'en suis revenu avec cette sale maladie. Et le jour où le frère est parti.

Alors je lui ai tout raconté. Tout depuis l'enfance. Mon frère, moi, Maman, le daron, et Zahié ma vieille. Tout ce que vous avez lu dans ce livre. Et là, pendant que je déshabillais mes souvenirs pour trouver une idée, il a levé la main comme un seigneur, pour me couper et demander la parole.

« Et si ton frère revenait ? »

GLOSSAIRE

Chers lecteurs, pour vous faciliter la lecture et vous faire découvrir le vocabulaire énergique et vivant d'une partie de la jeunesse, voici un glossaire.

2-4-6 (en) : facilement, rapidement.
3-5-7 (en) : équivalent de 2-4-6, pour dire rapidement. Quand c'est impair, c'est pour désigner une situation de stress.

A

Afghan : variété de beurre de cannabis.
Astaghfirollah : *v.* Starfoula.

B

Babtou (verlan de toubab) : en wolof, une personne de peau blanche ou de culture européenne.
Baqueux : policier de la BAC.
Bastos : balle.
Bédo : joint.
Bendo : banlieue, cité, quartier. De *bando*, qui vient de aBANDOnned houses, les maisons abandonnées dans

les banlieues américaines, où se concentre le trafic de drogue.

Bicrave : trafic de drogue.

Blaze : nom.

Blédard : du bled.

Boobs (anglais) : seins.

Boule : cul.

Boy (de l'anglais) : mec.

Braquo : braquage.

Bsahtek (arabe) : félicitations.

C

Câbler : 1. S'arrêter, bloquer, comprendre difficilement. 2. Réfléchir à quelque chose. 3. Compter sur.

Caillasse : argent.

Canner : mourir.

Cassos : abréviation de cas social.

Cham (Le) : la Syrie. Le nom antique de la Syrie est Bilad-el-Cham, qui veut dire le Pays de Cham, le fils de Noé.

Chauflard : chauffeur.

Chelou (verlan) : louche, bizarre, curieux.

Chichon : shit, beurre de cannabis.

Chrome (de l'expression : vendre à chrome) : drogue qui est vendue à crédit. Avoir des chromes dans la ville, c'est avoir des créances.

Cône : joint.

Cojones (espagnol) : couilles.

Crew (anglais) : équipe.

D

Dabké ou dabkeh : danse traditionnelle du Levant.

Dar (abréviation de daron) : père.

Daron : père.
Dead (de l'anglais mort) : fichu, raté.
Désaper (de sappe, vêtement) : déshabiller.
Déter : déterminé.
Douille : arnaque.

F

Feuj : juif.
Fiss da pat : fils de pute.
Flow : état mental d'extrême concentration heureuse.

G

Game (anglais) : partie, jeu, business.
Ganja : haschisch.
Gazon : herbe, marijuana.
Ghett's : ghetto.
Gova (vago en verlan) : voiture.
Grec : restaurant où l'on mange des kebabs.
Griller : comprendre, piger.

H

Haess, ou hass : bordel, merde, misère.
Haggar (arabe algérien) : frapper, mettre en difficulté, victimiser.
Hamdoullah (arabe) : « Merci à Dieu ».
Haram : interdit religieux.
Hchouma (arabe) : honte.
Hombre (espagnol) : homme.
H'mar (arabe) : âne.
H'nouch (arabe) : policier.

Ibni (arabe syrien) : fils.
Ien-ien : client.
Iencli (verlan) : client.
Ieuv (verlan) : vieux.

Jbeb (en arabe, beau) : terme utilisé pour désigner un homosexuel.
Jedda : grand-mère chez certains Syriens et Libanais.
J'm'en bats lek : je m'en bats les couilles, je m'en fous complètement.

Kafir : mécréant. Désigne les Occidentaux, les chrétiens, les Blancs… *V. aussi* Kouffar.
Kahba (arabe) : salope, pute.
Kalach : abréviation de Kalachnikov.
Kamis : tenue traditionnelle musulmane que l'on porte pendant les fêtes. Certaines personnes très revendicatrices de leur religion le portent presque en permanence.
Ken (verlan) : niquer.
Ketru (verlan) : truc.
Ketur (verlan) : turc.
Khahlouch (arabe) : désigne un Noir. Se prononce «kerhlouche».
Khey : *v.* Rhey.
Killer (de l'anglais *to kill*) : tuer.
Killer un pilon : fumer un joint.
Kouffar : mécréant. *V. aussi* Kafir.

L

Life (anglais) : vie.

M

Mailler : faire de la maille, de l'argent.
Milouf : militaire.
MIN : marche d'intérêt national.
Muaskar : entraînement militaire.
Mus : abréviation de musulman.
Mytho : mensonge, menteur.

N

Nachav (gitan) : se barrer.

O

Oinj (verlan) : joint.
Ouf (verlan) : fou.
Oumma : communauté des musulmans.

P

Pécho (verlan) : choper.
Perquiz : abréviation de perquisition.
Pilon : joint.
Pineco (verlan) : copine.
Poukave : balance.
Poto : pote.
Poulailler : commissariat.
Puncher : boxer des mots, tenir des propos sentencieux.

Q

Quilletran (verlan) : tranquille.

R

Rabbat : fatigué ou défoncé à la drogue.
Raclo (gitan) : type.
Rebeu (verlan) : Beur.
Renoi (verlan) : Noir.
Reuf (verlan) : frère.
Reum (verlan) : mère.
Reup (verlan) : père.
Rhey, ou khey (de l'arabe) : frère.
Rheylito, ou kheylito (mélange entre le rhey et un langage hispanique) : petit frère.

S

Salaf : abréviation de salafiste.
Salam (arabe) : salut.
Sbah : joint, drogue.
Schlague (de l'allemand), sens multiples : pute, connasse, connard, peureux.
Schlass : couteau.
Schlasser (de l'anglais *slasher*, arme blanche) : couper.
Scred (en) : discrètement.
Sheitan, sheitana : démon.
Shit : beurre de cannabis.
Shité (de shit) : drogué. Avoir le cerveau shité.
Shtar : policier.
Soce ou soc (abréviation d'associé) : camarade, ami.
Spliff : joint.
Spot : place, endroit.

Squem (verlan) : mosquée.

Srhab (arabe) : ami.

Stache : abréviation de moustache.

Starco (verlan) : costard.

Starfoula (version en usage de Astaghfirollah dans les quartiers) : « Je demande le pardon de Dieu. » S'utilise devant un blasphème.

T

Tacos : taxi.

Taf : boulot, travail.

Tainp (verlan) : abréviation de putain.

Taqqiyah : art de dissimuler dans la masse.

Tchip : son produit avec la langue et le palais, en Afrique et dans les Antilles, pour exprimer l'énervement, ou un concentré de dédain selon la définition de Christiane Taubira.

Téco (verlan) : côté.

Ter-ter (de terrain) : cité, terrain où l'on vend la came, où l'on joue au foot, où l'on fait les affaires.

Terro : abréviation de terroriste.

Teuteuh, abréviation de teuchi (verlan) : shit, drogue.

Tierqar (verlan) : quartier.

Tomi (verlan) : mytho, menteur, mentir.

Tonton : joint.

Tosma (verlan, matos) : nécessaire pour se rouler un joint.

V

Vénère (verlan) : énervé.

Vesqui (verlan) : esquiver.

Vibe : ambiance, flow, mouvement, vibration, état d'esprit.

W

Wallah : abréviation de wallahlaradim : je le jure devant Dieu.

Wallahlaradim (arabe) : par Dieu le Très Grand.

Walou (de l'arabe) : rien.

Wesh : 1. Salut. 2. Ouais. 3. Alors.

Z

Zamel (arabe) : expression péjorative pour pédé.

Zarma (arabe) : soi-disant, genre. S'utilise pour exprimer «faire semblant».

Zboub : bite.

Zermi (verlan) : misère.

Zgeg (de l'arabe) : bite.

Zieuter : regarder.

Zobbi (arabe *zob)* : bite. Avoir zobbi : avoir niqué, cassé, brisé, détruit quelque chose.

Zonz : prison.

Zouz : femme, fille.